DEREK BARCLAY

Die Underberg Saga

Trilogie – Band I

Thriller

Ebozon Verlag

Buch

Die Underberg-Saga ist eine atemberaubende Reality-Story. Sie hat sich tatsächlich so zugetragen. Lediglich die Namen der Beteiligten wurden abgeändert. Derek Barclay ist es hier vorzüglich gelungen, die Charaktere der einzelnen Darsteller hervorzuheben und durch alle drei Bände hindurch eindrucksvoll und bildhaft mit Leben zu füllen. Dies bezieht sich insbesondere auf den Hauptdarsteller der Story: Dr. Kleinmann ist ein Selfmade-Millionär, der den Leser auf spannende Weise auf seine Weltreise mitnimmt. Seine außergewöhnlichen Geschäfte sorgen immer wieder für Erstaunen und Verwunderung. Gleichzeitig taucht der Leser in eine höchst spannende Verschwörungstheorie, die die ganze Welt umspannt, ein. Diese versucht Dr. Kleinmann mit allen Mitteln aufzudecken und an die Öffentlichkeit zu bringen. Dass Dr. Kleinmann immer wieder in Geschäfte mit nicht vorhersehbarem Ende verstrickt wird, hält die Spannung bis zur letzten Seite hoch. Die realen Ortsangaben machen das Leseerlebnis besonders authentisch: Viele der Schauplätze wie Restaurants und Hotels existieren noch immer und lassen sich zumindest im Web unkompliziert entdecken. Das macht es dem Leser leicht, sich in die verschiedenen Örtlichkeiten und deren jeweilige Atmosphäre hineinzuversetzen und vom Gang der Geschehnisse mitreißen zu lassen. Ebenso hat die von Dr. Kleinmann dargestellte Verschwörungstheorie eine reale Grundlage. Sie lässt sich durch zahlreiche originale Dokumentationen verschiedener Verschwörungstheoretiker belegen. Auch hier bewegt sich Underberg-Saga immer nahe an der Wirklichkeit.

Derek Barclay

Die Underberg Saga

Trilogie – Band I

Thriller

Ebozon Verlag

Dieses Buch ist auch als eBook erhältlich.

Bibliografische Information der Deutschen Nationalbibliothek:
Die Deutsche Nationalbibliothek verzeichnet diese Publikation in der Deutschen Nationalbibliografie; detaillierte bibliografische Daten sind im Internet über http://dnb.dnb.de abrufbar.

Printausgabe 1. Auflage März 2018

ein Unternehmen der CONDURIS UG (haftungsbeschränkt)
www.ebozon-verlag.com

Lektorat: Dr. Maria Zaffarana
Umschlaggestaltung: media designer 24
Coverfoto: Pixabay.com
Layout / Satz: Ebozon Verlag
Druck: KN Digital Printforce GmbH,
Ferdinand-Jühlke-Straße 7, 99095 Erfurt

ISBN: 978-3-95963-500-4

INHALTSVERZEICHNIS

DIE STADT DER ENGEL (CITY OF ANGELS)

Offiziell lautet der Name der Stadt Krung Thep Mahanakorn Amornrattanakosin Mahinthara Mahadhilokphob Nopparatratjathani Burirom Udomratjanivet Mahasathan Amornpimarn Auwatharnsathit Sakaraya Vishnukarmprasit. In banaler Kurzform ist sie einfach als Bangkok bekannt oder wird poetisch City of Angels – Stadt der Engel – genannt.

Bangkok ist eine unglaubliche Stadt. Sie galt früher als »Venedig des Ostens«. Die Hauptstadt des Königreichs Thailand ist der gelungene Mix aus fernöstlicher Gelassenheit und hektischem Treiben einer asiatischen Metropole mit zig Millionen Einwohnern. Die Region ist eine der aufstrebenden Wirtschaftsräume in Südostasien, eine westlich orientierte Großstadt mit modernsten und überaus luxuriösen Hotels, beeindruckenden Wolkenkratzern, einer Vielzahl an Banken und riesigen Einkaufsparadiesen mit beeindruckenden Leuchtreklamen wie am Londoner Piccadilly. Bangkok steht aber auch für seine Mega-Hochbahn, unzählige Theater, Discotheken, Event-Parks und natürlich seinen gigantischen Flughafen.

Seine Modernität paart sich dort einzigartig mit asiatischer Exotik, farbenfrohe Märkten, verlockend duftende Garküchen, safranfarben gekleidete Mönche in den königlichen Palästen und über 400 prächtige goldene Tempel, die touristische Höhepunkte einer jeden Reise nach Bangkok sind. Mannigfaltige Einflüsse der Nachbarländer Thailands sind hier allerorten zu bewundern, etwa in China-Town oder dem Indischen Viertel am quirligen Pratunam-Markt.

Inmitten dieses quirligen Treibens landet auf dem erst kürzlich neu errichteten Flughafen der Selfmade-Millionär Dieter Kleinmann, geboren in einem verschlafenen, kleinbürgerlichen Provinznest in Schwaben, Deutschland. Kleinmann macht seit seinem 18. Lebensjahr Geschäfte auf eigene Rechnung, die manchmal mehr und manchmal auch weniger erfolgreich sind. Er lässt keine Gelegenheit aus, in der großen weiten Welt als Global-Player mitzumischen oder zumindest ein Stück des großen Kuchens namens Profit abzubekommen. Dies führt dann zwangsläufig immer wieder dazu, dass er in Geschäfte verwickelt wird, die er selbst nicht mehr völlig über- und durchschauen kann, so dass er nicht selten dabei gehörig auf die Nase fällt.

Viele seiner Geschäfte sind mit immensen Risiken behaftet, was im Erfolgsfall allerdings auch zu erheblichen Gewinnen führen kann. Als Single ist Kleinmann ein unabhängiger, viel und weit gereister Globetrotter mit internationalen Verbindungen zu Geschäftsleuten, Botschaftern, Diplomaten und anderen illustren Personen – Verbindungen, von denen ein Normalsterblicher nur träumen kann.

Schon früh ist Kleinmann aus seiner Kleinbürgerlichkeit geflohen. Die meiste Zeit seines Lebens hat er außerhalb von Deutschland verbracht. An Deutschland mag er eigentlich nur seinen EU-Reisepass, der ihm eine gewisse Freiheit und Anerkennung bei Reisen in fremde Länder gibt. Ansonsten hat er kaum noch etwas für sein Geburtsland übrig.

Dr. Kleinmann hat bereits mehrere Jahre in London und auf den Kanalinseln Jersey und Guernsey gelebt, um dort zusammen mit einem Partner als Unternehmensberater selbstständig tätig zu sein. Schon frühzeitig lernte er damit das Großstadtleben schätzen und entwickelte einen gewissen Hang zum Luxus. Später wandte er sich im südafrikanischen Kapstadt und in Johannesburg folgerichtig dem Gold- und Diamantengeschäft zu. Seine

Reisen führten ihn zudem mehrfach nach Brasilien, Uruguay, Paraguay, in die Arabischen Emirate, nach Qatar und Mauritius, aber auch an gefährlichere Orte wie Zimbabwe, Angola, Liberia, Ghana, Namibia und Mosambik. Selbstredend kennt er in Europa alles und jeden Winkel. Er ist mit allen Ländern des heimischen Kontinents bestens vertraut.

Als es Kleinmann nach mehreren Jahren in Afrika wieder nach etwas Abwechslung dürstete entschied er sich für einen Ortswechsel nach Asien. Schon früher hatte es ihn immer wieder nach Thailand verschlagen. Er fühlte sich dort stets wohl und, ja, willkommen. Alle paar Monate, seit über zehn Jahren bereits, ist er als immer wiederkehrender Gast dort.

Zwischenzeitlich hat er auch seine Geschäfte nach Asien ausgedehnt. Er ist in der Mongolei und in Vietnam äußerst aktiv. Auch hier lässt Kleinmann keine Möglichkeit verstreichen, um ausgerechnet dort Geschäfte zu machen, wo andere nicht einmal mit dem Finger auf der Landkarte freiwillig hingehen würden. Allerdings laufen seine Geschäfte momentan eher schlecht: Die Weltwirtschaftskrise ist auch an ihm nicht spurlos vorbeigegangen.

Er ist mit einem Millionenprojekt in der Mongolei in Bedrängnis geraten. In Vietnam hat er etliche hunderttausend Euro in den Sand gesetzt. Es ist, wie schon allzu oft in seinem Leben: Dr. Kleinmann befindet sich wieder einmal in einer Abwärtsspirale.

Im vergangenen Jahr lebte er noch in einer Villa mit Pool im schönen Salzkammergut. Er genoss die österreichischen Steuerprivilegien für Ausländer und natürlich auch die österreichische Seenlandschaft dort. Zwei Rolls Royce gehörten zu seinem Fuhrpark und ein nagelneuer Mercedes CLS, mit dem er die Gegend unsicher machte.

Doch es war die Verkettung unglücklicher Umstände, die in diesem Jahr alles für ihn schlagartig zunichtemachte: Aufgrund eines Fehlinvestments, das er zusammen mit einem Kunden eingegangen war, hatte er alles verkaufen und von heute auf morgen aufgeben müssen. Derartige Situationen kennt Kleinmann nur allzu gut; er musste sie in schmerzhafter Weise immer wieder in seinem Geschäftsleben durchstehen und erleben. Kleinmanns Ausschläge sowohl ins Positive als auch ins Negative sind jedoch so heftig, dass sie so kaum ein anderer Geschäftsmann würde nachvollziehen können: 1000 Prozent Gewinn auf der einen Seite und dann wieder ein existenzbedrohender Totalverlust sind nicht ohne. Und genau an dieser Stelle befindet er sich auch jetzt wieder. Diese Extreme – vom Millionär zum Mittellosen und zurück – machen auch dem zunehmend alternden Dr. Kleinmann zu schaffen. Noch befindet er sich in seinen Vierzigern. Doch auch ein Dr. Kleinmann möchte irgendwann einmal zur Ruhe kommen und eine gewisse Absicherung für sein Alter erlangen. So hat er beschlossen, nur noch nach einem einzigen guten Geschäft Ausschau zu halten, mit dem er dann das finanzielle Polster erwirtschaften kann, das es ihm ermöglicht, sein Leben bis zu seinem Tod in hoffentlich hohem Alter in Ruhe und Frieden zu genießen. Und wer weiß: Vielleicht würde ja sogar noch ein beachtlicher Teil für seine Familie übrigbleiben, also für seine betagte Mutter und seine beiden Schwestern mit ihren Ehemännern und Kindern. Für Kleinmann ist Geld nur Mittel zum Zweck, um sorglos leben zu können.

In den letzten fünf Jahren hat sich bei Kleinmann ein gewisser Weitblick entwickelt, der ihn nicht nur aus seiner Geschäftswelt, sondern auch ganz von dieser Welt abheben lässt.

Kleinmann weiß bereits seit seiner Jugend, dass ihm das schlichte Arbeiten, »die Maloche«, nicht liegt. Pünktlich zu seinem 18. Geburtstag hatte er sich erstmals selbstständig gemacht und einen Gewerbeschein für seinen Versandhandel beantragt. Genau wie seine Vorbilder aus dem Silicon Valley hat er das Geschäft sodann von zu Hause aus, wenn auch nicht in einer Garage, aber von seinem 20 Quadratmeter großen Jugendzimmer aus betrieben. Schon während er das Wirtschaftsgymnasium besuchte, erkannte er, dass es für ihn viel bessere Dinge zu tun gab als die Schulbank zu drücken. Er fand schnell heraus, dass er den Titel »Betriebswirt« durchaus einfach kaufen oder nebenberuflich durch ein sogenanntes Fernstudium erschleichen konnte. Für dieses Wissen benötigte er keine Vorbilder wie Herrn von und zu Guttenberg oder andere Plagiats-Politiker.

Er widmete sich folgerichtig mehr seinen Geschäften als der Schule. Nachdem er sich auch als Auszubildender in keinem seiner Ausbildungsbetriebe irgendetwas gefallen ließ, kam es, wie es kommen musste: Er hing seine Ausbildung an den Nagel und wurde so schon in jungen Jahren sein eigener Chef, der mit seinem Versandhandel mehr verdiente als die meisten anderen Auszubildenden in ihrem Job.

Dr. Kleinmann ist niemand, der sich gerne von anderen etwas diktieren und sich bevormunden lässt. Er schwimmt meist gegen den Strom, was sich auch an seinen ausgefallenen Geschäften erkennen lässt und er verfügt über einen überdurchschnittlichen Weitblick, ein Gespür für Situationen, die andere in der Regel nicht haben.

Durch seine überaus große Weitsichtigkeit und seine Fähigkeit, Ereignisse und Situationen richtig einzuschätzen und zu analysieren, ereilte ihn vor einigen Jahren plötzlich die »völlige Erleuchtung«, wie er es selbst nennt. Sie hat ihn in seiner gesamten Wahrnehmung des Weltgeschehens und in seiner Weltanschauung völlig verändert. Es passierte in einer ruhigen Minute, in der es einfach »Klick« machte, sich ein geheimer Schalter einfach von einem auf den anderen Moment umlegte und sich der Schleier hob: Er hatte schon seit geraumer Zeit immer wieder das mulmige Gefühl, dass sich in seiner Umwelt, in den Nachrichten und im ganzen Weltgeschehen irgendwie etwas verändert haben musste. Dieses Gefühl kam bei ihm zum ersten Mal im Jahr 2000 nach der Millenniums-Party in Kapstadt auf, die er dort mit seiner Mutter, seinen Geschwistern und Freunden zelebrierte.

Die Welt hatte sich für ihn plötzlich von einem auf den anderen Tag völlig verändert. Was vorher rot war, war jetzt grün. Was vorher groß war, war jetzt klein, Weiß war Schwarz und umgekehrt. Von diesem Tag an begann Kleinmann alles zu hinterfragen und bis ins kleinste Detail zu analysieren. Er kaufte Bücher ohne Ende, recherchierte in den kleinsten Nischen im Internet und machte auch die ersten vorsichtigen Versuche, mit anderen über seine Erfahrung, über seine veränderte Wahrnehmung seiner Umwelt zu sprechen. Plötzlich hatte er das beklemmende Gefühl, dass die Menschheit, und somit auch er selbst, über Jahrtausende betrogen und fehlinformiert worden ist, dass die meisten Geschichtsbücher nur Makulatur sind und sich meist alles ganz anders zugetragen hatte als uns durch die Mainstream-Medien in den letzten Jahren eingetrichtert wurde. Er tauchte ein in die Theorien der Weltverschwörungen. Für Kleinmann selbst gibt es aber keine Verschwörungstheorien: Für ihn sind sie die Wahrheit, keine Verschwörung. Denn die meisten Verschwörungen werden genau von den Leuten in die Welt gesetzt, die dann nachher behaupten, es handele sich um eine Verschwörung. Die ganzen Verstrickungen werden später so clever inszeniert, dass mehrere Verschwörungen in der eigentlichen Verschwörungstheorie auftauchen – so geschehen beim Attentat auf Kennedy, beim Tod Marilyn Monroes, der Mondlandung oder dem vermeintlichen Unfall von Lady Diana.

Innerhalb eines Jahres hatte Dr. Kleinmann mehr als 300 Bücher gekauft und mehrere gleichzeitig hastig an einem Tag in deutscher und englischer Sprache gelesen, sie wahrhaftig verschlungen neben den unzähligen Blogs, Informationen und Webseiten, die er zusätzlich noch im Internet ansah. Er forschte Tag und Nacht, um der Wahrheit und nichts anderem als der Wahrheit auf die Schliche zu kommen. Er fand heraus, dass der größte Teil der Weltgeschichte von den verschiedensten Interessensgruppen und Persönlichkeiten absichtlich verfälscht und manipuliert worden war und immer noch manipuliert wird. Er ließ kein Thema aus: von den prähistorischen Ereignissen der Mayas und Azteken über die Ägypter und die Geburt von Jesus Christus bis hin zum Vatikan, über den Ersten und Zweiten Weltkrieg, die Finanzierung Hitlers und Lenins, die Kubakrise, der Tod des 33-Tage-Papstes, die NASA, NSA, CIA und FBI. Er ließ nichts unberührt und unbeachtet einschließlich Ufo-Sichtungen, den Roswell-Absturz eines Ufos in New Mexico. Oder aber er durchleuchtete Personen und Persönlichkeiten wie die Bush-Familie, Bin Laden, die Rothschilds und Rockefellers, die Tragödie des Elften Septembers und die Bilderberger, die Freimaurer und andere Geheimgesellschaften wie die Tempelritter, die Knights of Malta und die Jesuiten. Er befasste sich mit Obama, Henry Kissinger, der NATO, der UNO, Fidel Castro und Ex-Papst Ratzinger. Es gab schlicht und einfach nichts, was seinen Augen und Ohren entgangen wäre. Alles arbeitete er in einem wahnsinnigen Tempo durch. Er begann eine »Aufholjagd des Wissens«, die ihn auf den aktuellen und neuesten Stand bringen sollte, auf dem sich die Menschheit momentan befindet.

Nach zwei Jahren intensiver Forschung konnte sich Dr. Kleinmann rühmen, wirklich fast alles, was es aufzuarbeiten gab, auch aufgearbeitet zu haben – zumindest soweit ihm dies mit jedermann zugänglichen Mitteln möglich gewesen ist. Zusammengefasst lässt sich sagen: Kleinmann ist aktuell davon überzeugt, dass die Menschheit nicht, wie in der Evolutionstheorie von Darwin beschrieben, entstanden war. Denn der Einschnitt des Werdegangs bis zum Neandertaler und von dort dann hin zum modernen Menschen ist so gravierend, dass dieser schlicht und einfach nicht mit der Evolutionstheorie zu erklären ist. Es hat rund zwei Millionen Jahre gedauert, bis sich der Neandertaler entwickelt hat. Doch dann soll es nur 200.000 Jahre gebraucht haben, bis aus dem Neandertaler ein vollständiger neuzeitlicher Mensch mit einer kompletten Sprachfähigkeit und anderen fortschrittlichen Funktionen entstanden ist. Hier sieht Dr. Kleinmann als mögliche Erklärung nur einen Eingriff. Mit anderen Worten: Kleinmann hält an der Theorie fest, dass eine fremde Macht oder Intelligenz – oder wie auch immer dieses Phänomen bezeichnet werden sollte – daran mitgewirkt haben muss, dass dieser Quantensprung in der Menschheitsgeschichte zustande gebracht wurde. Kleinmann schließt sich hier der Theorie von Zacharias Sitchin an, der in seinen Büchern wie »Der Zwölfte Planet« oder »Planet X« davon ausgeht, dass vor 200.000 Jahren eine außerirdische Rasse auf die Erde kam. Es waren die Anunnakis. Sie stammten von einem weit entfernten Planeten, waren auf der Suche nach einem neuen Lebensraum und auf der Suche nach Gold. Schließlich haben diese Anunnakis die Erde als Planeten entdeckt und ihn kurzerhand angesteuert.

Die Anunnakis sind eine sehr groß gewachsene Rasse, die schon den Ägyptern und Sumerern bekannt war, auf unzähligen Tontafeln und in Überlieferungen beschrieben und als Götter, die von den Sternen auf die Erde kamen, dargestellt und bezeichnet werden. Kleinmann möchte sich hier jedoch nicht darauf festlegen, ob es die Anunnakis waren, eine andere außerirdische Rasse oder aber auch mehrere außerirdische Rassen, die gemeinsam diesen Eingriff veranlasst haben. Er ist sich nur sicher, dass es ein außerirdischer Eingriff war, der im Übrigen auch bis heute noch in unserer DNA nachgewiesen werden kann. Auch die Geschichte der DNA selbst fasziniert Kleinmann sehr, da einige Wissenschaftler den Nachweis erbracht haben, dass eine genetische Veränderung der DNA vor ungefähr 200.000 und nochmals vor ungefähr 35.000 Jahren erfolgt ist. Diese Wissenschaftler glauben auch zu wissen, dass 90 Prozent der sogenannten »Junk-DNA« den genetischen Code von außerirdischen Lebensformen beinhaltet. Ebenso ist zu erkennen, dass die DNA der Menschheit mehrmals überschrieben, verbessert und manipuliert worden ist. Nur so ist übrigens auch zu erklären, dass die menschliche DNA bis zu 70 Prozent sogenannte »Junk DNA« enthält, also Material, das ohne Funktion ist. Dr. Kleinmann argumentiert hier immer damit, dass dies der Nachweis dafür ist, dass die DNA und somit auch die Menschheit erstens »zusammengebastelt« wurde und zweitens, dass der Menschheit durch das »Abschalten« von 70 Prozent der DNA der Zugang und der Kontakt zum Gesamtuniversum blockiert worden ist. Er sagt: Wenn ein Gott den Menschen erschaffen hätte, hätte sicherlich nicht eine DNA entworfen, die dann nur zu 30 Prozent funktioniert; er hätte eine zu hundert Prozent funktionierende DNA erschaffen! Lloyd Pye, ein amerikanischer Wissenschaftler, fand bei seinen Recherchen heraus, dass die menschliche DNA über 4000 Defekte aufweist, während die von Gorillas oder Schimpansen nur einige hundert Defekte haben. Ein weiterer Wissenschaftler, Professor Chang , arbeitete mit Forschern, Mathematikern und IT-Spezialisten zusammen, um herauszufinden, ob die sogenannte »Junk-DNA« das Ergebnis eines »außerirdischen Programmierers« sein könnte. Erstaunlicherweise kam er zu dem Ergebnis, dass genau dies der Fall ist! Chang stellt die Hypothese auf, dass höher entwickelte außerirdische Lebensformen damit beschäftigt waren, neue Lebensformen zu erschaffen um diese dann auf verschiedenen Planeten auszusetzen. Die Erde ist dabei nur einer dieser Planeten. Wahrscheinlich hat uns unser »Erzeuger«, nachdem wir programmiert waren, genauso hochgezüchtet wie wir heute im Labor Bakterien künstlich produzieren. Über ihre Motive kann Chang unterdessen nur spekulieren. Er weiß nicht, ob es ein wissenschaftliches Experiment war oder nur eine Idee, andere Planeten zu bevölkern, um das Universum mit Leben zu füllen oder aber ob hier neue Kolonien herangezüchtet werden sollten; alles ist möglich. Chang hält es für nicht ausgeschlossen, dass die »Programmierer« ein Hauptprogramm geschrieben haben, dieses dann aber mit der Zeit immer wieder verändert und überschrieben und erneuert worden ist. Historische Überlieferungen der Sumerer und anderer Völker, in denen sie über die Anunnakis berichten, belegen auch, dass es mehrere Versuche gegeben hat, einen neuen Menschen zu schaffen, bis dies schließlich erfolgreich gelungen ist. Als sicher ist jedoch anzunehmen, dass diese Programme auf jeden Fall nicht auf dieser Erde entstanden sind. Dies ist unbestritten, sagt Chang.

Kurz zusammengefasst lautet Kleinmanns Theorie, dass eine außerirdische Rasse, die vor einigen hunderttausend Jahren auf die Erde gekommen ist, den Affenmenschen dort oder den Neandertaler so lange mit ihrer eigenen Rasse vermischt hat, bis daraus ein Wesen entstanden ist, das intelligent genug war, einfache Arbeiten selbstständig durchzuführen, das jedoch zu »dumm« war, um erkennen zu können, woher es kam, welcher Abstammung es war, welche Fähigkeiten es eigentlich hatte, dass es kontrolliert und von wem es kontrolliert wurde. Aus dieser Versuchsserie stammen auch die sagenhaften Fabelwesen, die halb Mensch und halb Tier sind. Auch einige Bibelstellen weisen auf die Vermischung von göttlichen Wesen mit den Erdlingen hin, die dann in der Bibel als die sogenannten Nephilims bezeichnet werden. Zweck der ganzen Aktion soll es gewesen sein, eine Art halbintelligenten Arbeitssklaven zu schaffen, was Kleinmanns Ansicht nach bis heute noch bei den meisten Menschen hinreichend erfolgreich erreicht worden ist. Bis jetzt hat nur ein kleiner Teil der Menschheit erkannt, wie er manipuliert und versklavt worden ist, was bis zum heutigen Tage in vollem Umfange anhält! Die momentane globale Elite, die die Weltherrschaft besitzt, versucht auch diese Manipulation und Kontrolle über die Menschheit mit allen lauteren und unlauteren Mitteln und mit äußerster Gewaltbereitschaft und Brutalität aufrechtzuerhalten. Doch das System bröckelt! Und genau in diese Kerbe versucht Dr. Kleinmann seit seiner »Erleuchtung« immer wieder einzuschlagen. Er fühlt sich dazu berufen, sich mit ähnlich denkenden Menschen zusammenzuschließen, die Erfahrungen wie er gesammelt haben beziehungsweise die derselben Ansicht sind wie er. Dieser erlauchte Kreis von »Wissenden« war anfangs noch sehr klein. Doch im Laufe der Zeit vergrößerte er sich rapide, was man auch an den Veröffentlichungen von Edward Snowden vom NSA und Julian Assagne von Wiki Leaks erkennen kann, welche Kleinmann in seiner Theorie ja nur noch bestätigen.

Allerdings haben einige dieser außerirdischen Rassen die Erde bereits wieder verlassen und die Erdlinge alleine zurückgelassen; doch haben sie gewisse Statthalter mit der Kontrolle der Erde beauftragt.

Es gab auch mehrmals aus Zorn darüber, dass sich »göttliche Wesen« zu sehr der erschaffenen Schönheiten der Erdlinge widmeten und sogar Nachkommen mit ihnen gezeugt hatten, den Versuch, die Erdlinge vollkommen auszurotten, was sich in der Bibel dann als Sintflut wiederfinden lässt. Der Turmbau zu Babel gibt ein ähnliches Zeugnis davon ab, dass sich die Menschheit gegen ihre »Götter« aufgelehnt haben und in den Himmel beziehungsweise zu deren Sternen strebten – oder die eventuell auch nur zu diesen »Göttern«, nachdem sie die Erde verlassen hatten, zurückkehren wollten. Allerdings konnte es von den »Göttern«

keines Falles zugelassen werden, dass die Erdlinge plötzlich die gleichen Fähigkeiten wie sie selbst erlangten, um selbst zu den Sternen zu reisen, obwohl sie genetisch dazu natürlich geschaffen waren, da sie ja von diesen »Göttern« abstammten und erschaffen worden waren. Hier musste dringend Einhalt geboten werden. Die Erdlinge mussten praktisch wieder »umprogrammiert« werden, indem man ihnen die gemeinsame Sprache nahm und sie sich deshalb nicht mehr untereinander unterhalten konnten, was übrigens bis zum heutigen Tage für Probleme und Verwirrungen der verschiedenen Völker der Erde führt. Somit stellt der Turmbau zu Babel einen großen Rückschlag in der Entwicklung der Menschheit dar! Diese Statthalter, die mit der Kontrolle der Erde von den »Göttern« beauftragt worden sind, gibt es bis zum heutigen Tage. Sie setzen sich aus Adligen zusammen wie den Habsburgern, den Hannoveranern, den Romanoffs, Windsors und vielen anderen »Blaublütigen«; eigentlich sind fast alle Königshäuser Europas, bei denen fast alle irgendwie miteinander verwandt oder verschwägert sind und die zum Teil auch erhebliche Inzucht betrieben haben, involviert. Diese wiederum, gepaart mit den mächtigsten Familien dieser Erde wie den Rockefellers, Rothschilds und anderen in Zusammenarbeit mit der Globalen Elite aus Bankern, Politikern und Führungskräften der Wirtschaft, halten diese die Welt so am Laufen, wie es die »Götter« von ihren Statthaltern fordern.

Politisch wird diese Macht ausgeübt über den Vatikan und von dort verbreitet über England nach Amerika und durch die verschiedenen Marionettenregierungen, die uns als Demokratie verkauft werden, schließlich dann exekutiert. Nach Ansicht von Dr. Kleinmann ist im Vatikan nicht das Geringste religiös oder heilig. Die Religion dient hier nur als Deckmantel, um die düsteren Fäden der Weltherrschaft in der Hand zu behalten und daran zu ziehen. Genauso wie die Welt von einer Schattenregierung beherrscht wird, ist auch der Vatikan mit all seinen Ablegern wie dem Opus Dei und den Jesuiten nur eine riesige Machtzentrale, die unter dem Deckmantel einer Religion operiert. Schließlich und endlich wird die Welt von nur zehn Familien geleitet, kontrolliert, beherrscht und diktiert! Diese Elite besitzt Tausende Jahre altes Wissen und Informationen, die von der übrigen Menschheit ferngehalten wird, um diese kontrollieren zu können. Ihren Wissensaustausch gibt diese Elite in ihren zahlreichen Geheimbünden und Logentreffen weiter, wobei sich etliche Logen selbst untereinander abschotten. Dies bedeutet, dass Logenmitglieder der untersten Logengruppierung nicht wissen, was Mitglieder der obersten Logengruppierung beschließen oder besprechen. Wenn diese Abschottungspraxis in der freien Wirtschaft angewendet wird und aus dieser Handlung eine kriminelle Tat entsteht, erfüllt dies den Tatbestand einer kriminellen Vereinigung! Erschwerend kommt nach Ansicht von Dr. Kleinmann hinzu, dass es auf der Erde seit Jahrtausenden außerirdische Rassen und Wesen gibt, die sich hier niedergelassen haben oder immer wieder die Erde besuchen. Es dürfte momentan etwa 20 verschiedene Rassen von Außerirdischen geben, welche sich auf der Erde befinden. Sie stammen aus verschiedenen Galaxien und sind auch unterschiedlich in ihrer Erscheinungsform. Die Ziele ihres Daseins auf der Erde sind ebenfalls völlig unterschiedlicher Natur. Einige von ihnen sind der Menschheit gegenüber abneigend eingestellt, manche haben sogar das Interesse daran, territoriale Ansprüche oder Machtkämpfe auf der Erde durchzuführen; dies allerdings konnte durch andere der Menschheit gut gesonnene Rassen, die in einer Art galaktischem Sternenverbund zusammengeschlossen sind, bisher verhindert werden. Einige dieser Rassen haben auch geheime Abkommen mit einigen der weltlichen Regierungen und Großmächten geschlossen. All dies wird jedoch vor der Öffentlichkeit vertuscht und ihr verschwiegen.

* * *

»Sawadi kraph, Dr. Kleinmann«, schallt es durch die Ankunftshalle des Flughafens. Der Chauffeur des Hotels Oriental Bangkok heißt seinen Stammgast herzlich willkommen. Es ist nicht das erste Mal, dass Kirit Kleinmann vom Flughafen ins Hotel fährt. Wie immer ist deutsches Erdinger Bier bereits in der Limousine kaltgestellt. Kleinmann versinkt sogleich in den tiefen Polstern der gut klimatisierten nagelneuen BMW-Limousine und kippt das erste Bier mit einem großen Schluck hinunter, während Kirit das Handgepäck im Kofferraum verstaut. Kleinmann hat sich in den letzten Jahren angewöhnt, ausschließlich mit Handgepäck zu fliegen. Somit ist er, der zur Freude der Qatar-Airways nur in der Ersten Klasse oder mindestens in der Business Class fliegt, immer einer der ersten, der aus dem Terminal kommt und auch stets der letzte, der ins Flugzeug wieder einsteigt. Er versucht sich das Reisen so angenehm wie möglich zu machen, was nach dem Elften September allerdings nicht mehr so einfach ist. Er ist überall ein angenehmer und gern gesehener Gast, da er es sich angewöhnt hat, immer ein gutes Trinkgeld zu geben. Ab und zu erlaubt er sich einen kleinen Small Talk oder Spaß mit dem einen oder anderen Angestellten. Bevor Kirit die Limousine startet, hat Kleinmann bereits leise die zweite Flasche Erdinger aus dem Kühler der Limousine genommen und vorsichtig geköpft. Der Chauffeur beobachtet ihn dezent durch den Rückspiegel und schmunzelt, worauf der offensichtlich Ertappte nur mit »Farang mao« antwortet, was so viel bedeutet wie »Verrückter Ausländer!« Daraufhin bricht Kirit in schallendes Gelächter aus, in das Kleinmann gerne einstimmt, woraufhin der Chauffeur die Limousine mit den von Kleinmann so geliebten Abba-Songs in Bewegung setzt. Kaum hat der Wagen den Flughafenbereich verlassen, klingelt und vibriert es auch schon auf allen drei Telefonen, die

Kleinmann mit sich führt. Sein eigentliches Ziel ist nicht Bangkok, sondern Hanoi in Vietnam. Da er dafür jedoch ein Visum benötigt, hat er beschlossen, zuerst nur bis Bangkok zu fliegen, dort ein paar Tage zu entspannen und sich das Visum vom Hotel besorgen zu lassen. Der Concierge im Oriental kennt Kleinmann bestens und steht ihm für solche Dienste gerne zur Verfügung. Er kann mit einem ordentlichen Trinkgeld rechnen, wenn er diese Formalitäten umgehend und schnell erledigt.

Die Fahrt führt sie direkt über den Highway bis zur Abfahrt in den alten Stadtbezirk Bangrak in der Nähe der Silom Road, in dem sich das Oriental direkt am Chao Pharya River befindet. Dort angekommen erwartet bereits ein Team von Bediensteten in traditioneller alter siamesischer Tracht den Gast, der dort immer dieselbe Suite bucht. Kaum hat die Limousine die Vorfahrt des Hotels erreicht, wird auch schon die Tür des Wagens geöffnet und ihm wird von einer thailändischen Schönheit ein dezentes »Sawadi Krap, Dr. Kleinmann. Welcome to Bangkok« ins Ohr gehaucht. Leicht beflügelt durch die beiden Biere steigt er aus, woraufhin dann sofort seine Brillengläser beschlagen. Der Temperaturwechsel von klimatisierten 22 Grad im Fond auf tropische 34 Grad außen fordern ihren Tribut. Wie im dichten Nebel schwebt Kleinmann, ohne irgendetwas zu erkennen, in die Lobby, begleitet vom Willkommensgruß der zehn Hotelangestellten, die ihm fast kniend die Tür öffnen.

In der Lobby wird Kleinmann herzlich begrüßt mit einem Willkommensgetränk und einem eisgekühlten Erfrischungstuch, das in Minze getaucht gewesen ist. Er ist kein Freund von süßen Cocktails, nippt daher nur dezent an dem Glas, wischt sich kurz das Erfrischungstuch übers Gesicht und reinigt damit seine Brillengläser. Während das Orchester zum Fünf-Uhr-Tee in der Lobby aufspielt, wird Kleinmann hinauf in seine Suite im zwölften Stock geführt. Sie verfügt über einen eigenen Butler und eine atemberaubende Aussicht auf den belebten Chao Pharya River. Dort angekommen kramt Kleinmann hastig seinen Reisepass aus der Aktentasche. Er gibt ihn dem Concierge für die Visavorbereitungen nach Vietnam und steckt dann die Ladegeräte seiner Mobiltelefone in die Steckdose. Ein Teil seines Gepäcks lässt Kleinmann immer an seinen Lieblingsreisezielen im Hotel zurück. Somit kann er leichter reisen und es reicht ihm stets das Handgepäck aus, da er Anzüge und andere schwerere Kleidungsstücke wie Schuhe immer im Hotel zur Aufbewahrung bis zu seinem nächsten Besuch zurücklassen kann: eine sehr clevere Art zu reisen, was auch wieder von der Weitsicht Kleinmanns zeugt. Schon klingelt es an der Tür. Der Butler bringt ihm seine Gepäckstücke vom letzten Aufenthalt und sein Handgepäck in den Umkleideraum der Suite. Kleinmann bedankt sich herzlich und drückt dem Butler seinen Reisepass in die Hand. Den möge er dem Concierge bringen, um das Visum umgehend zu beantragen. Außerdem übergibt er ein üppiges Trinkgeld. Nachdem nun alle Formalitäten erledigt sind, weist er den Butler an, den Whirlpool mit Rosenduftwasser vorzubereiten.

»Dr. Kleinmann, möchten Sie ein Glas Champagner dazu?«, fragt ihn der Butler hoffnungsvoll.

»Keine Frage, James!«, gibt der zurück.

Der Butler heißt natürlich nicht James. Für Kleinmann ist er aber so umgetauft worden, da es ihm zu kompliziert ist, die thailändischen Namen auszusprechen. Nachdem der Butler das Badewasser eingelassen und den Champagner kaltgestellt hat, legt er noch den seidenen Bademantel und wohlriechende Badetücher für seinen Gast bereit.

Kleinmann steht auf der Terrasse der Suite und schaut auf den stark belebten Fluss, auf dem sich Schnellboote, Wassertaxis und Lastkähne gegenseitig mit starken Wellen aufschaukeln. Als James die Suite leise verlässt, fühlt sich Kleinmann wie im Paradies und er begibt sich auf den Weg in sein luxuriöses eingerichtetes, sehr großes Badezimmer.

Nach dem ausgiebigen Bad fühlt sich Kleinmann wie neu geboren. Fröhlich pfeift er vor sich hin und beschließt, in die Terrassen-Bar des Hotels direkt über dem Fluss zu gehen. Als er dort eintrifft, wird er sofort erkannt. Unverzüglich wird ihm sein Stammplatz hergerichtet und ohne zu fragen sofort mit einem großen Zigarrenaschenbecher versehen. Der mit Eis gefüllte Champagner-Kühler voller Erdinger Weißbier wird ebenfalls neben dem Tisch platziert. Das hat Kleinmann dem Hotel vor langem beigebracht, weil er es sattgehabt hatte, immer nur warmes Bier vor sich zu haben. Deshalb bittet er den Ober auch, immer nur ungefähr ein Viertel des Glases zu füllen und den Rest der Flasche wieder zurück in den Kühler zu stellen. Somit ist gewährleistet, dass jeder Schluck die entsprechende Kühle und Würze besitzt, die Kleinmann bei diesen schwülen Außentemperaturen von bis zu 37 Grad genehm sind.

Das Mobiltelefon beginnt zu läuten und Kleinmann steckt sich dezent den Kopfhörer ins Ohr. »Hallo, Frau Nguyen! Wie geht es Ihnen?«, versucht er mit übertriebener Höflichkeit ins Telefon zu hauchen.

Frau Nguyen ist die verantwortliche Person, die ihm einst über einen ehemaligen Botschafter vermittelt worden ist und die für den Verlust im sechsstelligen Bereich und das Scheitern des Geschäfts in Vietnam verantwortlich ist. Seine Mission war es nun, zum ersten Mal diese Person in Hanoi zu treffen und zur Rechenschaft zu ziehen, um so wenigstens wieder an einen Teil seines verlorenen Geldes zu gelangen, das er so dringend benötigt, um die nächsten Monate einigermaßen leben zu können.

»Ich warte nur noch auf mein Visum, dann fliege ich los«, verkündet Kleinmann seiner Gesprächspartnerin.

Er hat ihr vor dieser Reise durch gefühlt Hunderte von Mails angedroht, dass er mit zwei Rechtsanwälten zu diesem Treffen kommen wird, so dass er ein gewisses Druckmittel gegen sie in der Hand hat. Ihm sind von Frau Nguyen immer wieder Rückzahlungen versprochen worden, die sie dann aber nie ausgeführt hat. Nun will er selbst vor Ort reisen, um der Sache einen gewissen Nachdruck zu verleihen. Denn schließlich steht er finanziell mit dem Rücken an der Wand und benötigt jeden Cent. Er kann die Ehrfurcht und auch die Angst am anderen Ende der Leitung spüren und leert sein Glas mit einem Zug voller Zufriedenheit aus. Nach noch drei weiteren Flaschen Bier beschließt er, noch einen Snack zu sich zu nehmen, um dann später gegen 22 Uhr in das Nachtleben von Bangkok abzutauchen, das für ihn einen gewissen Reiz des Verruchten hat. Seit seinem ersten Besuch vor 14 Jahren jedoch hat sich das Nachtleben in Bangkok komplett verändert. Von all den Gogo-Bars und Etablissements, die es früher in jedem zweiten Haus gegeben hat, ist heute gerade einmal jeder fünfte Betrieb übriggeblieben. Der Sextourismus ist weitgehend zurückgedrängt und Thailand in eine Art Familienparadies umgewandelt worden, in dem jetzt Wellness-Oasen und Familienhotels oder teure Restaurants im Vordergrund stehen. Dennoch sind Kleinmann die restlichen 20 Prozent der Bars und Straßen durchaus bekannt, in denen er nicht lange suchen muss, um seinen Spaß zu bekommen. Nachdem er den letzten Bissen seines Snacks verschlungen hat, stürzt er sich auch schon in ein Taxi und taucht ins unendliche Verkehrsgewirr von Bangkok ein. Nach einer kurzen Fahrt aus dem alten Stadtbezirk Bangkoks hinaus am Lumpini Park vorbei landet er schließlich im berüchtigten Viertel Phat Phong. Dort steigt er aus dem Taxi und verschwindet im Gewühl der Menschenmassen, die nachts offenbar noch gewaltiger sind als tagsüber.

Den ersten Stopp legt er an einer Straßen-Bar ein, die es ihm ermöglicht, das Treiben auf der Straße in vollen Zügen zu genießen und zu beobachten. In den billigeren Bars und Kneipen steigt Kleinmann vom deutschen Bier wahlweise auf das lokale »Singa« um oder auf die alt-berüchtigte weltweite »Chemikalie« wie er das »Heineken« nennt, das für ihn mehr aus Chemie und Wasser besteht als aus den üblichen Zutaten, die für ein Bier nach deutschem Reinheitsgebot vorgeschrieben wären. Sein erstes Bier läuft ihm eiskalt die Kehle hinunter, während um ihn herum leicht bekleidete Thai-Mädchen vorbeihuschen und mit viel zu alten Touristen und Schürzenjägern im Arm oder händchenhaltend flanieren.

Früher konnte so mancher deutsche Sozialhilfeempfänger hier ein luxuriöses Leben führen. Doch diese Zeiten sind in Thailand heute auch vorbei und gehören der Vergangenheit an. Nachdem er das zweite Bier ausgetrunken hat, geht er schräg gegenüber in den »Pink Panther«. Die Go-Go Bars werden alle von einer sogenannten »Mamasan« geleitet. In den meisten Go-Go-Bars haben die Tänzerinnen irgendwo eine Nummer an ihren wenigen noch verbliebenen Stoffresten. Man kann sich diese Mädchen zu sich an den Tisch kommen lassen. Auch Kleinmann ist sehr geübt in dieser Menschenlotterie. Schon als er den »Pink Panther« betritt, dröhnt ihm die 80er-Jahre-Musik in den Ohren. Überall tanzen und hüpfen die leicht bekleideten Mädchen an Stangen rauf und runter wie in Affenkäfigen. »Pink Panther« hat ungefähr 40 von ihnen jeden Abend auf der Tanzfläche. Nachdem Kleinmann ein Tisch zugewiesen worden ist, lässt er sich gemütlich nieder und lässt sich von den Schönheiten des Abends bezaubern. Doch nach ein paar weiteren Bieren geht bei Kleinmann das Temperament völlig mit ihm durch und er bestellt alle 15 Minuten eine andere Schönheit an seinen Tisch. Es ist wie beim Lotto: zuerst die 4, dann die 15, jetzt die Nummer 78 und schließlich die 21 zusammen mit der 45. Dieses Spiel geht bis weit nach Mitternacht – bis sich schließlich die Nummer 3, eine zierliche hochgewachsene Thaischönheit mit kleinen spitzen Brüsten und einem tollen Astralkörper, wie er es nennt, und die Nummer 19, eine exotische Schönheit (bei der man nicht genau erkennen kann, ob es vielleicht nicht vorher doch ein Mann gewesen sein könnte), zu seinen Favoriten herauskristallisieren. Man bechert einige Thai-Whiskys und beschließt dann irgendwann, gemeinsam das Lokal zu verlassen.

»Hallo Mamasan!«, ruft Kleinmann geübt die Hausherrin über die 40 Mädels zu sich, um die üppige Rechnung zu begleichen. In allen Go-Go-Bars ist es üblich, dass man die Mädchen gegen eine sogenannte Ablösegebühr mitnehmen kann. Was dann das Mädchen mit dem Kunden danach macht oder vereinbart, ist der Mamasan egal. Nachdem Kleinmann bezahlt hat und auf dem Weg zum Ausgang ist, geht es mit ihm plötzlich durch und er reißt sich von seinen beiden Schönheiten los, um im nächsten Moment mit einem Satz auf die Tanzfläche zu springen und an der Stange gemeinsam mit ein paar verwunderten und vollkommen überrascht dreinschauenden Girls zu tanzen. Kleinmann und seine beiden Begleiterinnen haben einen riesigen Spaß dabei.

Um dann dem ganzen Abend noch die Krone aufzusetzen, nimmt Kleinmann seine beiden vielleicht 20 Jahre alten Begleiterinnen mit in den gegenüberliegenden Bezirk, der sich »Boys Town« nennt und in dem sich viele Europäer und Japaner mit homophiler Neigung ihre Jungs suchen. Allerdings sind ab und zu im Publikum auch Pärchen oder Lesben, die sich so manche homoerotische Show ansehen. Auch Kleinmann »entführt« die beiden nichts ahnenden Begleiterinnen in eine solche Homo-Show, die im obersten Stockwerk des »Dream Boys Bangkok« stattfindet, das eines der besten Shows auf diesem Gebiet in der Stadt aufführt. Als die Show dann dem Höhepunkt entgegenfiebert und sich nackte mit Peitschen knallende Jünglinge von Schaukel zu Schaukel schwingend über die Bühne begeben und dabei auch in etlichen Szenen realen Geschlechtsverkehr vollziehen, wird es selbst seinen beiden Begleiterinnen zu viel und sie halten sich verschämt die Augen zu – wobei Kleinmann noch mehr Spaß dabei empfindet, den Thai-Mädchen eine solche Show zu präsentieren. Nach dieser obszönen Darbietung verlassen die beiden Begleiterinnen sichtlich geschockt mit Kleinmann das Etablissement und sind erleichtert, als der endlich den Weg zu seinem Nobelhotel einschlägt. Dort angekommen ist nur noch die Nachtschicht zugange und das Security-Personal öffnet ihm die Tür. Sein Suite-Butler ist sofort zur Stelle und bringt ihm eine Flasche Veuve Clicquot in die Suite und dazu, wie von ihm bevorzugt, verschiedene Beeren: Himbeeren, Erdbeeren und Blaubeeren. Er sorgt auch dafür, dass sein Kingsize-Bett dezent beleuchtet und für die Nacht hergerichtet ist.

Am nächsten Morgen wacht Kleinmann durch das Geräusch eines seiner Thai-Mädchen auf, die meist schon sehr früh nach Hause wollen, wenn man nicht ausdrücklich etwas anderes mit diesen vereinbart hatte. Kleinmann versucht daher halb im Schlaf, seine Geldbörse aus dem Safe zu holen um den beiden Mädchen ihre Entlohnung zu geben. Nachdem dies geschehen ist, lässt sich Kleinmann wieder mit dickem Kopf ins Bett zurückfallen und erwacht erst nach ein Uhr mittags wieder. Hastig verschlingt er ein paar Früchte, die der Butler am Morgen mit der Zeitung in den Flur gestellt hat, und nimmt eine Aspirin aus der Packung, die er mit einem eiskalten Bier hinunterspült. »Nichts Besseres als ein eiskaltes Bier am Morgen nach einer durchzechten Nacht«, denkt er und versucht, seine Sinne wieder zu sammeln.

Auf dem Weg zum Badezimmer entdeckt er schon die Nachricht vom Concierge unter der Tür, dass der Reisepass mit dem Visum für Vietnam zur Abholung bereitliegt. Wenn er diesen aufs Zimmer geliefert haben möchte, möge er sich bitte melden. Alles verläuft nach Plan. Dr. Kleinmann ist rundum zufrieden. Nach einer kurzen Dusche ruft er beim Butler an, damit der ihm den Pass in die Suite bringt. Kurze Zeit später trifft James auch schon mit dem Umschlag des Concierges ein. Kleinmann quittiert den Erhalt seines so wichtigen Dokuments.

Nach kurzer Zeit wählt er erneut die Nummer des Butlers, damit dieser ihm die Abendmaschine der Qatar-Airways von Bangkok nach Hanoi bucht und ein Zimmer im dortigen Hotel Hilton Opera für drei Nächte reserviert. Wenige Minuten später liegt auch schon die Reservierungsbestätigung unter seiner Hotelzimmertür. Es ist nun doch alles schneller als geplant gegangen. Die Entspannung in Thailand ist nur von kurzer Dauer gewesen, da ihm das Treffen mit Frau Nguyen aus Hanoi doch wichtiger ist, als noch eine Nacht in Bangkok zu verbringen. Er teilt der Rezeption seinen Abreiseplan mit und bittet darum, eine Limousine zum Flughafen für 17 Uhr bereitzuhalten. Kleinmann wechselt noch schnell in seinen Anzug und ist somit reisefertig. Den Rest des Gepäcks hat er ohnehin noch nicht ausgepackt, so dass er dies zur Verwahrung wieder dem Butler überlassen kann. Er prüft noch einmal, ob er nicht doch noch irgendetwas Wichtiges vergessen hat und macht sich dann auf, um im Terrassenrestaurant sein Mittagessen einzunehmen. Er lässt sich jede Menge Zeit, begibt sich danach direkt zum Checkout an die Rezeption und von dort direkt in die Limousine, die bereits mit gekühltem Bier und wohltemperiertem Innenraum vor dem Eingang wartet. Fahrer Kirit freut sich, seinen Stammgast wiederzusehen, und öffnet ihm die Tür mit einem Lächeln. Nachdem sein Handgepäck verstaut ist, lässt Kirit auch schon mit leisem Summen den Wagen an und fährt langsam aus der Vorfahrt des Hotels hinaus direkt in Richtung Highway. Nach einer gut 40-minütigen, zügigen Fahrt erreicht die Limousine den Flughafen. Diesmal würdigt

Dr. Kleinmann die Bierflasche nicht eines einzigen Blickes; denn im »Dienst« trinkt Dr. Kleinmann nichts. Das hat er sich seit langem abgewöhnt beziehungsweise zum Vorsatz gemacht. Als der Wagen an Gate 7 vorfährt, öffnet Kirit ihm die Tür und übergibt sein Handgepäck. Kleinmann steckt dem Chauffeur noch 200 Baht, also rund fünf Euro Trinkgeld zu und verschwindet dann in der Eingangshalle des Flughafens. Er geht direkt zum First-Class Schalter der Qatar-Airways, der ihm gleich mit dem dort ausgelegten roten Teppich ins Auge springt. Wie meistens ist dieser Schalter komplett leer, so dass Dr. Kleinmann sofort abgefertigt wird und seine Boardingcard für Sitz 1A erhält. Das ist Vielflieger Kleinmanns Lieblingsplatz. Als regelmäßiger Passagier der Ersten Klasse und der Business Class bekommt Kleinmann zusätzlich einen Voucher für die Executive Lounge und einen VIP-Ausweis, der es ihm erlaubt, den sogenannten »Fast Track« zu verwenden. Das ist ein spezieller Durchgang in den Sicherheitsbereich, den er mit dieser Karte nutzen kann. Er ist der Crew, Diplomaten, Mönchen und eben Erste-Klasse-Passagieren vorbehalten. Hier findet die Passkontrolle und der Security-Check getrennt von den anderen Passagieren statt. Alles geht schneller, das Personal ist höflicher und Kleinmann ist mit allen Formalitäten in weniger als fünf Minuten fertig. Jetzt kann er sich im riesigen Abflugbereich des Flughafens, der mit unzähligen Geschäften, Restaurants und Imbissständen ausgestattet ist, frei bewegen.

Kleinmann begibt sich sogleich auf den unendlich langen Weg durch die Abflughalle zur Executive Lounge der Thai-Airways, die er auch als Passagier der Qatar-Airways betreten darf. Dort angekommen informiert er als erstes Frau Nguyen in Hanoi, dass er bereits auf dem Weg nach Vietnam ist. Sie ist sichtlich überrascht, wirkt dennoch gelassen. Er verabredet ein Treffen mit ihr für den nächsten Morgen um zehn im Hilton Opera. Frau Nguyen geht weiterhin davon aus, dass Kleinmann seine beiden Anwälte mit auf die Reise genommen hat, was ja nicht der Fall ist. Nachdem er das Gespräch beendet hat, holt er sich ein Sandwich, eine Cola und eine deutsche Illustrierte an seinen Platz. Er blättert die Zeitschrift lustlos durch. Sie langweilt ihn. Immer wieder döst er kurz ein. Sein Kopf fällt dabei leicht zurück gegen die Kopflehne des großen Clubsessels. Die durchzechte Nacht hat ihm wohl doch etwas zu schaffen gemacht, schließlich sind auch seine wilden Jahre vorbei, in denen er bis zu drei Tage und Nächte am Stück durchfeiern konnte, ohne etwas davon zu spüren.

Ein sanfter Stups einer Mitarbeiterin der Lounge weckt ihn aus seinen Träumen. »Sir, this is the last call for Hanoi«, teilt sie ihm mit. Also packt er hastig sein Handgepäck und macht sich auf den Weg zum Gate seines Fluges QR 645, der bereits kurz vor der Schließung ist. »This is the last boarding call for passenger Dr. Kleinmann travelling to Hanoi with Qatar-Airways 645«, hört er aus den Lautsprechern des Flughafens. »Dringender letzter Aufruf für Passagier Dr. Kleinmann mit Qatar Airways 645 nach Hanoi! Bitte begeben Sie sich umgehend zum Flugsteig. Das Gate schließt in wenigen Minuten!«

Die kleinen Füße des gerade einmal 1 Meter 68 großen Dr. Kleinmann bringen ihn jedoch nur langsam voran. Zum Glück ist er ähnlich schmal gebaut wie die meisten Asiaten und bringt nur 65 Kilo auf die Waage. Somit hat er auch keinerlei Probleme, das Gate, zwar etwas außer Atem, aber dennoch, bevor es geschlossen wird, zu erreichen. Das Personal läuft ihm schon entgegen, um seinen Pass und die Boardingcard zu scannen um ihn dann als letzten Passagier an Bord der Maschine zu lassen. Er wird herzlich von den Stewardessen begrüßt und während er in seinem überdimensional großen Business-Class-Sitz versinkt und seine Kissen zurechtrückt, ertönt auch schon die Durchsage der Crew »Boarding completed«. Noch bevor er sich richtig in seinem

Sitz einrichten und es sich bequem machen kann, wird ihm ein Glas Champagner und ein Erfrischungstuch gereicht. Kleinmann sitzt völlig alleine in der Business-Class, da auf diesen Kurzflügen die meisten Reisenden einen Economy-Tarif wählen und die Gäste aus Qatar die Maschine bereits in Bangkok bei der Zwischenlandung verlassen haben.

Nach zwei Stunden Flugzeit befindet sich die Maschine bereits im Landeanflug auf Hanoi. Kleinmann hat sich den Sicherheitsgurt wieder angelegt und beobachtet den wackeligen Landeanflug der Maschine, die bedingt durch schlechtes Wetter dem Boden immer näherkommt.

Endlich erfolgt ein doch noch einigermaßen gut gelungener »Touchdown« und aus den Lautsprechern ertönt auch schon die Ansage der Stewardess »Welcome to Hanoi«. Kleinmann öffnet das Gepäckfach, nimmt seine Aktentasche heraus und wird als erster Passagier aus der Maschine gelassen. Nachdem er zügig wie immer die Passkontrolle hinter sich gelassen hat, geht er direkt auf den Ausgang zu. Denn auf Gepäck muss er ja nicht warten.

Seine Augen blicken umher und scannen systematisch alle wartenden Personen auf etwaige Namensschilder. Er benötigt nicht lange, bis er das Zeichen des Hilton-Hotels mit seinem Namen darunter erkennt. Er steuert direkt darauf zu und gibt sich als Dr. Kleinmann zu erkennen. Viele Vietnamesen sprechen kein oder nur sehr schlechtes Englisch. So fällt auch diese Fahrt vom Flughafen ins Hotel ziemlich schweigsam aus. Kleinmann lässt sich daher von der Landschaft und der Architektur des Landes beeindrucken.

Das Hilton liegt neben der großen Oper in Hanoi und damit relativ zentral in der Altstadt. Nach dem Einchecken beschließt Kleinmann, an der Bar eine Halbliter-Flasche Hanoi-Bier zu testen und bestellt sich einen Burger dazu. Das gehört sicherlich nicht zu seinen Lieblingsspeisen. Es erscheint ihm momentan aber als das Sicherste, was er essen kann. Denn er hat erstens von der Küche des Hotels noch keinen Eindruck bekommen können und kennt sich zweitens mit den einheimischen Gerichten noch nicht aus. Er überlegt, dass er mit einem Burger in einer amerikanischen Hotelkette nicht wirklich falsch liegen kann. Danach begibt sich Kleinmann direkt in sein Zimmer, um am nächsten Tag für das Gespräch mit Frau Nguyen ausgeruht zu sein. Im Bett zappt er sich durch die Fernsehkanäle und schläft schließlich relativ schnell ein.

Am nächsten Morgen ist Kleinmann um Punkt 10 Uhr in der Lobby und wartet auf Frau Nguyen. Er hat sich auf das Gespräch sehr gut vorbereitet und führt auch einige Unterlagen bei sich. Als dann plötzlich eine kleinere Vietnamesin vor ihm steht und ihn fragt, ob er wohl Herr Kleinmann sei, schüttelt er zum ersten Mal die Hand von Frau Nguyen, die fast noch kleiner ist als er und ungefähr im selben Alter sein dürfte.

Dr. Kleinmann erklärt ihr als erstes, dass er alleine gekommen ist und seine Anwälte auf dem Zimmer geblieben sind, um die Angelegenheit zuerst persönlich und vertraulich besprechen zu können. Dieser Schachzug hinterlässt Eindruck und schafft sogleich Vertrauen bei der Gegenseite. Somit hat er schon einmal einen Trumpf gesammelt und die Sympathie von Frau Nguyen sicher, obwohl er noch nicht viel zur eigentlichen Sache gesagt hat.

In den Verhandlungen geht es nun darum, dass Frau Nguyen von ihm einen Kredit in Höhe von einer Million Dollar bekommen hat. Doch das Geld ist von ihr veruntreut oder zumindest nicht sachgemäß eingesetzt worden. Wie auch immer: Die Million ist weg, absichtlich oder nicht. Nguyen hat sie laut Vertrag nun persönlich an ihn zurückzuzahlen.

An Nguyens Art muss Kleinmann sich zuerst einmal gewöhnen: Sie hat wie die meisten Vietnamesen eine raue, kalte und bestimmende Erscheinung, die so ganz das Gegenteil ist von den Thailändern, die üblicherweise soft, herzlich und warm sind. Nguyen handelt zügig und versucht seitdem Aus des Sozialismus in ihrem Land, in der kapitalistischen Welt Fuß zu fassen. Die alten Kader des Sozialismus arbeiten in Vietnam nach wie vor gleich und alles geht nur mit der und durch die Partei. Alles ist dort noch sehr verkrustet und läuft anders als in westlich orientierten Ländern sonst üblich. Offensichtlich ist Nguyen aber sehr gut in die sozialistische Gesellschaft und in den Machtapparat dort integriert.

Das Gespräch verläuft sehr aufgeregt und zeitweilig auch angespannt. Doch durch Kleinmanns diplomatische Art kommt es immer wieder in die richtige Bahn. Es gilt für ihn, seine Position immer unmissverständlich klar zu machen – jedoch nur so weit, dass der andere nicht gekränkt oder verärgert den Tisch verlässt. Kleinmann weißt Nguyen immer wieder auf die entscheidenden Stellen im Vertragswerk hin – ganz in der Manier eines Rechtsanwalts – und erläutert ihr sachlich, was sie unterschrieben und welche Konsequenzen dies nun für sie hat. Offensichtlich ist sie sich dessen nicht ganz bewusst oder hat es absichtlich ausgeblendet, als sie den Vertrag unterschrieben hatte. Durchaus verständlich in Anbetracht des daraus resultierenden Geschäfts und dem möglichen Gewinn in Millionenhöhe, der hätte abgeschöpft werden können. Nachdem nun aber das Geschäft nicht zustande gekommen ist, ist sie selbst rechtlich dafür verantwortlich, das ihr überlassene Kapital wieder zurückzuzahlen, da er ihr dies eben nur leihweise für eine bestimmte Zeit zur Verfügung gestellt hatte und er dann im Falle eines geschäftlichen Erfolges zusätzlich am Gewinn beteiligt gewesen wäre. Sie hatte sich mit diesem Vertragswerk selbst ein Eigentor geschossen, wobei für Kleinmann eigentlich immer eine Win-Win-Situation vorgelegen hatte, da er sie persönlich in die Haftung nehmen konnte – ohne dass er mit dem eigentlichen Geschäft etwas zu tun gehabt hätte, aber dennoch am Erfolg des Geschäftes hätte teilhaben können.

Nach drei Stunden erregter Verhandlung kann Dr. Kleinmann mit Frau Nguyen schließlich eine Vereinbarung treffen: Sie versucht mit allen Mitteln, ihre Schuld innerhalb der nächsten Wochen zu begleichen. Somit würde ihr der juristische Weg und auch der Gesichtsverlust erspart bleiben. Die ersten 50.000 Dollar werden Kleinmann innerhalb von zwei Tagen versprochen sowie nochmals 50.000 Dollar in den nächsten zwei Wochen. Immerhin besser als nichts, denkt Dr. Kleinmann und ist zwar ein wenig beruhigt, aber nicht ganz zufrieden. Sie verabreden, dass sie sich wieder in zwei Tagen treffen, damit Kleinmann ausbezahlt werden kann. Das verschafft ihm nun genügend Zeit, Hanoi zu erkunden.

Dass Hanoi die Hauptstadt Vietnams ist, merkt man schnell. Keine andere Stadt in diesem Land ist so typisch vietnamesisch wie Hanoi. Über 2.000 Jahre lang war hier das politische Zentrum des Viet-Volkes worauf ganz Hanoi stolz ist. Der Süden, besonders mit Saigon hat seine eigene Entwicklung, aber Zentrum der Macht ist und bleibt Hanoi.

Für den westlichen Besucher stellt sich Hanoi eindeutig als reines Chaos dar. Schon die Fahrt vom Flughafen, außerhalb der Stadt gelegen, ist ein Erlebnis. Da stehen wild zusammengewürfelte Häuser mit kleinen Gässchen, faszinierend verschachtelte Strommastkonstruktionen, die einen in Staunen versetzen und man sich die Frage stellt, wie der Strom so überhaupt noch fließen kann. Überall wuselt es wie in einem Ameisenhaufen. Es gibt keinen Platz in Hanoi an dem man alleine ist.

Es ist jedem Besucher Hanois nur zu empfehlen, sich im Altstadtviertel in einer der 36 Gassen einzuquartieren. Von hier aus lassen sich alle Sehenswürdigkeiten Hanois bequem erreichen. Wer sich außerhalb des Old Quarters ins Hotel begibt, sollte auch den ein oder anderen vietnamesischen Satz sprechen können.

Hanoi besitzt so viele reizvolle Ecken, dass es kaum zu schaffen ist, alles auf einmal anzuschauen. Natürlich sollte auch ein Spaziergang zum Hoan Kiem-See nicht fehlen. Er liegt nahe der Altstadt und ist vor allem während der heißen Jahreszeit ein lohnendes Ausflugsziel. Ebenso sollten Besucher der Stadt die Relikte des frühen Vietnams nicht auslassen. Die Zitadelle von Thang Long von 1010 ist seit kurzem Weltkulturerbe. Der nahe gelegene Literaturtempel ist ein wunderbares Beispiel aus der Zeit von Thang Long. Die 36 Gassen der Altstadt sind interessant: Jede hat ihre eigene Berufsgruppe; so findet man die Gasse der Korbflechter, der Schmiede, der Seilmacher und so weiter und so fort. Hanoi ist zu groß und die Vietnamesen noch zu unverdorben, als dass sich hier westlicher Einfluss pur entfalten könnte. Gelegentlich wird man ein amerikanisches Fastfood Restaurant finden, das ist aber auch schon alles. Deswegen ist ein Aufenthalt in Hanoi besonders reizvoll, denn die Stadt unterscheidet sich damit deutlich von anderen Groß- und Hauptstädten. Eigentlich brauchen Besucher nur aus dem Hotel zu gehen und der Straße zu folgen, um Vietnam zu entdecken. Denn Hanoi bietet alles: vietnamesische Architektur, französisch angehauchten Kolonialstil, pompöse Regierungsgebäude und breite Alleen, kleine Cafés und Restaurants, Museen und Kunstsammlungen, Theater und Oper, Diskotheken und Bars. Für jeden ist etwas dabei.

Nachdem man dann die Stadt erkundet hat, setzt man sich am besten in ein kleines Straßenlokal und schaut der schier endlosen Masse an Motorrädern zu, die einen nach wenigen Minuten regelrecht in Trance versetzen. Nach einer Stunde hat man das Gefühl, ganz Hanoi hat sich an einem vorbeibewegt.

Auch Kleinmann hat zwischenzeitlich sein neues Stammlokal gefunden. Er liebt es, dort zu essen, wo die Einheimischen sind und weniger die Touristen. Wo es am besten ist, findet man schnell heraus: Dies ist meist dort, wo es am vollsten und lautesten ist. Kleinmann geht am liebsten zur Mittagszeit, wenn die meisten Leute ebenfalls ihre Arbeitspause haben. Er sitzt dann inmitten einer riesigen Abfertigungshalle in der wohl 50 bis 70 Leute Platz finden. Dort sind einfach Tische und kleine Stühle aufgestellt. Dies verlagert sich meist dann auch noch auf die Straße, was jedoch strenggenommen verboten ist. In Vietnam ist der Gehweg auch nicht für die Fußgänger da, sondern zum Parken der unendlich vielen Motorräder.

Das Restaurant, das Kleinmann sich ausgesucht hat, ist eine Art Familienbetrieb und die Angestellten sind meist sehr junge Mädchen, die flink umherrennen, die Bestellungen aufnehmen und servieren. Die Jungs sind dafür da, die Motorräder der Gäste abzustellen und zu parken. Grundsätzlich ist so ein Restaurantbesuch, in dem sich fast nur Vietnamesen aufhalten, für einen Europäer sehr gewöhnungsbedürftig. Es ist unheimlich laut. Man versteht sein eigenes Wort nicht mehr und alles wird grundsätzlich auf den Boden geworfen – von den Nüssen bis zum Fisch und anderem Abfall. Erst nachdem der Gast dann den Tisch verlassen hat, wird der Platz ausgekehrt.

Kleinmann bestellt am liebsten einen sogenannten Hot Pot. Der hat als Basis eine Fleisch-, Fisch- oder Hühnerbrühe, je nachdem, was man darin denn kochen möchte. Es ist normalerweise ein Gericht, das bei den Chinesen oder Vietnamesen von mindestens vier Personen gegessen wird, für Kleinmann allein ist es aber gerade genug, obwohl er eigentlich kein großer Esser, sondern mehr ein Genießer ist. Er bestellt den Hot Pot mit Fleisch und Huhn. Mit einem Elektrokocher wird dann der ganze Suppentopf mit der Basisbrühe serviert. Gemüse, Gewürze, Chilis, Fleisch, Huhn und was man eben alles dazu haben möchte bekommt man separat serviert, um sich dann das Ganze selbst zusammen zu kochen: eine sehr angenehme und gesellige Angelegenheit, die dem Fondue in Europa sehr nahe kommt.

Die Mädchen haben schnell erkannt, dass Kleinmann den Einheimischen in Sachen Biertrinken in nichts nachsteht. Das Bier wird frisch aus dem Fass gezapft, das auf der Straße steht und von den Jungs bedient und dann in Gläsern serviert wird. Man muss nur kurz den Finger heben und schon steht ein neues Glas auf dem Tisch. Obwohl der Laden voll ist, wird man sofort höflich und immer mit einem Lächeln bedient. Kleinmann genießt es sichtlich, alleine an einem Tisch zu sitzen und den ganzen Tisch voller Zutaten und Essen zu haben. Von allen Seiten wird ihm von den Einheimischen zugeprostet, die sich sehr freuen, dass ein Ausländer erstens so viel trinkt wie sie selbst und zweitens sich überhaupt in diese Lokalität getraut hat. Kleinmann fühlt sich sichtlich wohl zwischen den vielen Vietnamesen.

Kleinmann beginnt nun, die Suppe anzusetzen und gibt die ersten Gewürze sowie die ganzen Hühnerknochen und das Hühnerfleisch in die Brühe, weil dies einen angenehmen Fonds und die perfekte Basis für das Fleisch später ergibt. Während die Brühe langsam köchelt, prostet er immer wieder den Vietnamesen zu. Die Mädchen lauern nur darauf, bis Kleinmann wieder den Finger erhebt, um ein weiteres Bier zu bestellen. Während die Suppe mit den Hühnerknochen vor sich hin köchelt, fügt Kleinmann immer wieder kohlartige Blätter in die Brühe, die er kurz ankocht, dann aus dem Sud nimmt, in ein kleines Schälchen platziert und schließlich gekonnt mit den Stäbchen verspeist. Das Gemüse wird zuerst gegessen, bis die Brühe entsprechend durchgezogen ist. Die Hühnerknochen sollten mindestens 40 bis 60 Minuten darin kochen. Am Schluss ergibt dies eine der besten Brühen, die man sich nur vorstellen kann. Da Kleinmann eigentlich kein Freund davon ist, Hühnerknochen abzunagen, und er sie nur bestellt hat, um eine köstliche Brühe zu bekommen, verteilt er die Knochen, nachdem sie lange genug gegart haben, auf verschiedene Schälchen und verschenkt sie an die Mitarbeiter und an Gäste des Restaurants, die sich sehr darüber freuen.

Nachdem nun nach über einer Stunde Garzeit eine wohlriechende und ebenso wohlschmeckende scharfe Brühe entstanden ist, beginnt für Kleinmann endlich der Hauptgang, der aus dem Fleisch besteht, das in die Brühe gegeben wird. Er gibt immer eine kleine Portion des Fleisches von der Platte auf ein Sieb, das er bis zur gewünschten Garzeit in die sprudelnde Brühe hebt und dies zusammen mit Gemüse und den hausgemachten Nudeln, die er gleichzeitig in der Brühe mit kocht, in ein Schälchen gibt, um daraus mit den Stäbchen zu essen. Kleinmann zelebriert dies regelrecht und das Mittagessen zieht sich um eine weitere Stunde hin, bis er neben unzähligen Bieren schließlich das Fleisch ganz verzehrt hat. Abschließend trinkt er mehrere Schälchen der kräftigen und aromatischen Brühe, die er so in einem Drei-Sterne-Restaurant nicht besser hätte bekommen können – und das Ganze für umgerechnet weniger als 10 Euro. Auf Kleinmanns Tisch sieht es aus, als wenn eine Großfamilie dort gegessen hätte, was bei den Vietnamesen sichtlich Eindruck hinterlässt. Als er schließlich die Mädchen zum Abtragen ruft, zündet er sich genussvoll eine Zigarre aus dem sozialistischen Bruderland Kuba an, die er zuvor auf dem Schwarzmarkt günstig erworben hatte. Auf diese Weise hat er sich wieder einmal in den Mittelpunkt des Restaurants katapultiert. Denn die Vietnamesen rauchen zwar alle wie ein Schlot und das auch während des Essens. Doch keiner von ihnen feuert eine kubanische Zigarre an, dann schon eher ein vietnamesisches Opiumpfeifchen, das in jeder Gaststätte irgendwo in der Ecke für alle erhältlich ist.

Immer wieder sieht man Kleinmanns Zeigefinger nach oben schnellen. Die Mädchen sind sofort zur Stelle, um ihm mit viel Freude ein weiteres Bier an den Tisch zu bringen.

Doch das beginnt nun langsam, Wirkung zu zeigen: Kleinmann beginnt damit, mit den Erdnüssen auf dem Tisch die Jungs zu beschießen, die auf die Motorräder aufpassen. Wie ein pubertierender Junge freut er sich, dass er hier eine richtige Schlacht mit den Jungs eröffnet hat. Die Erdnüsse pfeifen nur noch so durch den ganzen Laden, der sich allerdings, da es schon weit nach 15 Uhr ist, wieder ein bisschen geleert hat. Nachdem die Chefin kurz den Laden verlassen hat, erreicht die Schlacht ihren Höhepunkt und Kleinmann wird von allen Seiten von den Jungs unter Beschuss genommen. Dies endet jedoch abrupt, als die Chefin wieder in Erscheinung tritt. Als er schließlich weit nach 16 Uhr seine Zigarre aufgeraucht und mehr als 15 Gläser Bier intus hat, bezahlt er seine Rechnung und verlässt etwas angeheitert die Gaststätte. Mit dem Taxi fährt er zum Hilton zurück, das er dann bis zum nächsten Tag zum Treffen mit Frau Nguyen nicht mehr verlässt.

Um 9 Uhr morgens ruft sie ihn an und bestellt ihn in ihr Büro, das ungefähr zehn Minuten vom Hotel entfernt ist. Kleinmann bestellt sich ein Taxi und fährt direkt dorthin. Als er vor dem Regierungsgebäude steht, will man ihn jedoch keinen Einlass gewähren und ein bewaffneter Wärter hält ihn davon ab, das Grundstück zu betreten. Dies verdeutlicht Kleinmann wieder einmal, dass er mit seiner Einschätzung von Frau Nguyen richtig gelegen hat und sie sehr wohl noch auf die eine oder andere Weise in den sozialistischen Machtapparat integriert sein musste. Er versucht, Nguyen auf ihrem Handy zu erreichen, um ihr mitzuteilen, dass er nicht in das Gebäude eingelassen wird. Nach kurzer Zeit erscheint sie an der Pforte, um ihn zu sich in das Gebäude und schließlich in ihr Büro zu holen. Dort angekommen verläuft alles reibungslos.

Ngyuen übergibt Kleinmann die ersten 50.000 Dollar, verbunden mit der Aufforderung: »Zählen Sie, zählen Sie!« Kleinmann tut, wie ihm geheißen. Er quittiert ihr den Erhalt des Geldes, verstaut es in seiner Aktentasche und verabschiedet sich höflich. »Wir bleiben in Kontakt und Sie melden sich, sobald Sie die andere Summe zusammen haben!« Guter Dinge verlässt er das Gebäude, in dem er sich sehr unwohl gefühlt hat.

Nachdem er das Geld im Safe des Hotels verstaut hat, begibt er sich nochmals zu einem Spaziergang durch die Altstadt, um im Anschluss wieder sein Mittagessen in seinem Stammlokal einzunehmen. Während seines Spaziergangs bucht er seinen Flug für den nächsten Tag und das Hotel in Bangkok. Kleinmann hat sich für die 18-Uhr-Maschine der Qatar Airways entschieden, die ihn von Hanoi zurück nach Bangkok bringen soll. Nach einem weiteren ausgedehnten Mittagessen mit etwas weniger Bier als am Vortag geht er noch in einen Friseursalon, in dem er eine ausgesprochene Schönheit entdeckt, von der er sich eine ausgiebige Kopfmassage und einen Haarschnitt machen lässt. Obwohl niemand in dem Salon Englisch versteht, kann er problemlos erklären, was er möchte, und gibt sich einer perfekten 30-minütigen Massage seines Kopfes hin, die er von der Schönheit sichtlich genießt. Zurück in der Hotellobby beschließt Kleinmann, den Abend gemütlich an der Bar ausklingen zu lassen. Dabei verwickelt er sich in mehrere Smalltalks mit den Angestellten und anderen Gästen und tauscht so manche Visitenkarte aus.

Kleinmann ist Spezialist im Kontakteknüpfen. Dies macht er am liebsten und erfolgreichsten an den Bars internationaler Fünf-Sterne-Hotels oder aber auch im Flugzeug in der Business-Class. Dort hatte er schon so manchen guten Geschäftskontakt geknüpft, aus dem sich später eine erfolgreiche geschäftliche Beziehung ergeben hatte. »Nur Kontakte zählen«, ist Kleinmanns Devise. Sein gesamtes Geschäft besteht ausschließlich aus Kontakten, diese zu vermitteln oder eben geeignete Personen zusammenzubringen. Nachdem die Live-Band in der Bar aufgehört hat zu spielen, begibt sich Kleinmann schließlich in sein Zimmer. Denn in ganz Vietnam ist, ohne Ausnahme, um 24 Uhr Sperrstunde, damit das arbeitende Volk auch brav ins Bett kommt, was Kleinmann schlicht »freche Bevormundung« nennt! Er hat es schon früher in seiner Jugend nicht ausstehen können, wenn ihm jemand gesagt und diktiert hat, wann er ins Bett zu gehen hat. Er bestellt daraufhin noch einen Wodka als Absacker und ärgert sich über den Sozialismus.

DIE MISSION

Nachdem Kleinmann wieder wohlbehalten in seiner Suite im Oriental angekommen ist und er nun zwei Wochen Zeit hat, um die nächsten 50.000 Dollar abzuholen, beschließt er, sich eine gemütliche Woche mit ein paar alten Freunden zu machen. Dazu ruft er seinen altvertrauten Bekannten Charles Nielström an, der in Kapstadt seine rechte Hand gewesen ist und ihm in Afrika stets zu Diensten gestanden hat. Kleinmann kennt Charles schon seit fast 20 Jahren. Zusammen haben die beiden schon so manches »Ding gedreht« und so manche große Party gefeiert. Beide waren als Team unschlagbar und sie waren für jede Schandtat zu haben.

»Hallo Charles, du alte Hütte«, kreischt Kleinmann ins Telefon.

»O mein Gott, lebst du noch, du Verbrecher?«, schallt es von Charles zurück.

Beide haben sichtlich Freude daran, sich endlich wieder an der Strippe zu haben.

»Du hast doch gerade sicherlich nichts Ordentliches zu tun! Komm, steig ins Flugzeug und komm mich in Bangkok besuchen. Wir haben hier in drei Tagen das Songkran-Fest.«

Das Songkran-Festival wird in ganz Thailand gefeiert und geht drei Tage lang. Songkran ist das traditionelle Neujahrsfest nach dem thailändischen Mondkalender. Am Abend des 12. April werden Häuser und Wohnungen geputzt. Morgens am 13. April begeben sich die Familien in die Wats und opfern dort Reis, Früchte und andere Speisen. Anschließend werden am Nachmittag die Buddha-Figuren dort vom Vorsteher des Wats »gebadet«, indem sie mit Wasser begossen werden. In vielen Städten werden dann die Buddha-Statuen in einem Umzug durch die Stadt gefahren, um anderen Gläubigen Gelegenheit zu geben, die Statuen ebenfalls mit Wasser zu begießen. Die rituellen Waschungen haben sich im Laufe der Geschichte dahingehend entwickelt, dass sich zu Songkran alle Personen gegenseitig mit Wasser übergießen. Dieser Brauch, der bereits vor dem eigentlichen Fest beginnt und auch darüber hinausgeht, wird vor allem in größeren Städten ausgiebig betrieben; auch als unbeteiligter Tourist kann man schnell nass werden. Auf den Straßen entstehen dann spontan regelrechte Umzüge von offenen Wagen, auf denen die Feiernden gefüllte Wassertonnen (häufig auch mit Eisblöcken) transportieren, um Wasserpistolen, Eimer und Flaschen immer wieder nachzufüllen.

Außerdem wird man mit Baby-Puder bestäubt, bzw. im Gesicht damit bemalt. Da zu Songkran auch exzessiv Alkohol konsumiert wird, kommt es zu einem drastischen Anstieg von Unfällen, bei denen in jedem Jahr gut und gerne 30.000 Personen verletzt werden und mehrere hundert sogar zu Tode kommen.

Kleinmann muss nicht viel an Überredungskünsten aufbringen, um seinen alten Freund zu überzeugen, in drei Tagen pünktlich zum Songkran-Fest in Bangkok auf der Matte zu stehen. Nachdem ihm Charles zugesagt hat, versucht er noch seinen »Ziehsohn« Kevin zu erreichen, der momentan in Singapur ein Praktikum macht: Er ist der Sohn eines verstorbenen Geschäftspartners, der aus der Ehe mit einer Peruanerin hervorgegangen ist, was ihm auch sein exotisches, hübsches Aussehen gegeben hat, so dass ihm die Mädchen nur so zu Füßen liegen. Auch Kevin sagt Kleinmann gerne zu, nach Bangkok zu kommen. Er hat als Praktikant und Student sonst eher selten Gelegenheit dazu, in ein Fünf-Sterne-Hotel eingeladen zu werden.

Die beiden verbleibenden Tage lässt Kleinmann gemütlich angehen. Er verbringt sehr viel Zeit mit Lesen auf der Terrasse seiner Suite, um dort gemütlich einige Zigarren zu rauchen, auf den belebten Fluss zu blicken, die Sinne einfach so schweifen und die Seele baumeln zu lassen. Er hält sich auch mit dem Alkohol zurück, da er weiß, dass ihm schwere Tage mit seinen Freunden bevorstehen.

Heute ist es endlich soweit: Kleinmann fährt mit Kirit, dem Chauffeur, an den Flughafen, um seine Gäste abzuholen, die – wie immer von Kleinmann gut organisiert – in lediglich 30-minütigem Abstand in Bangkok landen werden. Kleinmann hat auf der Fahrt schon ein Bier genossen und hat jetzt in der Empfangshalle auch noch eines in der Hand. Er will in guter Stimmung sein, wenn seine Gäste ihn sehen. Gespannt blickt er auf die Ankunftstafel und geht die Flüge durch. Zum Glück ist keiner der Flüge verspätet. Die erste Maschine, in der sein langjähriger Freund Charles sitzt, ist bereits gelandet. Kleinmann geht schnellen Schrittes noch zu einem Stand, um dort ein eisgekühltes Bier für Charles als Willkommensgruß bereitzuhalten.

Nach nur 20 Minuten erscheint Charles auch schon in der Halle und wird stürmisch von Kleinmann in Empfang genommen. Er stimmt sogar fröhlich ein Lied für ihn an: »Junge komm bald wieder, bald wieder nach Haus…«

Charles bricht dabei in schallendes Gelächter aus und freut sich über das Bier, das ihm Kleinmann gleich in die Hand gedrückt hat. Auch Kirit ist schon zur Stelle, um Charles das Gepäck abzunehmen und es in den Wagen zu bringen, bevor Kleinmanns zweiter Gast aus Singapur eintrifft. Bis die beiden einige Informationen und den ersten Small Talk hinter sich haben, trifft Kevin auch schon ein. Mit seinen 21 Jahren ist er der Jüngste im Team.

»Kuhn Kleinmann, Kuhn Kleinmann«, brüllt Kevin voller Energie durch den kompletten Empfangsbereich, als er Kleinmann entdeckt. Der empfängt Kevin sehr herzlich und umarmt ihn fest. Als sein Geschäftspartner damals verstorben ist, ist Kevin gerade erst 16 Jahre alt gewesen. Kleinmann hat seitdem stets versucht, ihm ein kumpelhafter Vaterersatz zu sein. Er hatte seinem Vater am Sterbebett versprochen, auf Kevin etwas aufzupassen.

Als nun alle vergnügt versammelt sind, geht es direkt zum Wagen, in dem Kririt schon mit frischem Bier wartet. Kaum haben sie in der Limousine Platz genommen, geht es auch schon kräftig zur Sache. Die ersten Biere werden in fröhlicher Runde eingeschenkt, während Kirit den Wagen bereits auf den Highway Richtung Stadtmitte steuert. Es sind noch nicht einmal 25 Minuten vergangen und die ganze Limousine bebt schon vor Geselligkeit, was für Kirit sichtlich eine willkommene Abwechslung ist. Er ist es sonst gewohnt, ausschließlich seriöse und langweilende Geschäftsleute zu chauffieren.

Nachdem die beiden Gäste Kleinmanns ihre Zimmer im Oriental bezogen haben, wird keine weitere Minute verschwendet. Sie vereinbaren sofort ein Treffen auf der Terrassen-Bar am Fluss des Hotels. Dort geht es dann lustig weiter. Kleinmann bleibt dort den restlichen Abend mit seinen Gästen: mit ungezählten Bieren und Zigarren, um sich schon einmal für das Songkran-Fest am nächsten Tag einzustimmen.

Der beginnt bei Kleinmann und seinen Gästen deshalb erst gegen 12 Uhr mittags. Nach dem ersten Bier an der Terrassen-Bar zum Frühstück beschließen sie, nun in die Innenstadt in der Nähe der Sukhumvit Road zu fahren. Um den Spaßfaktor noch kräftig zu erhöhen, wird statt eines Taxis ein Tuk Tuk genommen – ein dreirädriges Motorrad, das geradezu unheimlich beschleunigen kann. Die meisten Tuk-Tuk-Fahrer sind ein wenig verrückt und rasen mit ihren Gefährten wie Wahnsinnige durch Bangkok. Aber es ist immer eine Riesenspaß. Noch ist es relativ ruhig. Nur gelegentlich wird hier und da etwas Wasser verspritzt. Kleinmann verlässt das Tuk Tuk an der Soi 11 der Suhkumvit Road und läuft bis ungefähr zur Mitte der Gasse, die sich in

Thailand Soi nennt, wo mehrere Kneipen nebeneinander auf Gäste warten.

Die erste Kneipe, die das Trio ansteuert, ist die Monsoon-Bar. Sie hat einen offenen Tresen mit mehreren Hockern und eine normale Lounge für draußen. Am Eingang der Bar wird schon aufgerüstet: Es stehen mehrere große Kübel mit Eis bereit, das später als Schmelzwasser zum Bespritzen der Passanten verwendet werden wird. Ähnliches kann man auch bei den anderen Kneipen in der Gasse beobachten. Kleinmann kennt das ganze Spektakel vom letzten Jahr und weiß genau, was er zu tun hat.

Doch zuerst einmal müssen sie den Durst löschen. So bittet er den Thailänder am Ausschank, solange Bier nachzuschenken, bis er »Stop« sagt. Dann gilt es, seine Plätze zu bestimmen und sich zu behaupten, weil sich später eine riesige Menschenmenge durch die Gassen schieben wird wie beim Karneval in Köln. In der gegenüberliegenden Bierbar kann man erkennen, dass schon die ersten »Geschütze« der übergroßen Wasserpistolen ausgepackt werden. Dies ist für Kleinmann das erste Zeichen, nun ebenfalls aufzurüsten. Immer wieder gehen Straßenverkäufer mit diversen Plastikpistolen die Gasse entlang. Kleinmann ruft einen der Verkäufer zu sich und verhandelt mit ihm verbittert. Als sie sich dann nach vielem Geschrei und Palaver einig geworden sind, hat Kleinmann dem fast vor Freude weinenden Straßenverkäufer alle Maschinenpistolen und Pumpguns, die man mit Wasser füllen kann, abgekauft, was gut 15 an der Zahl gewesen sein dürften, und hat diese an Charles und Kevin verteilt. Die Bar und auch die umliegenden Kneipen werden immer voller, auch der Alkoholpegel bei Charles, Kevin und Kleinmann steigt unaufhaltsam.

Plötzlich sind sie von noch weiteren Deutschen und einem Schweizer umgeben und die Stimmung ist prächtig. An jeder einzelnen Bar und Kneipe werden eigene neckische, aber noch dezente Wasserspiele betrieben und so mancher Gast bekommt auch etwas ab. Mittlerweile haben sich auch entlang der Straße einige Gruppen positioniert, die ihren eigenen Getränkestand sowie Wasserkübel und Wasserschläuche mitgebracht haben. Ganze Familienclans haben sich entlang der schmalen Gasse positioniert und es wird kräftig mit Thai-Whisky gespült. Vorbeigehende Passanten und Autos werden zaghaft mit Wasser beträufelt. Noch ist alles sehr verhalten. Doch mit steigendem Alkoholpegel steigt auch die Lautstärke der Musik. Überall wird getanzt und gelacht. Auf einmal verspürt Kleinmann einen riesigen und eiskalten Schuss eines Wasserstrahls an seinem Rücken und Nacken. Gleich darauf pfeift erneut ein Schuss, diesmal direkt in Kevins Gesicht, der unvorbereitet alles abbekommen hat, weil Kleinmann in Deckung gegangen ist. Eine weitere Salve trifft den Schweizer, der neben Charles steht.

Hier wird aus der Deckung heraus, wie beim Partisanenkampf, auf Kleinmann und seine Freunde geschossen; das kann man sich ja nicht bieten lassen! Der Übeltäter ist von der gegenüberliegenden Bierbar gekommen. Nun versammelt sich die ganze Bar des Monsoons, um eine gemeinsame Gegenstrategie zu entwickeln. Kevin wird erst einmal losgeschickt, um alle Waffen schön mit kaltem Wasser aufzufüllen, so dass jeder mehrere gefüllte Waffen vor sich auf dem Tresen liegen hat. Mit mehreren anderen Gästen vereinbart man, die gegenüberliegende Bar mit ihrem Schützen gemeinsam zu überfallen. Nach einem weiteren schnellen Bier und dem Laden der Gewehre wartet man nun auf den entscheidenden Moment, bis zu dem sich ein größeres Auto oder Kleinlaster der Bar nähert. Dessen Deckung will man verwenden, um ungesehen bis zur feindlichen Bar vorzudringen und dort in Schussposition zu gelangen. Dabei gilt es, so cool wie irgend möglich zu wirken, damit die Gegenseite keinen Verdacht schöpft. Kleinmann, die anderen Gäste und Freunde setzen gerade an, mit ihrem Bier auf die grandiose Strategie anzustoßen, als plötzlich von allen Seiten überfallartig auf sie mit riesigen Wasserfontänen geschossen wird. Es ist ein wahrer Monsun, der da auf sie einprasselt. Das Wassergefecht ist so heftig, dass Kleinmann durch seine Brille überhaupt nichts mehr sehen kann. Der Angriff ist überwältigend. Alle sind so sichtlich geschockt und klitschnass, da zusätzlich auch noch Wasserkübel über ihnen ausgeleert worden sind. Kevin und den andern läuft das Wasser nur so aus der Hose heraus!

»Attacke, Attacke, Attacke!«, schreit Kleinmann plötzlich. Und alle rennen ihm mit lautem Gebrüll hinterher, gerade auf die gegenüberliegende Bar zu. Dort wird alles unter Beschuss genommen, was sich bewegt. Als üble Revanche wird schließlich der Anführer der Gegner in die Wasserwanne gesetzt, die vor der Bar aufgestellt ist. Es ist ein Anblick wie im Film, zur Freude aller nicht beteiligten Zuschauer. Es steht nun 2 zu 1 für das gegnerische Team. Aber die Schlacht ist noch nicht verloren, der Mittag ist noch jung!

Es vergehen noch etliche Stunden im Gefecht, bis die Party schließlich ihrem Höhepunkt entgegensteuert. Alles schwimmt im Wasser alles trieft und läuft, nichts ist mehr trocken. Es kommt zur letzten großen Offensive im Kampf um die Monsoon-Bar. Nun hat sich auch noch eine ganze Horde von mächtig-stämmigen »Wikingern«, die extra zum Songkran-Fest aus Norwegen eingeflogen sind, zu den Gegnern gesellt – sehr zu Kleinmanns Verärgerung, der damit zu kämpfen hat, dass einige Kleinkinder und Halbwüchsige auch innerhalb der Bar die eigenen Reihen noch beschießen anstatt die gegenüberliegende Seite. Auch Kevin konzentriert sich mittlerweile mehr auf ein anderes Ziel: einen heranwachsenden 14- oder 15-jährigen Lady-Boy, bei dem man noch nicht eindeutig erkennen kann, zu welchem Geschlecht er oder sie sich nun eigentlich entwickelt hat. Kevin hat seine wahre Freude daran, ihn zu beschießen – mit einem riesigen

Strahl aus seiner Pumpgun abwechselnd auf die imaginären Brüste und auf den Schritt.

Als die Sonne langsam am Horizont verschwindet, geht man zur letzten Attacke auf die gegenüberliegende Bar für heute über. Dieser Kampf wird absolut gigantisch. Die ganze Soi ist nun involviert. Alles, was vorbeikommt, wird beschossen und bespritzt. Viele der verängstigten und wehrlosen Touristen, die auf dem Weg zu ihrem Hotel am Ende der Soi sind, müssen auch dran glauben und bekommen eine gehörige Portion Wasser ab. Charles hat ebenfalls seinen Spaß dabei, seine Landsleute zu beschießen, da er ja vor vielen Jahren ursprünglich aus Schweden nach Südafrika ausgewandert ist.

Nach dieser Schlacht hat Kleinmann und seine Gäste nun erheblich damit zu kämpfen, die Kleidung wieder einigermaßen trocken zu bekommen, da sie in diesem Zustand sicherlich keinen Zugang ins Oriental bekommen würden. Nach weiteren drei Bieren ist die Kleidung wieder so trocken, dass sie wenigstens ein Taxi besteigen können und das Hotel auch wieder betreten dürfen.

Nach dieser doch sehr feuchtfröhlichen Angelegenheit, sowohl von außen als auch von innen, beschließen die drei, den Tag nun zu beenden. Alle sind froh, als sie endlich in ihre Betten kommen.

Am nächsten Tag gehen Kleinmann und seine beiden Gäste getrennte Wege. Charles möchte shoppen und abends mit Kevin zum Thaiboxen. Kleinmann ist kein Freund davon. So haben sie sich erst wieder für den übernächsten Tag verabredet.

Nach einer ruhigen Tageshälfte geht Kleinmann gegen 16 Uhr wieder in Richtung Sukhumvit Road zu seinem Stamm-Italiener. Das Restaurant besucht Kleinmann schon seit fast zehn Jahren. Das Essen ist vorzüglich. Auch das Preis-Leistungsverhältnis stimmt hier noch. Er wechselt hier aber auch immer wieder gerne ein paar Worte mit dem Besitzer des Restaurants, einem nach Thailand ausgewanderten Sizilianer.

Nach einem frühen und gemütlichen Abendessen geht Kleinmann noch einmal kurz auf einen Sprung in die Monsoon-Bar. Dort begrüßt man ihn feierlich, da er gestern doch ordentlich für Stimmung gesorgt hat. Neben seinem Stammplatz stehen und sitzen mehrere Schwarzafrikaner, die sich dort mehr oder weniger laut unterhalten. Kleinmann zündet eine seiner kubanischen Zigarren an und will den Abend so ruhig ausklingen lassen. Doch die Afrikaner neben ihm scheint seine Ruhe zu stören. Sie rücken ihm immer mehr auf die Pelle, bis schließlich ein ziemlich stämmiger und groß gewachsener Mann, der lauteste von allen, versucht, mit ihm in Kontakt zu kommen. Doch Kleinmann kennt die Natur und Art der Afrikaner zur Genüge. Denn er hat sich ja mehr als zwölf Jahre in Südafrika aufgehalten und dabei auch viele andere afrikanische Länder besucht. Er ist absolut nicht in der Stimmung, hier in irgendeiner Weise in Konversation mit diesen Leuten zu treten und strahlt deshalb eine gewisse abneigende Haltung aus. Der Mann jedoch versucht immer wieder, mit Kleinmann Kontakt aufzunehmen, bis er irgendwann nachgibt und dem Afrikaner einige Male zuprostet. Der ist sichtlich von Kleinmanns Zigarre beeindruckt und fragt ihn, ob er auch eine haben könne. Kleinmann hat aber nur diese eine Zigarre dabei, die er gerade raucht, und gibt seinem Bedauern Ausdruck, dem Afrikaner keine Zigarre anbieten zu können. Insgeheim freut er sich aber darüber, dass er keine weitere Zigarre dabei hat. Denn er hat nicht gerade den Eindruck, dass der Afrikaner diese noble Zigarre wirklich geschätzt hätte. Nach kurzem Small Talk erklärt der Afrikaner, dass er aus Liberia stammt. Kleinmann hat mit seiner ersten Einschätzung also nicht ganz falsch gelegen, als er den Mann in Ghana oder Nigeria verortet hat.

Kleinmann bleibt eisern und lässt sich von dem Afrikaner nicht zu einem Getränk einladen. Er will ihm keine Gelegenheit geben, ihn in eine längere Konversation zu verwickeln. Kleinmann kennt Liberia aus seiner Zeit in Afrika nur zu gut. Er hatte dort schon sehr viel Geld verloren, da dort aus Zeiten des Bürgerkriegs noch alles korrupt und am Boden zerstört war. Es gab dort Tausende von Kindersoldaten und unzählige krumme Geschäfte, die vom damaligen Regierungschef und Präsidenten Charles Taylor eingefädelt worden waren und aus denen auch der Begriff »Blutdiamanten« stammt: Unzählige Diamanten und damit Unmengen an Geld wurden hier zur Finanzierung des Bürgerkriegs von Charles Taylor genutzt. Dafür wurde er später vom Kriegsverbrechertribunal in Den Haag auch wegen Verbrechen gegen die Menschlichkeit verurteilt.

Kleinmann war also ein gebranntes Kind, was Geschäfte mit West-Afrika anbelangte. Er hatte das Thema Afrika für sich eigentlich abgeschlossen.

Der Afrikaner an der Bar drängt ihn jedoch dazu, Kontaktdaten oder Visitenkarten auszutauschen, da er ihm ein gutes Geschäft vorschlagen möchte, das er aber jetzt an der Bar nicht diskutieren möchte. Daraufhin macht ihm Kleinmann deutlich, dass er an keinerlei Geschäften mit Afrika mehr interessiert ist. Auf längeres Drängen hin gibt Kleinmann dem Afrikaner schließlich aber doch noch eine von seinen über 20 E-Mail-Adressen, damit er endlich Ruhe für den Abend hat, und erhält im Gegenzug die Telefonnummer und den Namen des Afrikaners. Kleinmann steckt die Notiz ohne Interesse in seinen Geldbeutel und ist sichtlich erleichtert, als die Gruppe der Afrikaner nun endlich in Aufbruchsstimmung gerät und die Monsoon-Bar endlich verlässt. Er genießt den restlichen Abend mit seiner Zigarre in der Hand, geht für thailändische Verhältnisse relativ früh zurück ins Hotel und auch gleich daraufhin ins Bett.

Am nächsten Morgen trifft er sich Kleinmann mit seinen Freunden zu einem späten Frühstück, das er für alle in seine Suite auf die Terrasse kommen lässt. Sie besprechen noch einiges und freuen sich darüber, für ein paar wenige Tage Spaß gehabt zu haben, bevor Charles und Kevin am Abend wieder abreisen. Charles beschließt, noch zu einer alten Bekannten nach Phuket zu fliegen. Kevin muss wieder zurück nach Singapur. Auch Kleinmann muss am nächsten Tag aufbrechen. Er ist mit Frau Nguyen in Ho-Chi-Ming-Stadt, dem alten Saigon, verabredet, um dort von ihr eine weitere Zahlung von 50.000 Dollar entgegenzunehmen. Man verbringt nun noch ein paar gemütliche Stunden zusammen im Hotel, bevor Kleinmann für seine beiden Freunde die Limousine zum Flughafen vorfahren lässt. Er verabschiedet beide herzlich und winkt ihnen noch nach, als Kirit vom Hotel auf die Straße steuert.

Saigon – eigentlich Sai Gon, das heutige Ho-Chi-Minh-Stadt – verbinden viele mit den romantischen Vorstellungen der französischen Kolonialzeit. Doch diese Zeiten sind längst vorbei. Tatsächlich ist Ho-Chi-Minh-Stadt eine 8-Millionen-Metropole, die sich kaum von anderen Großstädten Asiens oder gar der Welt unterscheidet. Sie heißt übrigens offiziell wirklich Ho-Chi-Minh-Stadt, eine Kunststadt, die aus den alten Städten Sai Gon und Cho Lon mit ein paar umliegenden bäuerlichen Gemeinden verschmolzen worden ist.

Kleinmann hat sich hier im Intercontinental eingemietet und ist sehr überrascht, wie sehr sich die Städte Hanoi und Saigon doch unterscheiden. Doch als PT, wie er sich immer bezeichnet – was so viel bedeutet wie »Permanent Traveler« oder »Dauerreisender« – fühlt sich Kleinmann überall schnell wohl, solange es einen einigermaßen westlichen Standard hat und nicht gerade eine Wellblechhütte voller Kakerlaken ist. Hier erwartet er nun Frau Nguyen, die ihm die vereinbarten 50.000 Dollar vorbeibringen soll. (Das Geld muss jeweils in bar übergeben werden, da man aus Vietnam nicht ins Ausland überweisen kann. Man kann zwar alles nach Vietnam hineinüberweisen, aber aus dem Land heraus darf dann nichts mehr). Sie hat ihm nach seiner Ankunft nur eine kurze SMS geschickt, dass sie ihm Bescheid gibt, sobald sie von Hanoi nach Saigon kommen würde. Doch die Tage vergehen und nichts passiert. Kleinmann wird zunehmend nervöser. Irgendwie hat er dieses mulmige Gefühl in der Magengegend, dass hier schon wieder etwas nicht stimmt.

Als er nun bereits schon drei Tage ohne irgendein Zeichen von Frau Nguyen hier in Saigon sitzt, platzt ihm schließlich am vierten Tag der Kragen. Er ruft Frau Nguyen mit unterdrückter Nummer an und wettert gleich ins Telefon los.

»Frau Nguyen, Sie haben mich hier nach Saigon bestellt, zum Teufel! Und nun höre ich nichts mehr von Ihnen. Das ist auch nicht die feine englische Art, oder? Wenn Sie das Geld noch nicht zusammen haben oder nicht bezahlen können, lassen Sie es mich einfach wissen!«, brüllt er ungehalten ins Telefon, um seiner Wut noch mehr Ausdruck zu verleihen.

Am anderen Ende der Leitung ist es totenstill, bis sich Frau Nguyen dann schließlich nach einem großen Seufzer entschuldigt und Kleinmann mitteilt, dass sie leider noch nicht zahlen kann. Sie warte noch auf Gelder von Kunden, die ihrerseits noch nicht bezahlt haben, und bittet um noch ein bisschen Geduld. Sobald sie das Geld hat, werde sie ihm es sofort übergeben.

Da Kleinmann fest mit dem Betrag gerechnet hat, hat er von den ersten 50.000 Dollar das meiste schon nach Deutschland überwiesen, um dort ausstehende Rechnungen bezahlen zu können. Seine Gläubiger sind Geschäftspartner, seiner Firma die er in England gegründet hat, die wiederum in Deutschland eine Filiale unterhält. Eigentlich war diese Firma dazu gedacht gewesen, ihm seine Rente in Europa aufzubessern. Durch das fehlgeschlagene

Geschäft in der Mongolei ist diese Firma nun aber ebenfalls stark in Bedrängnis geraten und steht am Rande der Insolvenz, die Kleinmann verzweifelt versucht abzuwenden. Doch auch seine finanziellen Mittel werden immer knapper, desto länger sich das Ganze hinzieht.

Inzwischen vertreibt sich Kleinmann seine Zeit mit Restaurants unterschiedlichster Nationalitäten, die es hier überall zu entdecken gibt. In jedem Lokal hat er seine eigene Spezialität entdeckt: In einem spanischen isst er nur Tapas mit einem speziellen spanischen Schinken, die vorzüglich schmecken. In einem französischen findet er das Kaninchen am besten und zum Italiener geht er, wenn er hausgemachte Pasta essen möchte. Ab und zu schaut er auch bei einem Banini-Stand vorbei, der im Straßenverkauf französisches Baguette mit Spanferkelfleisch und verschiedenen Topings

serviert, die er dann gerne an der Theke mit mehreren Gläsern Bier genießt. Auch für seinen geliebten Hot-Pot hat er hier ein bevorzugtes Restaurant gefunden. Zunächst hat er eins entdeckt, das den Hot-Pot japanisch zubereitet mit exklusiv importiertem Rindfleisch aus Australien und Japan. Hier ist er überwältigend freundlich bedient worden, der Hot-Pot ist vor seinen Augen am Tisch zubereitet worden, alles hat gestimmt dort in diesem Restaurant: der Service, die Qualität und das Ambiente.

Als er jedoch einige Tage später noch einmal dieses Restaurant aufsucht, ist es wie ausgewechselt: Er bestellt dasselbe wie letztes Mal und deutet mit dem Finger auf die bebilderte Speisekarte, so dass es auch für den Ober unmissverständlich sein muss, was er will. Neben ihm sitzt eine Abordnung der Regierung, die allerdings einfachere Speisen zu sich nimmt. Nachdem er 50 Minuten gewartet hat, teilte man ihm mit, dass man keinen Hot-Pot habe, man ihm diesen aber anstatt am Tisch durch ihn selbst in der Küche durch den Koch fertig zubereiten könne.

Kleinmann rastet daraufhin völlig aus. Er hasst es, in Restaurants oder Hotels für etwas teuer zu bezahlen, aber am Ende dann doch keinen Service und mangelhafte Qualität dafür zu bekommen. Da wird Kleinmann zur Hyäne. Er schreit das ganze Lokal zusammen und bestellt den Geschäftsführer zu sich. Er erklärt ihm, dass er sich verschaukelt fühlt, hier fast eine Stunde warten zu müssen, bis man ihm dann schließlich sagt, dass man das bestellte Gericht nicht servieren könne. Er beschimpft den Geschäftsführer regelrecht und bezeichnet ihn als alles, nur nicht als fähige Kraft. Kleinmann besteht lautstark darauf, dass zu bekommen, was er bestellt hat oder er werde das Lokal sofort verlassen. Nach lauter Diskussion und Tränen bei den Angestellten wird Kleinmann schließlich das Gewünschte serviert. Allerdings bemerkte Kleinmann, dass plötzlich die Regierungspersonen neben ihm am Tisch ebenfalls einen Hot-Pot bekommen, was sie jedoch keinesfalls bestellt haben. Nun erkennt er das »sozialistische Problem«, wie er es nennt, in das er hier geraten ist: Weil die Abordnung eine einfachere Speise bestellt hat als er, hat man ihm keinen Hot-Pot servieren wollen, um die Abordnung nicht zu brüskieren gegenüber ihren internationalen Gästen, während sich Kleinmann exklusivem Essen hingeben kann. Dies ist der einzige und wahre Grund, warum Kleinmann das Bestellte zunächst nicht bekommen soll, was ihn dann noch mehr in Rage bringt. Er beginnt daher genüsslich und provokativ, den Hot-Pot zu verspeisen. Nach dieser Aktion beschließt Kleinmann jedoch, dieses Lokal nie wieder zu betreten.

Nach kurzer Zeit entdeckt er an einer belebten Straßenecke ein einheimisches vietnamesisches Restaurant, das seinen geliebten Hot-Pot ebenfalls serviert und dies in der gewohnten Weise, wie er das von Hanoi schon gekannt hat. Dieses Restaurant besuchte Kleinmann nun mehrfach.

Dieses Restaurant wird fast ausschließlich von Vietnamesen besucht und es ist um die Mittagszeit randvoll. Hier wird jedem Gast gleich eine ganze Bierkiste mit Eiswürfeln an den Tisch gebracht, was Kleinmann sichtlich beeindruckt. Er ist schon wieder voll bei der Sache und köchelt seinen Hot-Pot, als plötzlich das Telefon klingelt. Frau Nguyen eröffnet ihm, dass sie noch weitere 14 Tage benötige, um das Geld zusammenzubekommen. Bis jetzt sind es bereits zehn Tage hier in Saigon, in denen er keinen einzigen Cent zu sehen bekommen hat. Es verdirbt Kleinmann fast den Appetit. Wohl oder übel muss er sich jedoch damit abfinden.

Während er so vor sich hin kocht, geht ihm der Afrikaner aus der Monsoon-Bar wieder durch den Kopf. Er überlegt, ob er sich nicht vielleicht doch einmal anhören soll, was der überhaupt für ein Geschäft anzubieten hat. Denn er muss nun dringend von irgendwoher neues Kapital beziehen. Nachdem er einige Biere und seinen Hot-Pot hinter sich gebracht hat, beschließt er, den Afrikaner anzurufen.

»Hallo Bob, wie geht es dir? Hier ist Dr. Kleinmann aus der Monsoon-Bar.«

Der Afrikaner ist überrascht, nun doch noch etwas von Kleinmann zu hören. Er versucht während des Telefonats herauszufinden, um was für ein Geschäft es sich hier schließlich handeln soll, das Bob im Angebot hat. Doch Bob ist sehr sparsam mit Informationen und erklärt, dass er ihm das Geschäft ausschließlich persönlich bei einem Treffen erklären könne. Kleinmann versucht Bob zu verdeutlichen, dass er nur an einem seriösen Geschäft interessiert ist und er extra um ihn zu treffen nach Bangkok zurückfliegen müsse, was er sicherlich nicht nur für einen Small Talk mache. Er sagt, dass er bereits alles schon in Liberia erlebt und er keinerlei Lust mehr auf derartige Geschäfte habe. Alles, was aus Liberia gekommen sei, sei korrupt oder Betrug gewesen.

Kleinmann erinnert sich nur zu schmerzlich daran, als er damals auf Empfehlung eines Bekannten aus Johannesburg nach Liberia gekommen ist. Eigentlich ist Kleinmann da auf der Suche nach einem Staat gewesen, der ihm einen Diplomatenpass ausstellen kann, da er damals viele Interessenten dafür gehabt hätte. Sein Bekannter meint, dass dies in Liberia sicherlich kein Problem sei. Liberia steht damals am Ende des Bürgerkriegs, der 15 Jahre lang Tausende von Opfern und die Zerstörung des gesamten Landes gefordert hat. Das Ganze wird über Blutdiamanten finanziert, die der damalige Präsident Charles Taylor weltweit verkauft. Sein Bekannter ist mit einer Kindersoldatin aus Liberia zusammen, die er später auch heiratet. Über diesen Kontakt gelingt es ihm schließlich, aus Liberia Diplomatenpässe und auch verschiedene diplomatische Positionen wie einen Honorarkonsul zu bekommen. Die Diplomatenpässe und die Ernennungsurkunden, die Kleinmann damals vom liberianischen Außenministerium bekommt, sind durchaus alle echt und legal. Man ernennt auch ihn selbst zum »Ambassador at Large«, also zum Sonderbotschafter für Liberia. Die ganze Sache hat jedoch einen Haken, den Kleinmann erst zu spät entdeckt.

Um die Echtheit der Papiere zu überprüfen, fädelt damals ein Baron aus Deutschland, ein Kunde von Kleinmann und wohnhaft in Österreich, einen dreisten Coup ein. Wenn er funktioniert hätte, wäre Kleinmann um mindestens 500.000 Euro reicher gewesen. Dieser Baron ist ebenfalls an einem Diplomatenpass und auch am Titel des Honorarkonsuls von Liberia für Österreich interessiert. Er ist bereit, die halbe Million Euro zu bezahlen, sobald er seine Bestätigung der Ernennung vom österreichischen Außenministerium hat. Kleinmann besorgt ihm schließlich zuerst die Ernennungsurkunde zum Honorarkonsul und den Diplomatenpass aus Liberia. Beides muss Kleinmann erst einmal selbst vorab bezahlen, also in Vorleistung treten. Bei einem erfolgreichen Abschluss würde ihm dies einen Riesengewinn einbringen. Der Baron hätte zudem noch einige Kunden zusätzlich an der Hand gehabt, was dann zu einem weiteren Gewinn, in Millionenhöhe geführt hätte.

Nachdem die Papiere alle in Liberia ausgestellt worden sind, wünscht der Baron, dass seine Ernennungsurkunden von jemandem aus dem liberianischen Außenministerium direkt dem Wiener Außenministerium übergeben werden sollen und Kleinmann dabei als Zeuge mit ins österreichische Außenministerium gehen müsse. Die Idee gefällt Kleinmann sehr gut. Alles geht ganz schnell: Sein Bekannter samt Kindersoldatin und ein Mitarbeiter des Außenministeriums von Liberia kommen nach Brüssel geflogen, von wo Kleinmann die Delegation mit einer Limousine über Stuttgart und München schließlich nach Wien bringt. Dort organisiert der Baron durch seine guten Beziehungen einen Termin im Außenministerium. Für Kleinmann ist es erstaunlich, wie schnell man ins Innere des Außenministeriums kommt, denn hier werden an der Pforte lediglich die Diplomatenpässe aller Personen überprüft und sie werden direkt zum Empfang begleitet. Konsul Weyer hätte sich hiervon eine Scheibe abschneiden können!

Die Außenministerin lässt ihre Stellvertreterin die Sache abwickeln. Kleinmann sitzt aufgeregt mit der ganzen Delegation bei Tee und Gebäck in einem großen prunkvollen Empfangszimmer des Außenministeriums, während der Mitarbeiter des Außenministeriums von Liberia seine offizielle Begrüßung und ein offizielles diplomatisches Gespräch führt und schließlich der stellvertretenden Außenministerin die Ernennungsurkunde zum Honorarkonsul für den Baron übergibt.

Für Kleinmann verläuft alles wie am Schnürchen. Er ist sehr erstaunt, wie reibungslos dies alles vonstattengeht. Nach nur 30 Minuten ist der komplette Akt erledigt. Mit dem Baron, der vor dem Ministerium gewartet hat, fährt man nun zu einem Mittagessen, bei dem der Baron dem Mitarbeiter des Außenministeriums von Liberia für seine tollen Dienste anschließend dezent eine Rolex überreicht. Für ihn ist es, wie man so sagt, wie Weihnachten und Ostern zusammen. Kaum hat er sein Geschenk weggepackt, drängt er Kleinmann auch schon, ihn zum Flughafen zu fahren. Er möchte so schnell wie möglich zurück nach Brüssel. Dies kommt Kleinmann sehr gelegen und er ist froh, die Delegation ganz bald wieder im Flugzeug zu wissen. Schließlich kostet ihn das Ganze eine Menge eigenes Geld. Für alles muss er ja erst einmal in Vorleistung treten.

Nachdem nun die Delegation abgeflogen ist, gilt es, nur noch auf die Bestätigung des österreichischen Außenministeriums zu warten und der Deal ist perfekt. Für Kleinmann bestehen keine Zweifel: Es würde nichts mehr schiefgehen. Er ist sichtlich mit sich und der Welt zufrieden. Da alles so perfekt aussieht und nun auch Kleinmann selbst eine Ernennungsurkunde zum Honorarkonsul für Barcelona in Spanien vom Außenministerium von Liberia samt eines Diplomatenpasses in Händen hält, beschließt der Baron sogar, in Stuttgart eine große Party zusammen mit Kleinmann auszurichten.

Kleinmann hat alles mit dem Hotel abgesprochen und obendrauf auch noch alle Einladungskarten an die Gäste versendet. Es soll eine bombastische Party der Superlative werden, genau nach dem Geschmack von Kleinmann: mit Wein, Weib und Gesang. Es ist ein großes Menü vorbereitet, edle Weine und Brände, Zigarren und Whisky. Als Überraschung soll dann noch sein Lieblingsschlagersänger Tony Enzian auftreten und ordentlich auf die Pauke hauen. Kleinmann unterzeichnet einen Entertainmentvertrag mit ihm für den ganzen Abend und hofft so, dann ordentlich für Stimmung zu sorgen.

Doch nachdem sich über Wochen hinweg nichts tut und auch nach mehreren Nachfragen beim Außenministerium in Wien keine Stellungnahme zu erhalten ist, geht Kleinmann der Sache auf den Grund. Dabei wird endlich deutlich, wo der Haken ist: Bei einer diplomatischen Ernennung muss das Ernennungsschreiben, beziehungsweise die Ernennungsurkunde, zwingend und ausschließlich über den diplomatischen Weg nach dem diplomatischen Protokoll erfolgen. Dies bedeutet in diesem Fall, dass die Ernennungsurkunde vom Außenministerium von Liberia zur Botschaft von Liberia in Österreich hätte übermittelt werden müssen und von dort aus dann dem Außenministerium von Österreich mit diplomatischem Kurier aus der Botschaft von Liberia hätte zugestellt werden müssen. So schreibt es das Protokoll, international einheitlich, vor. Nachdem dies aber nicht geschehen ist, sondern die Urkunde persönlich im Außenministerium überreicht worden ist, wird dies so gehandhabt, als wenn eine Überreichung und somit eine Ernennung überhaupt nicht stattgefunden hat, da eben die Zustellung nicht dem diplomatischen Protokoll entsprochen hat. Im Klartext: Nachdem Liberia dem zuständigen Außenministerium die Ernennung nicht auf dem diplomatischen Wege hat zukommen lassen, ist diese persönlich überreichte Ernennung null und nichtig!

Genau dies haben die Leute aus Liberia sehr wohl gewusst. Sie haben somit Hunderte von Ernennungsurkunden ausstellen und vom Außenminister unterschreiben lassen können, da sie genau gewusst haben, dass niemand überhaupt jemals diesen Posten antreten kann, weil es keine Zustellung über den diplomatischen Weg gegeben hat. Gleiches gilt für die auf zwei Jahre ausgestellten Diplomatenpässe. Auch die sind offiziell, echt ausgegeben und ausgestellt worden. Doch ein Diplomatenpass hat nur dann »Wirkung«, wenn der Diplomat auch akkreditiert worden ist, was in diesem Falle natürlich nicht erfolgt ist. Somit ist ein solcher Diplomatenpass nicht mehr wert als ein ganz normaler liberianischer Reisepass – wenn überhaupt! –ohne irgendwelche Privilegien oder Immunitäten.

Diese Erkenntnisse machen Kleinmann damals schwer zu schaffen. Zigtausende Euro hatte er vorab für die Ernennungen für sich und den Baron bezahlt, die nun in irgendwelchen dunklen Kanälen in Liberia auf Nimmerwiedersehen verschwunden waren. Man konnte nicht einmal jemanden wegen Urkundenfälschung belangen, weil die Dokumente alle uneingeschränkt echt waren und auch vom Außenminister eigenhändig unterschrieben waren und eben vom Außenministerium in Liberia ausgegeben wurden – eine lupenreine organisierte Betrugsmasche, die als solche nicht einmal geahndet werden konnte.

Somit muss schließlich auch die geplante Mega-Party von Kleinmann ins Wasser fallen, was in der Region und bei seinen Freunden, Verwandten und Bekannten zu einem erheblichen Verlust seines Ansehens sowie außerdem noch zur Verärgerung des Hotels und des Entertainers führt. Es kommt schließlich sogar soweit, dass das Hotel Kleinmann vor Gericht zerrt und ihn des unberechtigten Führens von Titeln bezichtigt, was ihm schließlich auch noch eine Verurteilung und eine Geldstrafe einbringt. Mit dem Entertainer kann er einen teuren Vergleich schließen. Kleinmann ist stocksauer!

Von daher ist Liberia für Kleinmann verständlicherweise ein rotes Tuch, zumal er noch andere Geschäftsversuche dort teuer bezahlen muss, die sich ebenso als Betrug entlarvt haben. Daher ist alles, was aus West-Afrika kommt, für Kleinmann erst einmal mit äußerster Vorsicht zu genießen.

Da er ohnehin nur auf dem Abstellgleis in Saigon auf Frau Nguyen und ihre Bezahlung wartet, beschließt er dennoch, das Risiko einzugehen und sich das Geschäft des Afrikaners in Bangkok vorstellen zu lassen. Kleinmann kündigt sich für den nächsten Abend um 18 Uhr in Bangkok an und will den Afrikaner dort treffen.

Kirit, der Chauffeur des Hotels in Bangkok, holt ihn pünktlich am Flughafen ab, um ihn in seine Suite zu bringen. Kleinmann schickt eine SMS an Bob, dass er nun in Bangkok gelandet sei. Kurze Zeit später, während Kirit immer noch auf dem Highway in Richtung Innenstadt unterwegs ist, ruft Bob an und bittet ihn darum um ein Treffen noch heute Abend. Dies ist Kleinmann durchaus recht. Er beschließt, Bob in 30 Minuten im Sheraton-Grandhotel in der Sukhumvit Road zu treffen. Als Treffpunkt vereinbaren sie die Poolbar im dritten Stock. Im Sheraton angekommen, begibt sich Kleinmann direkt mit dem Aufzug in die dritte Etage, um an die Poolbar zu gelangen. Der Pool ist sehr schön gelegen inmitten eines tropisch angelegten Gartens, einer idealen Oase zum Entspannen und Relaxen; der Poolbereich ist mit einem kleinen Thai-Tempel und einer Bar ausgestattet. Kleinmann ist immer wieder gerne an diesem Ort, den er von früheren Aufenthalten sehr gut kennt. Er lässt sich dort an einem kleinen abgelegenen Tisch am Pool nieder, um dort auf Bob zu warten. Der erscheint pünktlich und freut sich, ihn wiedersehen zu können. Nach zwei Bieren beginnt Bob mit der Vorstellung des Geschäfts und bittet Kleinmann darum, um die Ecke an einen nicht so leicht einsehbaren Bereich des Pools mitzugehen.

Dort angekommen überreicht ihm Bob drei 100 US-Dollar-Noten und fragt ihn: »Und? Fällt dir hier an den Noten irgendetwas auf?« Kleinmann begutachtet die Banknoten sehr genau und kann dabei nichts Auffälliges feststellen. »Nein, ich kann nichts Besonderes erkennen.«

Bob holt daraufhin eine kleine Infrarot-Lampe aus der Tasche und richtet diese auf die Banknoten. Sofort lassen sich darauf speziell eingearbeitete Wasserzeichen einer Behörde erkennen. Dieses Wasserzeichen kann nur mit diesem speziellen Licht sichtbar gemacht werden, ansonsten wirkt der Geldschein ganz normal und unauffällig.

»Konntest du lesen, was da draufstand?«

»Ja, natürlich!«

»Hier, nimm diese drei Banknoten mit, du kannst sie bei jeder Bank als reales Zahlungsmittel eintauschen. Dieses Wasserzeichen kann nur in der Federal Reserve Bank von Amerika mit einem speziellen Licht wie diesem erkannt werden!«

Eine sehr interessante Tatsache, die Kleinmann hier ins Auge fällt; er kann jedoch noch nicht so ganz den Deal daraus erkennen, der jedoch, wie er seinen afrikanischen Freund einschätzt, sicherlich auch gleich auf dem Tisch liegen dürfte, nachdem nun dieser erste Schritt des Vertrauens hergestellt worden ist.

Kleinmann und Bob nehmen einen Schluck Bier. Kleinmann schaut Bob fragend an.

»Und wobei soll ich hier jetzt behilflich sein?«

»Das erkläre ich dir morgen. Versuche bis dahin, diese Scheine zu prüfen und bei einer Bank, einer Wechselstube oder im Hotel oder bei allen dreien einzutauschen und du wirst sehen, dass sie ohne jede Beanstandung entgegengenommen werden!«

Kleinmann packt die drei Scheine in seinen Geldbeutel und vereinbart das nächste Treffen mit Bob für den nächsten Abend um 18 Uhr in seinem deutschen Lieblingsrestaurant in Bangkok »Bei Otto«.

Dr. Kleinmann grübelt die ganze Nacht darüber nach, was dieses Geschäft nun wohl sein könnte und wo der Haken dabei ist. Doch er kommt zu keiner befriedigenden Lösung und beschließt schließlich, das Treffen abzuwarten.

Am nächsten Tag geht er zu seinem bevorzugten Schneider in der Stadt und lässt sich verschiedene Anzüge und Maßhemden anfertigen. Er kauft die meiste Kleidung ausschließlich in Thailand und lässt sich diese dort anfertigen. Das ist erheblich günstiger als in Europa, sieht mindestens genauso gut aus und ist lediglich in der Qualität der Stoffe etwas schlechter als in Europa angefertigte Maßarbeit. Die Haltbarkeit ist daher etwas kürzer. Doch das stört Kleinmann wenig, da er ohnehin lieber öfter was Neues anzieht als jahrelang die gleichen Anzüge abzutragen. Seine Anzüge werden in drei Tagen fertiggestellt sein und ihm direkt ins Hotel geliefert. Er macht noch ein paar Besorgungen und geht dann zu einer Bank, um den ersten 100-Dollar-Schein in thailändische Baht umzuwechseln. Anschließend steuert er mit einem der beiden anderen 100-Dollar-Scheine eine Wechselstube auf der Straße an. Den dritten lässt er sich im Hotel an der Rezeption umtauschen. Alles verläuft reibungslos: Die Scheine werden alle mit einem UV-Gerät geprüft und daraufhin anstandslos für echt befunden. Gegen 17 Uhr dann macht sich Kleinmann mit dem Taxi auf den Weg zum vereinbarten Treffpunkt im »Otto«.

Dort angekommen begrüßt ihn die Belegschaft herzlichst, auch hier ist er ein willkommener Gast, der dort schon so manchen tollen Abend verbracht hat. Er bestellt eine halbe Maß Hofbräu und dazu einen bayerischen Schweinebraten mit Knödeln. Er will schon gegessen haben, bevor Bob zum Treffen erscheint, da der erstens das traditionelle deutsche Essen sicherlich nicht mögen würde und er zweitens auch nicht die Absicht hat, Bob zum Essen einzuladen.

Kurz nachdem der letzte Bissen des Essens verschlungen ist, tritt Bob durch die Eingangstür und fällt mit seiner schwarzen Hautfarbe in diesem deutschen Restaurant, in dem sich überwiegend europäische und asiatische Gäste aufhalten, natürlich jedem sofort auf. Bob ist sichtlich beeindruckt vom ganzen Ambiente des Restaurants, das wie eine typische Schwarzwaldstube gestaltet ist. Hier gibt es deutsches Bier, deutsches Essen und deutsche Gemütlichkeit. Kleinmann bestellt für Bob eine halbe Maß Hofbräu und wartet gespannt, was er ihm bezüglich des Geschäfts vorzuschlagen hat. Er prostet Bob zu und stößt mit seinem Krug mit ihm an.

»Hast du die Geldscheine umgewechselt?«

»Ja, sicher!«, antwortet Kleinmann, mit hocherfreutem Gesichtsausdruck.

»Und gab es irgendwelche Probleme?«

»Nein.«

Daraufhin fängt Bob damit an, Kleinmann die Hintergründe zu erklären.

Offensichtlich hat Bob mit diplomatischem Gepäck zwei Kisten mit jeweils 2,5 Millionen Dollar dieses Geldes, also insgesamt 5 Millionen, aus Afrika über Umwege nach Thailand kommen lassen. Dieses Geld ist von der amerikanischen Regierung für bestimmte Hilfs-Projekte oder Organisationen in Krisengebieten ausgegeben worden, deshalb hat es auch dieses unsichtbare Wasserzeichen in den Noten, was offenbar verhindern soll, dass sich irgendein korrupter Präsident oder Beamter mit dem Geld nach Amerika absetzen kann. Bob hat einen höheren militärischen Rang in Liberia innegehabt und daher kurz nach dem Krieg Zugriff auf entsprechende Regierungsstellen, bei denen dieses Geld gelagert worden ist. Er gibt unumwunden zu, dass er nicht der rechtmäßige Besitzer des Geldes ist, er es jedoch dennoch als einen Teil seines Soldes betrachtet, für den er jahrelang gekämpft hat.

Kleinmann versteht zwar nun den Hintergrund des Ganzen. Aber er weiß immer noch nicht so recht, was er mit der Sache jetzt zu tun haben sollte, bis er Bob die entscheidende Frage stellt:

»Und was soll ich nun hier bei der ganzen Sache für eine Aufgabe haben? Musst du beziehungsweise soll ich das Geld in den Wirtschaftskreislauf bringen?«

Bob antwortet nur kurz und bündig:

»Das auch!«, sagt er und prostet Kleinmann nochmals zu. Endlich legt Bob die Karten auf den Tisch und erläutert Kleinmann, dass er folgendes Problem hat: Die beiden Kisten sind mit diplomatischem Gepäck hierher nach Thailand gebracht worden. Er hat dafür all seine verfügbaren finanziellen Mittel eingesetzt. Nun lagern die Kisten in einem Hochsicherheitsdepot bei einer Firma, die in einem Viertel nahe der britischen Botschaft ansässig ist. Diese Firma hat sich auf die Lagerung von Wertgegenständen aller Art spezialisiert. Die beiden Kisten lagern dort nun schon seit mehreren Monaten. Das Unternehmen verlangt eine wöchentliche Lagergebühr von rund 500 Dollar, so dass zur Auslösung der beiden Kisten ein Betrag von ungefähr 20.000 Dollar bezahlt werden müsste. So viel könne er aber nun natürlich nicht mehr aufbringen. Er suche deshalb hierzu jemanden, der ihm dabei behilflich ist.

Das allerdings hört sich für Kleinmann wieder einmal viel zu schön an, um wahr zu sein und er bestellt, nachdem die Karten nun auf dem Tisch liegen, erst einmal zwei Underberg, um sowohl das Essen als auch diese Situation besser verdauen zu können. Dabei erklärt er Bob, wie man in Deutschland fachmännisch einen Underberg öffnet, mit diesem anstößt und wie man dann aus dem kleinen Fläschchen stilecht trinkt. Bob ist sichtlich beeindruckt von der Zeremonie und verzieht leicht sein Gesicht, als er den bitteren Kräuterschnaps in seinem Mund schmeckt.

»Ich weiß nicht, was ich davon halten soll«, versucht er Bob zu erklären.

»Lass dir was einfallen und mach mir ein Angebot«, erwidert Bob, der eine weitere Runde Underberg bestellt. Für Kleinmann ist es eine Denksportaufgabe für die nächsten Tage. Er vereinbart mit Bob, dass er sich das Ganze durch den Kopf gehen lassen muss und ihn innerhalb der nächsten zwei Tage mit einem Angebot kontaktieren wird. Mit dieser Vereinbarung kann Bob gut leben, so dass Kleinmann zum Abschluss noch zwei Halbe und zwei Underberg bestellt. Und um dem Kind einen Namen zu geben beschließen beide, die Mission auf den Namen »Underberg« zu taufen. Wann immer sie künftig von diesem Geld oder von den beiden Kisten sprechen würden, sollten sie diese als »Underberg« bezeichnen. Somit ist an diesem Abend die »Mission Underberg« geboren.

DER SAFE DER DIPLOMATEN

Nach diesem doch sehr interessanten Treffen mit Bob arbeitet Kleinmann auf Hochtouren an einem möglichen Deal. Er sitzt bei einer eiskalten Cola mit frischer Zitrone auf seiner Terrasse der Suite und grübelt über die wohl richtige Strategie nach. Dabei sticht ihm die fette Überschrift der Tageszeitung ins Auge: »Goldpreis fällt auf Rekordtief!«

Kleinmann hält schon lange nichts mehr von den Medien, da die von einer bestimmten Gruppe von »Verbrechern«, wie er sie nennt, manipuliert und beeinflusst und schließlich zu puren Propagandazwecken benützt würden: Die Menschheit wird dadurch zutiefst beeinflusst, belogen und betrogen. Das Schlimme daran ist, dass die Menschheit dies auch noch alles glaubt! Die Vorgaben kommen immer stets von einer Interessengruppe – ob es nun Firmen, die Wirtschaftselite oder die Politik ist. Die Medien werden dann dazu benutzt, immer wieder dieselbe Meinung und Message an den Zuschauer, Leser oder Hörer zu bringen. Die Journalisten sind auch keine Journalisten mehr, sondern einfach nur das verlängerte Sprachrohr bestimmter Interessengruppen. Viele der Journalisten merken das nicht einmal und die anderen wissen es, aber machen einfach mit, um ihren Job nicht zu verlieren. Dieses Monopol der Medien im Besitz der immer gleichen Familien über Generationen hinweg dient nicht nur reinen finanziellen Interessen, sondern dient vielmehr dazu, der Menschheit die manipulierte Welt so darzustellen und erscheinen zu lassen, wie es für ihre eigene Agenda und ihre Ziele am passendsten erscheint. Daher ist nach Kleinmanns Auffassung nichts so ist, wie es scheint. Es ist vielmehr so, wie es uns fälschlicherweise präsentiert und vorgesetzt wird.

Er versucht auch stets, den jüngeren Leuten klarzumachen, dass sie schließlich selbst ihre Rechte auf Privatsphäre und ihre Grundrechte überhaupt abschaffen, indem sie jeden Mist, der ihnen widerfährt, bei Facebook oder sonst irgendwo im Web veröffentlichen – und dies auch noch freiwillig! Hier benötigt man nicht einmal einen richterlichen Beschluss dazu. Sondern alle Daten und Informationen werden problemlos ohne Widerrede der gesamten Öffentlichkeit zur Verfügung gestellt. Wie dumm kann man eigentlich nur sein? fragt sich Kleinmann oft. Er selbst verwendet schließlich keine sozialen Netzwerke oder ähnliches und auch kein iPhone oder anderen Schnickschnack, sondern hat immer nur sogenannte Wegwerfhandys, die er nach Gebrauch verlieren oder entsorgen kann. Er telefoniert lieber anonym mit Prepaid-Karte, genauso wie er nur anonyme E-Mail-Accounts verwendet. Über ihn kann man nichts aus dem Internet herausfischen oder googeln! Er versucht auch, sich mit einem speziellen Software-Programm namens TOR immer anonym im Internet zu bewegen und surft über Umwege und ausgelagerte Surfer im Ausland.

Mit der Firma, die er in England vor fünf Jahren gegründet hat, die in Deutschland eine selbstständige Filiale unterhält und die nun kurz vor der Insolvenz steht, vertreibt er unter anderem Gold und Diamanten. Daher ist ihm diese Titelüberschrift in der Zeitung sofort aufgefallen, weil er sich intensiv mit allem beschäftigt, was Gold anbelangt. Auch über den Goldpreis und wie er zustande kommt, hat Kleinmann unzählige Bücher gelesen. Und wie sollte es anders sein – so wird auch der Goldpreis stets von einer kleinen Interessengruppe manipuliert und künstlich nach unten gedrückt. Nach Kleinmanns Ansicht müsste der Goldpreis bei einem Vielfachen des jetzigen Preises liegen. Doch bestimmte Gruppen versuchen den Preis zu drücken, um den Anschein zu erwecken, dass das Fiat-Geld – das »normale« gedruckte Geld ohne realen Wert, der es deckt – doch noch werthaltig ist, was jedoch nicht stimmt und auch um billige Eigenkäufe realisieren zu können. Auch hier hat ein weiteres Mal das Haus Rothschild als Vertreter der Reptilien-Allianz auf der Erde ihre Hände mit im Spiel und legt von 1919 bis 2004 jeden Tag im Londoner Büro von NM Rothschild den Goldpreis, das sogenannte »Londoner Fixing«, fest und beeinflusst damit die Welt und die Märkte.

Es bedarf keiner großen Enthüllungspraktiken, um feststellen zu können, dass der Dollar oder der Schweizer Franken nur noch einen Bruchteil dessen an Kaufkraft besitzt, was er vor ungefähr 30 Jahren noch gehabt hat. Für Kleinmann ist das Geld nicht einmal mehr das Papier wert, auf dem es gedruckt ist! Immer wieder wird er gefragt, wie er die Entwicklung des Goldpreises beziehungsweise Gold als Anlage oder Schutz vor einer Inflation oder ähnlichem sieht. Kleinmann argumentiert dann, dass Gold stets immer nur das wert ist, was man später dafür bekommt, wenn man es veräußern muss – nicht mehr und nicht weniger. Wenn jemand in einer Notsituation im Krieg eine Unze Gold gegen ein Brot eintauschen will, der Bauer aber nur ein Ei dafür gibt, ist die Unze Gold eben in diesem Moment nur dieses eine Ei wert. Hat man hingegen jemanden gefunden, der für diese Unze ein Auto eintauscht, mit dem dann vielleicht in einer Notsituation auch nichts anzufangen ist, dann ist diese Unze im Moment des Tausches ein Auto wert. Vor diesem Hintergrund empfiehlt er dann auch den Leuten, die Gold als Schutz vor Inflation erwerben wollen, so kleine Stückelungen wie möglich zu kaufen, also eine viertel-, eine halbe- und eine ganze Unze; dies sei allemal sinnvoller, als einen Kilobarren zu haben, den man nachher komplett eintauschen muss. Anders verhält es sich natürlich, wenn der Kunde das Gold als Wertanlage erwerben möchte. Hier empfiehlt es sich, die Stückelung so groß wie möglich zu wählen, weil die Nebenkosten geringer werden, umso größer die Einheit ist.

Kleinmann denkt gerne zurück an die »guten alten Zeiten«, in denen er noch sorglos und unbeschwert gute und erfolgreiche Geschäfte machen konnte. Eigentlich hat alles einmal mit seiner Briefmarkensammlung als Teenager angefangen. Schon damals verfügt er über einen ausgeprägten Geschäftssinn und kaufmännisches Talent. Er hat damals einen riesigen weltweiten Tauschzirkel mit Briefmarkensammlern aus der ganzen Welt aufgebaut. Schon mit 15 Jahren bekommt er mehr Post als so manches Unternehmen, an manchen Tagen mehr als 50 Briefe. Einen regen Tausch hat er mit Partnern aus Russland. Er entwickelt aber auch schon hier erheblich mehr Geschäftsfantasie als so mancher andere Jungunternehmer und bemerkt sehr schnell, dass Produkte wie Strumpfhosen, Bananen oder Ketchup im Sozialismus und Kommunismus absolute Mangelware sind. Er tauscht daher nicht nur Briefmarken, sondern für sehr teure Werte auch Lebensmittel und andere Artikel, die von seinen Partnern gesucht werden. Er achtet dabei penibel darauf, nur Briefmarken mit einem Einzelwert nicht unter 100 Mark anzunehmen, weil er diese dann einzeln besser verkaufen kann als Billigwerte. Auf diese Weise hat er manche Tauschpartner, die ihm sogar Einzelmarken mit einem Wert von bis zu 1.000 Mark schicken. Jeden Monat bekommt er für mehrere tausend Mark Briefmarken alleine aus Russland, die er dann bei Auktionen verkauft.

Aus dem Hobby entwickelt sich alsbald ein richtiges Geschäft. Das führt schließlich dazu, dass er sich genau an seinem 18. Geburtstag zum Gewerbeamt begibt, um dort sein erstes eigenes Gewerbe mit dem »Versand von Artikeln aller Art« anzumelden. Kleinmann macht schon als Teenager erheblichen Umsatz und hat immer ausreichend Geld für ausgefallene Dinge übrig. Er ist stets großzügig und lädt seine Freunde immer wieder ein. Später schmeißt er gern ganze Lokalrunden, was ihm dann auch eine gewisse Popularität in seiner Kleinstadt verschafft. Dort, wo Kleinmann auftaucht, ist immer etwas los! Das weiß jeder.

Später sind die Gewinne dann so hoch, dass er sich Gedanken wegen der Steuer machen muss. Schon sehr früh ist es ihm zuwider, 40 Prozent seiner Gewinne irgendwo bei dubiosen amtlichen Stellen abgeben zu müssen. Dies widerstrebt ihm so sehr, dass er nur zwei Lösungsmöglichkeiten sieht: Er kann erstens das Gewerbe wieder abmelden oder aber er muss seine Unternehmung in ein steuergünstigeres Land auslagern. Zur damaligen Zeit sind Steueroasen noch salonfähig und es gehört für die Oberschicht zum guten Ton, Geld auch in einer Steueroase zu haben. Diese Zeiten haben sich natürlich heute ins völlige Gegenteil gedreht und man neigt dazu, alle Oasen so gut wie möglich auszutrocknen. Auch gelten die Auslagerung von Betrieben und Steuerhinterziehung nicht mehr als Kavaliersdelikt. Klaus Zumwinkel, Steffi Graf, Boris Becker und Uli Hoeneß können ein Lied davon singen.

Hinzu kommt, dass Kleinmann neben seinem Briefmarkenversand nun auch noch ausgefallene Elektronikartikel und Bücher in sein Programm aufgenommen hat. Ein Artikel sticht hier schon sehr früh als Bestseller heraus. Es handelt sich dabei um einen Radar-Nummernschild-Schutz, wie ihn Kleinmann selbst bezeichnet. Eigentlich ist diese Plastikfolie ein Abfallprodukt der Raumfahrt-Industrie. Kleinmann hat zusammen mit einem Elektronikversandhändler dieses Produkt zufällig entdeckt. Es wird in großen Folienstücken zum Spottpreis geliefert. Die Produktionskosten liegen für Kleinmann bei gerade einmal 5 Mark. Kleinmann schneidet die reflektierende Folie auf Nummernschild-Größe zu. Sie wird sodann mit einem durchsichtigen Plastikhalter über das Nummernschild gestülpt. Das Nummernschild bleibt dennoch ordnungsgemäß lesbar, so dass kein Gesetzesverstoß vorliegt, wenn man es benutzt. Ein Nummernschild komplett abzudecken, stellt hingegen eine Ordnungswidrigkeit dar.

Damals sind noch keine Infrarotblitzgeräte und Laserpistolen im Einsatz, sondern nur grelle Blitzkästen. Fährt hier ein Kraftfahrzeug mit überhöhter Geschwindigkeit in die Radarfalle, reflektiert diese Folie den Blitz. Auf dem Foto ist das Kennzeichen schließlich nur noch unleserlich zu erkennen und der Kraftfahrzeughalter kann nicht ermittelt werden. Diesen Radarschutz gehen wie warme Semmeln weg – zum Stückpreis von 110 Mark plus Versandkosten oder im 3er Pack portofrei für 279 Mark. Das Produkt ist schnell der Kassenschlager. Kleinmann kommt mit dem Versand kaum noch hinterher und muss sogar zwei Aushilfen einstellen, nur um die Bestellungen einzupacken und versandfertig zu machen. An besten Tagen verkauft Kleinmann bis zu hundert Schilder am Tag! Das Geld sprudelt nur so bei Kleinmann ein. Lieferfirmen in ganz Deutschland rüsten teilweise ihre gesamte Flotte damit aus.

Mit einem solchen Umsatz ist es durchaus lohnenswert für ihn, den gesamten Betrieb ins Ausland zu verlagern, denkt Kleinmann bald, bis er schließlich eine angemessene und auch funktionsfähige Lösung findet.

Er gründete eine englische Limited, was einer deutschen GmbH ziemlich gleichkam, und ließ diese auch in den Niederlanden ins Handelsregister eintragen. Damals wurde in Deutschland eine ausländische europäische Geschäftsform noch nicht anerkannt. Die Holländer und Engländer waren in diesem Punkt weitaus flexibler als die Deutschen. Kleinmann nutzte das aus und reduzierte somit seine Steuerlast um satte 80 Prozent.

Nach zwei Jahren in dieser Firmenkonstellation ärgerte er sich zunehmend über die erheblichen Gebühren des Steuer- und Rechtsanwaltsbüros, das die Firma für ihn gegründet hatte und nun ordnungsgemäß verwaltete. Da Kleinmann ohnehin mehrmals im Jahr nach England fuhr, erkundigte er sich bei einem seiner London-Besuche, was vor Ort eine Firmengründung inklusive Eintragung ins Handelsregister kostete. Dabei fand er heraus, dass dies zu einem Bruchteil der Kosten möglich war, die sein Steuerbüro von ihm in Holland kassierte.

Kleinmanns Hirn lief sogleich auf Hochtouren. als er die Geschäftsidee erkannte, mit der er hier enorme Gewinne realisieren konnte. Eine neue Firma mit Hilfe eines englischen Steuerbüros ins Handelsregister einzutragen, kostete ihn nur umgerechnet 250 Mark; bei manchen Firmen in Deutschland bezahlte er dafür bis zu 5.000 Mark! Das war eine Riesenmarge. Hinzu kam, dass die meisten Unternehmer auch einen Treuhänder als Direktor, einen Büroservice und ein gesetzlich vorgeschriebenes eingetragenes Büro (Registered Office) in England haben mussten. Dafür entstanden Gebühren, die man den Kunden jährlich berechnete und die auch er selbst für seine Firma seither teuer bezahlen musste.

Insbesondere in Deutschland gab es zu dieser Zeit in den 1980er Jahren eine riesengroße Nachfrage nach Offshore-Firmen. Das waren die goldenen Jahre für Finanzzentren wie Irland, Dubai, Isle of Man, die Kanalinseln Guernsey, Jersey und Sark und Andorra und andere noch mehr exotische Steueroasen wie die Birtischen Jungferninseln, Cayman Inseln oder die Bahamas.

Kleinmann nutzte die Gunst der Stunde und begann nun ebenfalls damit, Firmengründungen im Ausland zu vermitteln. Er arbeitete dabei mit einem spezialisierten Steuerbüro aus London zusammen. Persönlich verlegte er sein Büro von Deutschland nach Belgien. Dort musste er zu dieser Zeit ebenfalls fast keine Steuern bezahlen. Seinen Wohnsitz in Deutschland meldete er komplett ab, sodass er von deutschen Behörden nicht mehr behelligt wurde. In Ostende mietete er ein Penthaus an.

Sein kaufmännisches Talent hatte er von Vater und Großvater geerbt. Sein Opa besaß eine Silberwarenfabrik, die bis vor

Kurzem noch von seinem Onkel betrieben wurde. Sein Vater hatte sich mit einem Schmuckgroßhandel selbstständig gemacht. Kleinmann stammte somit aus einer mittelständischen Unternehmerfamilie, die allerdings viel bodenständiger war als er.

Doch auch diesmal bewies die Geschäftsidee wieder sein goldenes Händchen. Innerhalb von nur sechs Monaten baute er sich einen immensen Kundestamm auf und reiste in ganz Europa umher, um seine Kunden zu beraten.

Nach drei Jahren hatte er sich zu einem ausgezeichneten und beliebten Unternehmensberater hochgearbeitet. Dabei konnte er durchaus mit großen europäischen Consulting-Unternehmen mithalten. Er flog mindestens zweimal im Monat nach London, um dort mit neuen Aufträgen in der Tasche das Steuerbüro zu besuchen, mit dem er zusammenarbeitete. Noch musste Kleinmann deren Service – Stellung von Treuhand-Direktoren, Büroservice und so fort – in Anspruch nehmen und konnte dafür nur einen kleinen Preisaufschlag an seine Kunden weitergeben. Hauptsächlich verdiente Kleinmann an den Firmengründungen als solchen, nicht aber an den Serviceleistungen.

Dies wollte er unbedingt ändern. Er dachte bewundernd an Rockefeller, der den Leuten seine Öllampen als Basis zum Spottpreis verkauft hatte, sie dann jedoch das Petroleum teuer bezahlen ließ. Er musste ebenfalls versuchen, nach diesem Prinzip zu arbeiten und deshalb einen eigenen Treuhand-Direktor und ein eigenes Büro für seine Firmen einsetzen. Denn so würde er Jahr für Jahr erneut richtig abkassieren.

Kleinmann hatte zwischenzeitlich eine völlig steuerbefreite Firma gegründet, die in Irland als »Non-Resident« im Handelsregister eingetragen war. Nach außen erweckte das den Eindruck, als würde es sich um eine ordnungsgemäße, in Irland besteuerte europäische Firma handeln. Das jedoch war nicht der Fall. Denn die Firma hatte ihren Hauptsitz und ihren Direktor auf der komplett steuerfreien Kanalinsel Sark.

Kleinmann hatte lange darüber nachgedacht. Am Ende beschloss er, selbst auf die Isle of Sark zu gehen, um dort den Treuhand-Direktor seiner eigenen Firma einfach mal zu besuchen. Vielleicht würde man mit ihm ja eine Vereinbarung für seine gegründeten Firmen treffen können – ohne das Steuerbüro zu verprellen.

Sark ist nicht viel mehr als ein Felsen im Atlantik, der zwischen Guernsey und Jersey liegt. Gerade einmal 500 Einwohner leben hier, doch Tausende Briefkastenfirmen haben ihr ihr offizielles Domizil aufgeschlagen. Sicherlich wartete man in einer solchen Umgebung nicht unbedingt auf das Erscheinen eines Dr. Kleinmann, um mit ihm Geschäfte zu machen.

Als er seinem Steuerbüro von seinem Vorhaben erzählte, versuchte der Geschäftsführer, ihn davon abzubringen. Doch Kleinmann ließ sich grundsätzlich von niemandem bremsen. Die Einwände des Steuerberaters zeigte ihm seiner Meinung nach nur noch mehr, dass er unbedingt dahin musste.

Schon die Anreise von London über Guernsey nach Sark war abenteuerlich. Und auf der Insel selbst gab es nicht einmal Straßenlaternen: Man benötigte abends eine Taschenlampe! Autos gab es auf der Insel ebenfalls nicht – nur Traktoren für den Transport. Ein Traktor dort war ein Statussymbol wie ein Rolls-Royce in der City of London.

Die Einwohner sind eine eingeschworene Gemeinde, die beim Thema Offshore sehr verschwiegen und verschlossen sind. Es gibt nur Straßenbezeichnungen und keine Hausnummern.

So war es für Kleinmann anfangs unheimlich schwer, überhaupt bis zu seinem Treuhand-Direktor vorzudringen beziehungsweise überhaupt sein Haus zu finden. Niemand gab Fremden irgendwelche Auskünfte über dort ansässige Personen oder Firmen. Es dauerte fast eine Woche, bis er endlich herausfand, wo »sein« Direktor wohnte. Er hatte daraufhin sogleich dort angerufen und einen Termin vereinbart. Grundsätzlich war ein derartiges Verhalten, dass ein Besitzer einer Firma selbst auf die Isle of Sark kam und seinen Treuhand-Direktor zu sehen wünschte, aus Sicht der Einheimischen dubios und suspekt. Schließlich mussten sie sich hier irgendwie schützen vor Steuerbehörden aus dem Ausland und Sensationsjournalisten, die negativ über derartige Steueroasen berichteten.

Wohl auch deshalb trat zum vereinbarten Termin im Haus des Direktors auch nur die Sekretärin in Erscheinung. Erst nach zweistündigem Durchleuchten und Ausfragen tauchte plötzlich Derek Williamson, der Treuhand-Direktor, persönlich auf. Beide verstanden sich auf Anhieb.

Kleinmann begann seine Unterredung ganz unverfänglich. Er wolle eben mal sehen, wo Sark liege und wo sich das Büro seiner Firma genau befinde. Nachdem auch er die Situation so nach einer weiteren Stunde durchleuchtet hatte, wagte er es zu fragen, von wie vielen Firmen Derek Williamson eigentlich Direktor war. Das wisse er nicht, erklärte der ihm, da er vom Steuerbüro in London pauschal bezahlt werde.

Da begannen seine grauen Zellen erneut zu rattern. Denn er wusste ja, dass das Steuerbüro für den Direktor pro Jahr tausend Mark berechnete. Dem Handelsregister hatte er zudem entnommen, dass Williamson alleine in England und Irland Direktor von mindestens tausend Firmen sein musste. Das ergab für das Steuerbüro einen Jahresumsatz von einer Million – alleine durch Derek Williamson. Und da das Offshore-Geschäft auf Sark noch in den Kinderschuhen steckte, hatte man ihn offenbar für wenig Geld überreden können, Direktor unzähliger Firmen zu werden.

Es stellte sich heraus, dass dieselbe Londoner Steuerkanzlei auch Derek Williamsons Schwager als Treuhand-Direktor einsetzte. Der Mann war Lobster-Fischer und gehörte einer eingesessenen Familien-Dynastie an. Zu ihr gehörten auch seine Schwester, die Sekretärin und Ehefrau von Derek Williamson, und ein weiterer Bruder, der als einziger Postbote auf der Insel arbeitete.

Kleinmann erkannte die Geschäftstüchtigkeit von Derek Williamson, der neben seiner Direktoren-Tätigkeit auch der einzige Metzger und der einzige Gaslieferant auf der Insel war. Kleinmann überlegte, einfach mit der Tür ins Haus zu fallen. Also erklärte er ihm seinen Plan: Er sei auf der Suche nach einem Büro und einem eigenen Direktor für seine Firmen, die er für seine Kunden gründete, sodass er diesen Service unabhängig vom Steuerbüro in London anbieten könne. Williamson war sofort Feuer und Flamme. Wie viele Firmen er denn so im Monat gründen würde und verwalten wolle, bei der er dann als Treuhand-Direktor eingetragen werden sollte, fragte er ihn.

Seine bisherigen hundert Firmen wolle er auf ihn zunächst übertragen. Zehn bis 20 neue würden pro Monat gegründet. Für Williamson war das Angebot durchaus attraktiv. Umgerechnet 200 Mark jährlich pro Treuhandposten bot er ihm an, zuzüglich 100 Mark pro Firma im Jahr für die Büroadresse.

Es dauerte keine 15 Minuten, bis Williamson mit ein paar Anrufen alles geregelt hatte: Schon am nächsten Tag könne er fünf eigene Telefonnummern für seine Firma und für künftige Kunden, die eine eigene Nummer haben wollten, bereitstellen, ferner zwei Faxgeräte mit eigener Nummer für Kleinmann selbst in seinem Büro auf Sark. Kleinmann kam aus dem Staunen nicht mehr heraus ob der Schnelligkeit und Effektivität, mit der Williamson dies alles organisieren konnte, obwohl sich die beiden seit nicht einmal zwei Stunden erst kannten.

Das Büro war ans Haus angebaut. Williamson wollte es Kleinmann, wann immer der auf der Insel sein musste, zur Verfügung stellen. Ein besseres Angebot würde er nirgends bekommen und so schlug er per Handschlag sofort ein. Im Anschluss lud man noch den Schwager ein, um das ganze Geschäft zu besiegeln. Danach wurde der Deal ausgiebig in einem der drei Pubs auf der Insel gefeiert.

Nur zwei Wochen nach diesem Besuch verlegte Kleinmann sein komplettes Consulting-Unternehmen auf die Isle of Sark und er suchte sich selbst dort ein Haus zur Miete. Er war neben einem Uhrmacher, der seit der Besatzung als deutscher Soldat auf die kleine Insel gekommen war und sie seither nicht mehr verlassen hatte, der einzige Deutsche, der auf der Insel wohnte. So konnte er sich sogar selbst als Treuhänder bei allen neuen Firmengründungen für seine Kunden einsetzen, da er seinen offiziellen Wohnsitz auf dieser steuer-befreiten Insel hatte. Um das noch zu unterstreichen, hatte sich Kleinmann einen Reisepass bei der Deutschen Botschaft in London ausstellen lassen, der seinen Wohnsitz auf der Isle of Sark bestätigte. Dieser Reisepass war der unwiderlegbare Beweis für all seine Kunden, dass er auch tatsächlich auf der Insel wohnte und somit völlig steuer-befreit war. So etwas war eine absolute Rarität.

Die meisten Kunden, die eine Auslandsgesellschaft gründen wollten, bevorzugten es, hierfür ein deutschsprachiges Unternehmen zu beauftragen, zumindest aber, einen deutschsprachigen Ansprechpartner zu haben. Doch die waren zu dieser Zeit rar gesät. Kleinmann hatte hier eine fette Marktlücke entdeckt und ausgefüllt. Die Kunden rannten ihm nur so das Büro ein. Denn diesen Service konnte von seinen Mitbewerbern niemand anbieten. Sich selbst als Treuhand-Direktor eintragen lassen zu können, brachte ihm den enormen Vorteil gegenüber der Konkurrenz ein, dass er ganz genau wusste, was für Geschäfte seine Kunden machten, und dass auch er Verträge und andere Schriftstücke für seine Kunden als Direktor unterzeichnen konnte. Andere Treuhand-Direktoren durften das aus Sicherheitsgründen nicht tun. Die Steuerbüros, die hinter ihnen standen, ließen es nicht zu. So mancher Kunde musste deshalb nach Firmengründungen bei der Konkurrenz mit gewissen Einschränkungen leben und konnte mit seiner Gesellschaft nicht uneingeschränkt tätig werden.

Üblicherweise stellte der Treuhand-Direktor eine Generalvollmacht für den eigentlichen Besitzer der Firma aus, sodass der dann im Namen des offiziellen Direktors handeln durfte. Einige der Kunden jedoch wollten überhaupt nicht in Erscheinung treten; da war dann die Variante Kleinmann der absolute Hit. Kleinmann selbst verdiente sich mit diesem Konzept in sehr kurzer Zeit eine goldene Nase.

Die besondere Konstellation führte überdies dazu, dass er zu allen seinen Kunden auch ein persönliches Verhältnis aufbauen konnte und somit in deren Geschäfte als Treuhand-Direktor indirekt mit involviert war. Besonders in Erinnerung blieb ihm ein Kunde, der vielfacher Millionär war und in seiner Fabrik in Frankfurt Seifenspender, Seifenschaum und Hygieneartikel für Gaststätten, Hotels und Airlines herstellte. Mit diesem Kunden flog Kleinmann mehrfach zusammen nach New York und Südafrika, um dort Geschäfte für ihn abzuwickeln. Der Mann war alleinstehend und schon in fortgeschrittenem Alter. So bot er Kleinmann sogar an, fest angestellt für ihn zu arbeiten und ihn dafür als Alleinerbe für sein Unternehmen einsetzen zu wollen. Kleinmann jedoch bevorzugte seine Freiheit und Unabhängigkeit und lehnte das Angebot ab. Er erreichte es aber, von ihm eine Viertelmillion als Beteiligung einzustreichen.

Der Alkohol auf Sark floss in Strömen. Wie auf allen Inseln der Region war dort der Alkoholkonsum doppelt so hoch wie auf dem Festland. Doch es galt die früher auch in England übliche

Sperrstunde: Um 22 Uhr 30 musste man bereits gut abgedichtet sein. Zum maßlosen Ärger von Williamsons Ehefrau ging so manche Zeche dann nachts in ihrem Haus weiter.

Kleinmann hatte eine gute Zeit. Es machte ihm sehr viel Spaß, auf der Insel zu wohnen, auch wenn ihm der Inselkoller ab und zu nicht fern war. Zum Glück musste er drei bis vier Mal im Monat nach London fliegen, wo er dann über ein neues Steuerbüro die Firmen-Gründungen vornehmen musste. Er hatte nach seinem Umzug auf die Isle of Sark sein Steuerbüro gewechselt, da das alte Steuerbüro sich geweigert hatte, ihn selbst als Direktor einzusetzen. Kleinmann war sodann zu einer der größten internationalen Steuerkanzleien mit Spezialgebiet Auslandsfirmengründungen gewechselt, die weltweit Filialen betrieb. Diese äußerst renommierte Kanzlei brachte ihm ganz nebenbei noch mehr Prestige für seine eigene Consulting-Firma ein.

Kleinmann war in diesem Geschäftszweig auf dem Gipfel seines Erfolgs angekommen. Er flog mittlerweile fast wöchentlich nach London. Seine verlängerte Jaguar-Limousine und sein eigener Chauffeur warteten dann bereits auf ihn. Er war Stammgast im Sheraton direkt neben Harrods im Stadtteil Knightsbridge. Auch hier feierte er mit Williamson so manche Party zusammen.

Mittlerweile fuhr Kleinmann auch nicht mehr mit dem Postboot auf die Insel, sondern mit einem privaten Charterservice. Das war für ihn flexibler, als sich nach vorgegebenen Zeiten zu richten; das Postboot fuhr nämlich nur dreimal täglich von Guernsey nach Sark und wieder zurück nach Guernsey. Die Dekadenz erreichte ihren Höhepunkt, als ihm im Charterboot Champagner in Teetassen serviert wurde – weil man vor anderen Leuten das teure Getränk nicht zeigen wollte.

Kleinmann war zudem Stammgast in so manch teurem Etablissement in London und in der hauseigenen Bar des Athenaeum-Hotels am Piccadilly, die selbst den billigsten Whisky nicht unter 20 Pfund servierte. Dort war er gerne gesehen und wurde auch noch nach der Sperrstunde ausgiebig bedient.

So kam es dazu, dass er in diesem Hotel, das ein hervorragendes französisches Restaurant beherbergte, eine Aushilfskellnerin kennenlernte. Sie stammte aus Südafrika und hielt sich aufgrund des dortigen Bürgerkriegs in London auf. Die junge Frau war gerade einmal 19 Jahre alt, blond und war niederländischer Abstammung, stammte aus südafrikanischer Sicht also von den Buren ab. Beide lernten sich mit der Zeit besser kennen und sie erzählte ihm, dass sie so lange in London bleiben wolle, bis die Unruhen in ihrer Heimat wieder abgeflacht seien. Sie kam aus Johannesburg.

Kleinmann gelang es erst nach einigen Anläufen, Amber privat einzuladen.

Er war Mitglied in mehreren teuren Clubs der Stadt, so auch im »Sheraton Park Tower Casino Club« und im »Sportsman Club« an der Tottenham Court Road. Auch in der Bar des Interconti war Kleinmann Stammgast. Ab und zu begleitete ihn dann auch Amber zu seinen Touren durch London. Sie genoss es sichtlich, jemanden gefunden zu haben, der sich um sie kümmerte, da sie doch ab und zu Heimweh nach Südafrika hatte und er sie ablenkte, indem er ihr ein London vom Feinsten zeigte. Kleinmann hatte ebenfalls seinen Spaß in dieser Affäre, für die er auch so einige Scheine für Schmuck opferte. Die Beziehung war ungefähr sechs Monate alt, als sich die Lage in Südafrika wieder etwas beruhigte, nachdem Mandela endlich aus dem Gefängnis entlassen worden war. Da teilte Amber ihm wie aus heiterem Himmel mit, dass sie wieder zurück nach Südafrika gehen werde.

Das bedauerte und betrübte Kleinmann sehr. Doch für ihn gab es keine unüberbrückbaren Entfernungen und so versprach er Amber, sie in Kürze zu Hause zu besuchen.

Bis zu seiner ersten Reise nach Südafrika vergingen drei Monate. Seine Telefonrechnung war um den Faktor 10 gestiegen. Spartarife, Flats für Mobiltelefone, Skype und Ähnliches gab es damals noch nicht.

Es gefiel ihm auf Anhieb in Südafrika. Fortan flog er ungefähr alle zwei Monate nach Johannesburg oder Kapstadt. Er konnte sich durchaus vorstellen, für einige Zeit in Südafrika zu leben.

* * *

Nachdem er seine Suite den ganzen Tag nicht verlassen hat, ist nun sein Plan für Bob weit nach Mitternacht endlich fertig. Am nächsten Morgen sendet er Bob eine SMS, dass er ihn nochmal um 14 Uhr »bei Otto« treffen möchte. Bob stimmt sofort zu und Kleinmann bereitet seine Reise am nächsten Tag zurück nach Hanoi vor. Kurz nach 14 Uhr klingelt es an seiner Tür: Der Butler hat seine bestellten Anzüge von der Schneiderei über dem Arm.

»Herr Dr. Kleinmann, soll ich die Anzüge in den Umkleideraum hängen?«

»Ja, gerne, James, danke.«

Er stellt sein für Bob ausgearbeitetes Programm zusammen und macht sich auf den Weg zum Restaurant »Bei Otto«.

Dort angekommen, gelüstet es ihn nach einer original Berliner Currywurst mit Pommes und er bestellt ein Weißbier dazu. Während er die Currywurst genüsslich verspeist, steht auch schon Bob wie aus dem Nichts plötzlich vor ihm.

»Hallo Bob, wie geht es?«

»Gut, gut.«

»Ich habe dir einen Masterplan ausgearbeitet!«

Er bestellt Bob eine Halbe Hofbräu.

Kleinmann lässt dabei sein Gedeck abtragen, um mehr Platz zu haben. Die Sitzung beginnt, wie sie das letzte Mal beendet worden ist, nämlich mit einem Underberg. Nachdem beide das Zeremoniell hinter sich gebracht haben, beginnt Kleinmann mit dem Masterplan. Er erklärt, dass er daran interessiert sei, ihm bei der Auslösung der beiden Kisten behilflich zu sein. Er müsse aber dazu erst die Bezahlung von Frau Nguyen aus Vietnam abwarten, um das Kapital zur Verfügung zu haben. Sobald das erledigt sei, werde er Bob den Betrag zur Auslösung zur Verfügung stellen, ihn persönlich nach Thailand bringen und ihm übergeben. Er ergänzt, dass er ihm bei der Anlage der fünf Millionen Dollar ebenfalls behilflich sein könne, da er einen sehr guten Bankkontakt habe, der auf ein Investment ab einer Million Euro zehn Prozent Zinsen bezahle – pro Monat! Außerdem empfiehlt er Bob, einen Teil in Gold oder Wertgegenständen zu investieren und einen kleinen Teil Bargeld als Reserve zu deponieren. Er, Kleinmann, habe auch keine Probleme damit, mit Hilfe seiner Kontakte eine solche Summe in bar in den Wirtschaftskreislauf einfließen zu lassen. Alles in allem hat Bob mit Kleinmann einen Glückstreffer gelandet, er ist geradezu geboren für diese Mission.

Bob selbst war sein Leben lang nur Soldat, kennt sich im Finanzsektor überhaupt nicht aus und hat hier auch keinerlei Kontakte. Er ist komplett auf fremde Hilfe angewiesen. So ist er überglücklich, als Kleinmann ihm einen so perfekten Plan aus dem Hut gezaubert hat Bob hat das Gefühl, in Kleinmann den richtigen Partner gefunden zu haben. Doch der geht nun zu der mehr delikaten Angelegenheit über, Bob zu präsentieren, was er für seine Dienste haben möchte.

»Okay, Bob, für diese ganze Aktion bekomme ich eine halbe Million Dollar in bar, sofort nach der Auslösung. Von dem gesamten Investment erhalte ich 50 Prozent der Zinszahlungen. Die

Einlage, also das Grundkapital, gehört dir komplett, ich möchte nur die Hälfte der Zinseinkünfte direkt auf mein Konto ausbezahlt haben!«

Ein faireres Angebot konnte Dr. Kleinmann für Bob nicht ausarbeiten. Er ist wie immer sehr darauf bedacht, dass bei einem Geschäft beide Seiten profitieren und alles so gerecht wie nur möglich aufgeteilt wird. Bob ist positiv überrascht von dem Angebot und bestellt noch zwei Underberg, um die Sache per Handschlag zu besiegeln, also den Deal anzunehmen.

Nach diesem doch äußerst lukrativen Geschäftsabschluss, der im Erfolgsfall Kleinmanns Finanzprobleme auf einen Schlag lösen würde, fliegt er am nächsten Tag wieder nach Hanoi, um dort Frau Nguyen wieder etwas unter Druck zu setzen und die Zahlung dort zu beschleunigen. Sie hat ihm den Ausgleich innerhalb von 14 Tagen zugesichert.

Kleinmann ist gerade auf dem Weg zu seinem geliebten Friseur-Salon, in dem er sich mittlerweile fast täglich die Haare waschen lässt. Das kostet ihn nicht einmal zwei Euro, inklusive einer 30-minütigen Kopfmassage. Da vibriert sein Telefon. Am anderen Ende der Leitung ist ein Deutsch-Vietnamese. Kleinmann kennt ihn aus Berlin. Er möchte ihm eine Beteiligung an einer Gold- und Kupfermine in Laos anbieten, die einem vietnamesischen Multimillionär gehört. Da Kleinmann noch 14 Tage auf die Zahlung von Frau Nguyen warten muss, beschließt er, sich mit dem Anrufer und dem Minenbesitzer zu treffen, um die Mine dann in Laos gemeinsam zu besichtigen. Man verabredet sich für den nächsten Morgen um 10 Uhr im Hilton Opera Hotel.

Pünktlich um 10 erscheint der Deutsch-Vietnamese und der Minen-Besitzer in der Lobby des Hotels. Sie begrüßen sich herzlich. Kleinmann lässt sich sogleich Pläne und Fotos der Mine vorlegen.

Nach einer zweistündigen Unterredung beschließen die drei, am nächsten Tag von Hanoi nach Laos zu fliegen, um dort die Mine drei Tage lang zu besichtigen.

Vientiane, die Hauptstadt von Laos, hat rund 350.000 Einwohner und ist die wahrscheinlich ruhigste Hauptstadt Südostasiens, obwohl es hier immerhin schon mehrspurige Straßen, Ampeln, Privatautos und Mopeds gibt – anders als im restlichen Laos. Aber trotzdem wirkt hier nichts hektisch. Unbedingt besuchen sollte man natürlich den Pha That Luang, das Nationalsymbol und bedeutendste religiöse Monument von Laos, sowie das Patuxai, das »Tor des Sieges«, eine Art asiatischem Triumphbogen, der am nördlichen Ende der Lane Xang Avenue mitten im Kreisverkehr dort steht. Am südlichen Ende der Straße befindet sich der Präsidentenpalast. Es ist auch hier alles bequem zu Fuß zu erreichen und man ist auch relativ schnell am That Dam, der schwarzen Stupa, und an der imposanten protzigen Kunst-Halle.

Der Talat Sao ist der größte Markt. Man kann dort fast alle Lebensmittel bekommen. Außerdem ist hier der Busbahnhof und es ist aufregend, hier das geballte laotische Leben zu sehen.

Gerade hier in Laos gibt es sehr viele alte Tempelanlagen. Es ist diese spirituelle Ruhe, die den meisten Besuchern in einem Wat gefällt. In Vientiane liegen sich zwei der Schönsten und Bekanntesten Wats direkt gegenüber. Der Wat Phra Kaeo mit seinen Bronzeskulpturen im Säulengang und den unterschiedlichsten Buddha-Statuen aus verschiedenen Materialien und Epochen im Inneren und der Wat Si Saket, das älteste Kloster in Vientiane, das auch noch heute als Kloster dient.

Die Ufer des Mekongs sind auch hier, wie überall, Treffpunkt vieler Menschen. Zahlreiche kleine Lokale, Spielplätze und Parks bieten besonders in den Abendstunden viel Abwechslung für Groß und Klein. 24 Kilometer südlich der Stadt findet sich der bekannte Buddha-Park mit seinen fantasievollen Skulpturen und der riesigen liegenden Buddha-Statue. Er ist ein beliebtes Ausflugsziel für Einheimische und Touristen.

Am Flughafen in Vientiane werden Kleinmann, der Deutsch-Vietnamese und der Minenbesitzer von zwei Fahrern mit zwei Land-Cruisern abgeholt. Die Fahrt geht raus aus der Stadt auf immer schlechter werdenden Straßen und zieht sich endlos entlang an immer wieder auftauchenden kleinen Dörfern. Kleinmann, der mit dem Deutsch-Vietnamesen in einem Auto sitzt, wird kräftig durchgeschüttelt während der Fahrt. Immer wieder setzt die asphaltierte Straße aus. Nur noch Schotterpisten sind dann vorhanden. Sie wirbeln unerhört Staub auf, was Kleinmann, der ohnehin schon durstig genug gewesen ist, noch durstiger macht.

Alle sind froh, als die Fahrt nach drei Stunden zum Mittagessen in einem kleinen Bergdorf endlich unterbrochen wird. Kleinmann nutzt die Gelegenheit, nach dem Mittagessen ein wenig Land und Leute zu sehen, indem er durch das ganze Dorf läuft. Alles ist viel rückständiger und gemächlicher, als er es sonst aus Asien gewohnt ist. Er genießt die Ruhe und Gelassenheit der Einheimischen und der ganzen Umgebung.

Die Leute sind zu Ausländern sehr höflich, in den Bergdörfern aber dennoch etwas Scheu und verschlossen. Kleinmann jedoch fühlt sich in Laos seit seinem ersten Schritt hier sehr wohl. Nach dem ganzen Stress, den er in den letzten Monaten gehabt hat, ist dies eine willkommene Abwechslung für ihn.

Nach etwas mehr als einer Stunde Aufenthalt geht die Fahrt weiter über atemberaubende Pässe in eine versteckte Berglandschaft. Kleinmann hat am Flughafen noch Cola und Bier eingekauft, bevor sie losgefahren sind. Er hat da aber noch nicht gewusst, dass die Fahrt so abgeschieden in die Berge führen würde.

Nach weiteren zwei Stunden durchgeschüttelter Fahrt erreicht das Team endlich die Mine, die nur von einem kleinen Dorf mit 50 oder vielleicht 100 Einwohnern umgeben ist. Schon der erste Eindruck in der Mine und der Empfang des Personals für den Minenbesitzer und seine Gäste sind vorbildlich und lässt hier durchaus eine gewisse Disziplin und Struktur in der Organisation erkennen. Kleinmann gewinnt allerdings sofort den Eindruck, dass hier der Staat oder irgendwelche Parteimitglieder in die Mine involviert sein müssen.

Jedem der Gäste wird ein eigenes Zimmer im Wohnviertel der Minenarbeiter zugeteilt. Diese Zimmer und das ganze Anwesen sind für einen Minenbetrieb äußert exklusiv und sehr organisiert eingerichtet. Das Abendessen wird um 19 Uhr gemeinsam mit den Arbeitern eingenommen. Es ist auf zwei große Tische verteilt. An jedem dürften ungefähr 20 Personen Platz haben. Der Minenbesitzer – eine Mischung zwischen einem stämmigen Russen und einem Chinesen – wirkt dominant und macht unausgesprochen deutlich, dass er hier der Chef ist. So wie hier alles strukturiert ist, erinnert Kleinmann das Ganze irgendwie an einen sozialistischen Vorzeigebetrieb. Das Abendessen wird so üppig aufgefahren, dass man es in einem Fünf-Sterne-Restaurant nicht besser hätte machen können. Es fehlt an nichts. Bis hin zum Lobster ist alles auf dem Tisch, was eine asiatische Küche so hergibt.

Als die große Glocke geläutet wird und sich alle Arbeiter zum Essen am Tisch versammelt haben, werden durch den Minenbesitzer und Gastgeber den Arbeitern die Gäste vorgestellt. Der Minenbesitzer spricht gerne und viel und fühlt sich sichtlich wohl dabei, sich selbst immer wieder in Szene setzen zu können. Kleinmann versteht nicht ein Wort davon. Er registriert nur, dass ihm alle zwei Minuten das kleine Glas mit Johnny-Walker-Whisky gefüllt wird und er alle zwei Minuten aufstehen und mit jemand anderem anstoßen muss.

Kleinmann kommt während des Abendessens sichtlich in Fahrt wie auch der Gastgeber selbst, der nun von Glas zu Glas immer lauter wird. Das Ganze wird alsbald etwas aufgeheitert durch eine ganze Schar junger Mädchen, die der Gastgeber aus dem Dorf an den Tisch kommen lässt. Die Party dauert bis 23 Uhr. Wie aufs Stichwort begeben sich dann alle ins Bett, um am nächsten Tag wieder frisch für die Arbeit zu sein.

Direkt nach dem Frühstück fährt Kleinmann mit einem Ingenieur und einem Geologen tief in die Mine hinein, um Grabungen vorzunehmen und Gesteinsproben zu analysieren.

Nachdem sie mehr als vier Stunden an verschiedenen Stellen Proben entnommen haben, fahren sie in eine niedriggelegene Schlucht, durch die ein kleinerer Fluss führt. Direkt am Fluss ist ein provisorisches Camp eingerichtet, das von stark bewaffneten Arbeitern bewacht wird. Über einen kleinen Trampelpfad können sie ein höher gelegenes Camp auf der anderen Seite der Schlucht erklimmen. Der Deutsch-Vietnamese will unbedingt dort hinauf, ganz zum Ärgernis von Kleinmann, der nicht sehr erpicht darauf ist, derartige Exkursionen zu erleben.

Als sie dann endlich am zweiten Basiscamp angelangt sind, kann es der durstige Kleinmann nicht lassen, einen dort sitzenden Arbeiter nach Bier zu fragen. Da jedoch offizielle Angestellte der Mine mit dabei sind, will ihm niemand ein Bier geben, da Alkohol bei der Arbeit verboten ist. Doch wenn Kleinmann »Bierdurst« hat, hält ihn nichts und auch überhaupt nichts davon ab, auch am letzten entlegenen Flecken dieser Erde ein Bier zu bekommen! Während die anderen also weiter den Pfad nach oben steigen, bleibt er im Camp sitzen und versucht, einen jüngeren Arbeiter dort zu bestechen. Er redet so lange von Bier und gibt dem Jungen schließlich genügend Geld für die vierfache Menge, dass der sich plötzlich wie von der Tarantel gestochen auf und davon macht, um für den Gast doch noch ein eisgekühltes Bier von irgendwoher aufzutreiben. Der Junge spurtet, als ginge es um sein Leben.

Kleinmann beginnt langsam wieder mit dem Abstieg in die Schlucht und ins untere Camp, wohin der Junge auch das Bier bringen sollte. Bis er endlich das untere Camp erreicht hat, steht der auch schon mit drei riesigen Flaschen Bier da. Sie sind eiskalt. Kleinmann leuchten die Augen wie bei einem Kind an Weihnachten!

Die ganze Aktion versetzt den Deutsch-Vietnamesen, der selbst keinen Alkohol trinkt, in großes Erstaunen: Wie bringt es nur jemand ohne ein Wort Vietnamesisch oder Thai im tiefsten Busch fertig, ein eiskaltes Bier zu organisieren?

Nach der wohltuenden Erfrischung machen sich schließlich alle wieder auf den Weg zurück zum Lager der Mine, um dort rechtzeitig zum Abendessen zu erscheinen. Pünktlich um 19 Uhr läutet auch schon wieder die Glocke und der Tisch ist wieder reichlich mit Nahrung und etlichen Flaschen Whisky gedeckt. Das Zeremoniell vom Vorabend wiederholt sich: Es erfolgen Rede über Rede des Minenbesitzers.

Am nächsten Morgen versucht Kleinmann dem Deutsch-Vietnamesen klarzumachen, dass er jetzt genug gesehen und genügend Trinksprüche des Besitzers gehört hat und er nun endlich Fakten über die Mine auf dem Tisch haben möchte. Mit anderen Worten: Der Minenbesitzer soll endlich bekanntgeben, was und wie viel Gold in der Mine enthalten sein soll. Dass es sich hier offiziell um eine Kupfermine handelt, hat Kleinmann schon verstanden; doch das interessiert ihn eher weniger. Vielmehr ist er an dem Gold in der Mine interessiert. Der Deutsch-Vietnamese versucht daraufhin, mit dem Minenbesitzer ins Gespräch zu kommen, um vor der Abreise am nächsten Tag schließlich Fakten vorliegen zu haben.

Nachdem aber nach einer Besprechung am Nachmittag mit dem Besitzer immer noch keine konkreten Daten auf dem Tisch liegen und beim Mittagessen wieder kräftig mit Whisky gebechert worden ist, ist Kleinmann sauer. Er lässt sich das auch anmerken, bis am Abend dann der Geologe der Mine mit einem geologischen Bericht zu ihm kommt. Darin ist von relativ hohen Goldgehalten im Boden die Rede. Der Bericht ist jedoch nicht ordnungsgemäß abgestempelt und offiziell verifiziert, woraufhin Kleinmann die ganze Sache als beendet betrachtet. Er fragt sich sowieso schon die ganze Zeit, warum man seine Hilfe und Beteiligung überhaupt noch benötigt, nachdem der Besitzer offensichtlich auch Millionär ist und in die Mine schon ordentlich Geld geflossen sein muss. Alles in allem kommt ihm die ganze Sache suspekt vor.

Er vereinbart mit dem Deutsch-Vietnamesen deshalb, er möge dem Besitzer mitteilen, dass er eigene Geologen aus Deutschland einfliegen wolle, um hier ein eigenes Gutachten erstellen zu lassen. Erst wenn das vorliege, könne eine weitere Verhandlung über eine Beteiligung geführt werden.

Hinter vorgehaltener Hand hat man Kleinmann in der Zwischenzeit erklärt, dass die Mine offiziell nur als Kupfermine geführt wird und es auch nur eine Lizenz zum Abbau von Kupfer gibt, nicht jedoch von Gold. Inoffiziell wissen aber alle Beteiligten, dass die Mine auch erhebliche Goldvorkommen aufweist. Diese sind in den Büchern jedoch nicht gelistet beziehungsweise stark nach unten korrigiert worden.

Dass ordentlich Gold in der Mine sein muss, kann Kleinmann auch daran erkennen, dass das ganze Dorf am Fluss säckeweise den Sand und die Erde aus dem Minenabbau ankarren lässt, um beides dort dann am Fluss auswaschen zu lassen. Auf diese Weise wird die Dorfbevölkerung ruhiggestellt, damit sie sich nicht gegen die Umweltschäden, die die Mine verursacht, auflehnen.

Nach einer weiteren durchzechten Nacht herrscht am nächsten Morgen schon um 6 Uhr ein heilloses Durcheinander: Der Minenbesitzer möchte zurück nach Vietnam, ist sich aber nicht sicher, ob er fliegt oder mit dem Auto fährt und wie seine Gäste zum Flughafen kommen sollen. Kleinmann brummt ordentlich der Schädel! Er zählt zu den wenigen Menschen, die kein Wasser trinken, weder zum Wein noch sonst zu irgendetwas. Wasser pur ist nur zum Waschen da, lautet seine Philosophie. Aus irgendeinem Grund verträgt er das Eisen im Wasser nicht oder so ähnlich; er hat jedes Mal nach dem Genuss von Wasser pur Magenprobleme. Außerdem ist er der Ansicht, dass das Trinkwasser manipuliert und mit schädlichen Stoffen für die Menschheit versehen ist, um bestimmte Krankheiten zu fördern, die die Sterblichkeitsrate erhöhen, was wiederum den Medikamentenabsatz der Pharmaindustrie für bestimmte Produkte in die Höhe treiben lässt und gleichzeitig die Weltbevölkerung in Maßen hält. Die Cola ist auch leer und das Bier schon lange, sodass er wohl oder übel zu einer Tasse Tee greifen muss.

Schließlich hat man sich nun doch zur gemeinsamen Fahrt mit nur einem Auto entschlossen, das die Gäste erst zum Flughafen bringt und mit dem der Minenbesitzer dann weiter nach Vietnam fährt. Die Fahrt so früh am Morgen und das überhaupt unzufriedene Ergebnis dieser Reise macht Kleinmann schwer zu schaffen. Schon nach den ersten 30 Kilometern bekommt er einen heftigen Brand, den er nur mit eiskaltem Bier löschen könnte und er in Ermangelung dessen den Deutsch-Vietnamesen in dem so eng bepackten Auto immer wieder beschimpft. Er schimpft so laut auf Deutsch, dass auch der Besitzer der Mine merken kann, dass Kleinmann schlicht und ergreifend die

Schnauze voll hat! Er nötigt den Fahrer förmlich, an der nächsten Tankstelle oder am nächsten Supermarkt anzuhalten, damit er endlich das ersehnte Bier bekommt und in der Folge die Fahrt wieder einigermaßen erträglich für ihn wird.

Als nach fünfstündiger Fahrt endlich der Flughafen der Hauptstadt erreicht ist, kann es Kleinmann nicht schnell genug gehen, aus dem Auto zu kommen, um das erste gute Bier im Restaurant zu trinken. Er verabschiedet sich kurz und forsch und ist froh, endlich zurück in der Zivilisation zu sein.

Nach zweistündigem Flug freut er sich auf sein Hotelzimmer, in dem er sich nach einem ausgiebigen Bad gleich ins Bett legt. Um am nächsten Tag auch ordentlich ausschlafen zu können, verdunkelt er noch alle Fenster und hängt das »Bitte nicht stören«-Schild vor die Tür.

Es vergehen weitere acht Tage in Hanoi, bis er endlich den ersehnten Anruf von Frau Nguyen bekommt. Sie hat das Geld zusammen und will es am Mittag im Hotel übergeben. Kleinmann kann es kaum erwarten, das Geld in Händen zu haben.

Am Nachmittag ist es endlich soweit und Frau Nguyen erscheint vor seiner Hotelzimmertür. Sie übergibt ihm hastig den Umschlag mit den 50.000 Dollar und verspricht, ihm weitere 50.000 Dollar nächste Woche zu liefern. Das hat er mit ihr telefonisch vereinbart, nachdem er gewusst hat, wie viel Geld er für das Auslösen der Boxen von Bob benötigen würde. Hastig zählt er das Geld, um dann Frau Nguyen den Erhalt zu quittieren. Auch sie hat wenig Zeit und verlässt das Zimmer sofort wieder.

Kleinmann sendet unverzüglich eine SMS an Bob nach Thailand. Er habe 15.000 Dollar zusammen und fragt an, ob man nicht versuchen könne, die Boxen mit diesem Betrag auszulösen und dem Sicherheitsbüro den Rest nach Erhalt der Boxen zu übergeben. Dies würde die Zeit verkürzen, da ja jede Woche zusätzliche 500 Dollar bei der Sicherheitsfirma für die Lagerung bezahlt werden müssen. Bob schlägt vor, dass er doch mit dem Geld einfach vorbeikommen solle. Er würde es dann direkt bei der Sicherheitsfirma versuchen. Man könne diese sicherlich besser überzeugen, wenn man dort das vorhandene Geld in bar vorzeige.

Kleinmann versucht mit dieser Masche, das Risiko und den finanziellen Einsatz zur Auslösung der Boxen so gering wie möglich zu halten und den Preis zu drücken. Für ihn macht dies durchaus Sinn und so bucht er seinen Flug nach Bangkok für den nächsten Nachmittag.

Das Treffen wird dieses Mal wieder im Sheraton an der Poolbar verabredet. Kleinmann und Bob treffen fast gleichzeitig dort ein und begrüßen sich flüchtig. Man möchte den Aufenthalt dort so kurz und unauffällig wie möglich gestalten. Daher folgt Kleinmann Bob in kurzem Abstand auf die Toilette, wo er ihm den Umschlag mit dem Geld übergibt.

Bob weiß, was zu tun ist und kommentiert:

»Okay, ich melde mich, sobald ich morgen mit der Sicherheitsfirma gesprochen habe.«

Daraufhin verlässt Bob sofort wieder das Hotel, während Kleinmann an den Tisch am Pool zurückkehrt und noch eine Cola bestellt. Für ihn beginnen nun Stunden der Ungewissheit. Er stellt sich auch immer wieder die Frage, ob es richtig gewesen ist, Bob einfach so das Geld in die Hand zu drücken und ihn damit ohne Kontrolle losziehen zu lassen.

Zurück im Hotel Oriental geht Kleinmann aufgeregt am Pool auf und ab und wartet vergebens auf eine Nachricht von Bob. Erst am nächsten Morgen meldet der sich telefonisch bei ihm. Er sei beim »Safe der Diplomaten« gewesen. Er habe versucht, mit der Sicherheitsfirma auszuhandeln, dass die Kisten für einen geringeren Betrag ausgehändigt werden und der restliche Betrag nach drei Tagen bezahlt werden würde. Doch darauf sei die Sicherheitsfirma nicht eingegangen. Die 15.000 Dollar habe er dann gegen Quittung bei der Firma als Anzahlung hinterlassen. Nun warte er auf die ausstehende Summe, um die Boxen auslösen zu können.

Kleinmann lässt das Geschäft mit Bob erst einmal ruhen. Er hat nun wieder etwas Freizeit und beschließt, in den nächsten Tagen etwas Spaß in Pattaya zu haben. Dazu ruft er seinen Freund Charles an, der immer noch auf Phuket weilt.

»Hallo Charles, los, steig runter von der Mutti und komm nach Bangkok zurück!«, kreischt er ins Handy. Charles erwidert dies mit schallendem Gelächter.

»Lass uns noch, bevor du nach Afrika zurückfliegst, ein paar Tage nach Pattaya gehen«, fordert Kleinmann ihn auf.

Das lässt sich Charles nicht zweimal sagen und er beschließt, den Flug am nächsten Tag zurück nach Bangkok zu nehmen. Da der Flughafen auf dem Weg nach Pattaya liegt, verabreden sich die beiden direkt am Flughafen, von wo aus sie dann mit der Hotel-Limousine weiter nach Pattaya fahren werden.

Pattaya war ursprünglich ein Fischerdörfchen und ist in der Zeit des Vietnamkrieges förmlich über Nacht aus dem Schlaf erwacht, da die Amerikaner Pattaya, neben ihrem Flugplatz gelegen, als Seebad zur »Truppenregeneration« für ihre Soldaten auserkoren hatten. Über Nacht schossen Bordelle, Bars und Hotels wie Pilze aus dem Boden. Es kamen Mädchen insbesondere vom Isan, dem armen Nordosten des Landes, um ihr Stück vom Kuchen zu bekommen.

Seither gilt Pattaya immer noch als das Sündenbabel Thailands. In den letzten Jahren hat die Verwaltung von Pattaya aber große Anstrengungen unternommen, der Stadt ein anderes Image zu verschaffen. Es wurde viel Geld in die touristische Infrastruktur investiert und zudem eine neue Kläranlage gebaut, die zu einer drastischen Verbesserung der Wasserqualität beigetragen hat.

Langsam aber sicher wird Pattaya zu einem Urlaubsziel für die ganze Familie. Vielfältig ist das Unterhaltungsangebot mit allerlei Vergnügungsparks, Kinos wie auch einer sehenswerten Travestie-Show. Für Familien und Erholungssuchende eignen sich vor allem Nord-Pattaya mit dem Strand von Wongamat wie auch im Süden der Jomtien-Beach, etwas ruhiger als Central-Pattaya.

Für Ausländer wird bestens gesorgt. Fernsehprogramme gibt es unter anderem in Englisch, Deutsch und Russisch. Die Palette von verschiedenen Nationalküchen ist breit: mexikanisch, italienisch, thai, russisch, deutsch und noch viel mehr. Viele Auswanderer – sogenannte Expats – wohnen in Pattaya und geben der Stadt einen komplett internationalen Anstrich.

Kleinmann ist einmal mehr in typischer und bester Party-Stimmung als er mit Kirit, dem Hotel-Chauffeur auf dem Weg zum Flughafen ist, um dort Charles abzuholen. Die Biere fließen schon ordentlich in der Limousine. Bis zum Flughafen hat Kleinmann schon drei hinuntergespült. Charles landet pünktlich in Bangkok. Wie üblich steht Kleinmann mit einem eiskalten Bier in der Ankunftshalle, um seinen Freund zu empfangen.

Nach kurzer Wartezeit erscheint Charles gut gelaunt und glücklich, Kleinmann wiederzutreffen. Beide stoßen auf das Wiedersehen mit einem eiskalten Singha-Bier an und machen sich auf den Weg zur Limousine, die mit Kirit vor dem Flughafen wartet.

Als die Fahrt mit den altbekannten Abba-Songs von Kleinmann losgeht, beginnt Charles damit, in der Limousine seinen Reiseproviant für die Fahrt auszupacken. Als Überraschung hat er einen original südafrikanischen Rotwein dabei, der aus einem besonderen Anbaugebiet kommt, deren Winzer nicht den heute üblichen Verschnitt von Supermarkt-Plörre nach Europa liefert, sondern noch von der alten Schule des südafrikanischen Weinanbaus ist. Dazu passend reicht Charles das traditionelle südafrikanische Biltong, das aus getrocknetem Rindfleisch oder auch Wild besteht, eher wie eine getrocknete Minisalami in länglicher Form aussieht und sehr passend zu einem Glas Rotwein verspeist werden kann. Kleinmann ist hocherfreut über Charles' Geste. Sie bringt ihm viele gute Erinnerungen an Südafrika wieder zurück. Auch an zwei Weingläser und einen Korkenzieher hat Charles gedacht und er beginnt den edlen Tropfen vorsichtig zu öffnen. Beide genießen sichtlich den Wein auf der etwas öden Autobahnfahrt in Richtung Pattaya. Kleinmann lässt zum Wein passende südafrikanische Country-Musik spielen, was die beiden an gute alte Zeiten im Busch und an eine schöne Zeit in Südafrika erinnert.

Traditionell macht Kleinmann ungefähr nach der Hälfte der Fahrtzeit, also nach ungefähr einer Stunde, eine Pause auf einem großen Autobahnrasthof, an dem sich mehrere verschiedene Kneipen und Restaurants befinden. Es ist ein bekannter Truckstopp für alle Lasterfahrer und Reisende. Während sich Kirit erfrischt, streunen Kleinmann und Charles von Kneipe zu Kneipe, um dort zusammen mit den Einheimischen ein paar Gläser Thai-Whisky hinabzustürzen, was die Stimmung der beiden immer ausgelassener werden lässt. Nach einer Dreiviertelstunde begeben sich die beiden stark angesäuselt wieder zurück zur Limousine – jedoch nicht, ohne dass sie Kirit auch noch eine Erfrischung mitzubringen: bestehend aus einem kleinen Fläschchen in der Größe eines Underbergs. Der Inhalt ist jedoch nichts anderes als in einigen der Energy Drinks teuer vermarktet wird, nur mit dem kleinen Unterschied, dass diese locker vier Euro kosten und das kleine Original-Fläschchen mit dem gleichen Inhalt in Thailand nur umgerechnet 50 Cent. Nicht zufällig sind die Hersteller solcher Energy Drinks mehrfache Millionäre geworden.

Kirit bedankt sich bei Charles und Kleinmann für die Aufmerksamkeit und schluckt den Inhalt des Fläschchens in einem Zug hinunter, um dann die Limousine wieder weiter Richtung Pattaya zu steuern. Die Party-Stimmung der beiden steigt immer mehr, desto weiter sich die Limousine Pattaya nähert. Als sie das Ortsschild von Pattaya passieren, haben die beiden den letzten Schluck des edlen Tropfens aus Südafrika verkostet und das letzte Biltong verspeist. Da bittet sie Kirit, ihm zu sagen, wo sie denn aussteigen möchten, da er nach einer kurzen Pause wieder zurück zum Hotel nach Bangkok fahren müsse.

Charles und Kleinmann fangen die Party gleich am Anfang von Pattaya an und lassen Kirit seine Limousine direkt auf den Parkplatz des Dusit-Hotels fahren. Nachdem sie Kirit verabschiedet haben, beginnen sie ihre Tour mit einem Sammel-Taxi. Das wird von den Fahrgästen einfach angehalten und man springt auf die Ladefläche. Am Ziel machen sie sich dann durch Klingelzeichen bemerkbar, springen wieder ab und geben dem Fahrer 20 Baht.

Der erste Stopp wird an der Strandpromenade eingelegt. Dort besucht man praktisch ein paar Bars direkt an der Straße, an der Hunderte von Thai-Mädchen die Gäste animieren. Danach werden noch zwei kürzere Stopps eingelegt, bis sie schließlich an der »Sunny-Bar« vorbeikommen. Sie ist eine sehr kleine langgezogene Bar mit nur zwei länglichen Tischen darin, einer kleinen Ein-Mann-Bar und einer noch kleineren Thai-Toilette am Schluss des Raumes sowie einer kleinen Bühne für einen Alleinunterhalter. An den Tischen sind ungefähr ein Dutzend Animier-Mädchen verteilt, die versuchen, die Gäste bei Laune zu halten. Charles und Kleinmann werden stürmisch in die Bar gelockt und lassen sich an einem der beiden langen Tische voller Mädchen nieder. Ziel der Mädchen hier ist es ausschließlich, den Gast bei

Laune zu halten, zum Trinken zu animieren und eventuell später auch noch »abschleppen« zu können.

Nach einigen Bieren ist die Stimmung auf dem Höhepunkt. Als dann auch noch zwei Gitarrenspieler auf der Bühne anfangen, westliche Songs zu spielen, hält Kleinmann nichts mehr auf seinem Stuhl und er geht auf die Bühne, um mit den Musikern Karaoke zu spielen. Er singt sich in den hellsten und grellsten Tönen durch das ganze Notenbuch der Musiker, sodass die Leute, die an der Bar vorbeigehen, stehenbleiben und sich schnell eine ganze Menschentraube vor der kleinen Bar bildet.

Kleinmann holt schließlich auch noch seinen Freund zur Verstärkung mit auf die Bühne. Beide haben eine Flasche Bier in der Hand und singen gemeinsam:

»… if I am going to San Francisco … have some flowers in your hair …«

Die ganze Bar bebt. Und einmal mehr bestätigt sich, was seinerzeit ein Wirt in einer Kneipe irgendwo in Deutschland zu Kleinmann gesagt hat:

»Du bist die beste Animier-Dame in der Stadt.«

Denn da, wo Kleinmann ist, ist der Laden voll und der Umsatz brummt. Nach vielen Liedern und jeder Menge Alkohol ist es inzwischen weit nach Mitternacht. Die Hemmschwelle ist entsprechend niedrig, sodass man beschließt, jetzt die einzelnen Gogo-Bars aufzusuchen, von denen Pattaya Hunderte zu bieten hat.

Nachdem Charles und Kleinmann die ersten unspektakulären Bars abgeklappert haben und sich dabei auch der üblichen »Menschen-Lotterie« bedient haben – bei denen sie die Mädchen mit ihren Nummern an ihren Dessous an ihren Tisch kommen ließen –, endet sie nun in einer Gogo-Bar, die sich »Obsession« nennt. Hier laufen sämtliche Mädels im Outfit einer Krankenschwester herum. Kleinmann bemerkt sofort, in welche Art von Bar er hier geraten ist. Bei Charles dauert es eine Stunde länger, bis er endlich begreift, dass sämtliche Mädels am Tisch und zum Teil auf seinem Schoß »Lady-Boys« sind, die es in Thailand wie Sand am Meer gibt. Die meisten davon befinden sich gerade in ihrer Umwandlungsphase von Mann zur Frau, haben meist noch beide Geschlechtsteile, sowohl weibliche als auch männliche, und tiefe Stimmen.

Als Charles es bemerkt, springt er plötzlich, wie von der Tarantel gestochen, auf. Beinahe hätte er alle Gläser umgeworfen.

»Sag mal, spinnst du, was ist denn los?«, raunzt ihn Kleinmann an.

»Weißt du denn nicht, wo wir hier sind?«, erwidert Charles und Kleinmann bricht in schallendes Gelächter aus.

»Ich glaube, die, die eben auf mir saß, hatte auch was zwischen den Beinen!«

Kleinmann kann sich vor Lachen kaum halten.

»Das hat aber lange gedauert, bis du das gemerkt hast!«

Kurz darauf verlassen die beiden das »Obsession«. Die Party geht weiter bis in die frühen Morgenstunden. Da kehren beide schließlich mit vier Mädels ins Hotel Duisit ein, in dem sie sich beide ein Zimmer nehmen.

Am nächsten Mittag um eins treffen sich die beiden wieder, um den Mädels im Zentrum der Stadt noch etwas zu essen zu geben und selbst ihren Brand mit einem Bier zu löschen. Danach entlassen sie ihre Begleiterinnen wieder in die Freiheit, um dann am Abend wieder nach neuen Schönheiten Ausschau halten zu können.

So vergehen auch die nächsten zwei Tage und Nächte mit immer wieder neuen Bars und neuen Frauen, bis dann am dritten Tag die Kräfte der beiden langsam nachlassen. Kleinmann und

Charles bestellen einen Limousinen-Service, um wieder ins Hotel nach Bangkok zu kommen. Sie haben Kopf- und Gliederschmerzen und sind froh, dass sie auf der Fahrt nun erst einmal ausruhen können. Bereits nach fünf Minuten sind sie eingeschlafen und wachen erst kurz vor Bangkok wieder auf. Der Wagen steht gerade im Stau.

Kleinmann verspürt plötzlich starke Blähungen. Doch er weiß nicht, wie er sie hier wieder loswerden kann. Nachdem er sich im Wagen von einer Seite zur anderen gewälzt hat, hält er es schließlich nicht mehr aus. Mitten auf der Autobahn steigt er aus und läuft zum großen Entsetzen des Chauffeurs an den stehenden Autos vorbei. Das ist gerade rund um Bangkok nicht ungefährlich, da sich Motorräder in hohem Tempo zwischen den stehenden Fahrzeugen hindurchschlängeln. Deshalb bittet der Chauffeur Charles mit entsetzter Mine, Kleinmann wieder von der Fahrbahn zurück in die Limousine zu holen. Als Kleinmann nach ein paar Minuten wieder zum Wagen zurückkehrt, hat er das Bedürfnis, Charles mitzuteilen, dass es bestimmt besser gewesen ist, auf der Autobahn herumzulaufen, als die Luft in der Limousine zu verpesten. Charles bricht in lautes Gelächter aus.

Kaum zurück in der Limousine, bewegt sich auch die Kolonne wieder langsam vorwärts, bis Charles und Kleinmann nun auch noch gehörigen Druck auf der Blase verspüren, aber weit und breit keine Haltemöglichkeit sehen. Kleinmann versucht dem Chauffeur klarzumachen, dass sie dringend eine Toilette benötigen. Als er nach fünf Minuten, nun schon mit etwas unfreundlicherer Stimme, dem Chauffeur nochmals versucht, die Dringlichkeit der Situation zu erklären, lässt der sich nicht weiter bitten. Er will schließlich keine Pfütze im Wagen! Also fährt er mit eingeschalteter Warnblinkanlage über den Standstreifen bis zur nächsten Ausfahrt. Zum Schrecken von Charles hält er jedoch nicht an, sondern fährt direkt durch zu einer großen Polizeistation, die von zwei Wachen am Tor abgesichert wird. Die lassen, ohne zu zögern, den Wagen passieren. Als VIP-Limousine trägt er ein besonderes Kennzeichen, das die Beamten leicht erkennen können. Charles und Kleinmann sehen sich mit großen Augen an und können die Sache nicht sogleich richtig einschätzen, bis schließlich die Limousine direkt vor der Toilette im Innenhof der Polizeistation anhält. Die beiden öffnen die Tür, spurten auf die Toilette und können es kaum fassen, dass sie nun auf einer Polizeistation ihre Notdurft verrichten. Sie lachen sich beim Pinkeln fast tot.

In den nächsten drei Tagen schlafen die beiden richtig aus und tanken am Pool neue Energie. Unterdessen hat sich bei Kleinmann ein weiterer langjähriger Freund aus Kanada gemeldet, um mit ihm einen Termin für einen viertägigen Kurzaufenthalt in Bangkok zu vereinbaren. Dr. Maurice wird in zwei Tagen in der Metropole eintreffen. Kleinmann bittet Charles, noch so lange dazubleiben, um Maurice auch noch wiederzusehen, den er von einem Trip aus Afrika schon kennt. Die Tage bis dahin vergehen ungewöhnlich ruhig, ohne einen Tropfen Alkohol.

Charles und Kleinmann liegen wieder entspannt am Pool. Ihre Kondition ist wieder zurück, was man daran erkennen kann, dass sie wieder ein kühles Bier in der Hand halten. Sie warten auf Dr. Maurice, der jede Minute eintreffen müsste. Als die beiden mit dem zweiten Bier fertig sind, ist es schließlich soweit: Maurice, schwergewichtig-stämmig und mit weißen Bart – ein Weihnachtsmann wie aus der Cola-Werbung –, schleppt sich pustend und dampfend durch die schwüle Luft der thailändischen Nachmittagshitze zum Pool, an dem Kleinmann und Charles gemütlich in den Kissen des Beduinenzeltes liegen. Alle umarmen sich freudig und begrüßen sich aufgeregt. Maurice verweilt jedoch bei der Hitze nicht lange am Pool und möchte sich nach der langen Reise erst einmal etwas ausruhen und vor allem duschen. Die drei verabreden für den Abend, einen kleinen Runden-Tisch einzuberufen. So nannte Kleinmann es immer, wenn er wieder einmal eine seiner Verschwörungstheorien besprechen wollte. Davor fürchteten sich nicht gerade wenige. Denn Kleinmann ließ dann seine Ausführungen meist zu einer unendlichen Diskussion ausarten.

DER RUNDE TISCH

Wie verabredet treffen sich Kleinmann, Charles und Maurice am Stammplatz in der Terrassenbar. Zu Beginn wird eine Runde kühles Bier ausgeschenkt, das wie immer im Champagner-Kühler, gefüllt mit Eis, neben dem Tisch bereitsteht. Zudem wird eine der besten kubanischen Zigarren angefeuert. Nur so ist man gewappnet für eine heiße Diskussion zu Kleinmanns Thesen.

Eigentlich war es Maurice, der Kleinmann 2001 eher durch Zufall auf dieses Thema brachte, was ihn nun nicht mehr loslässt. Zwar ist auch Maurice der Auffassung, dass die Menschheit versklavt, manipuliert und ausgenutzt wird, dies ist für beide ein sicherer Fakt! Die entscheidende Frage, die beide umtreibt, ist jedoch: Wer steckt dahinter und was kann man dagegen tun?

Kleinmann geht davon aus, dass vor mehreren hunderttausend Jahren eine außerirdische Rasse auf die Welt gekommen ist, die den Menschen entweder alleine oder zusammen mit anderen außerirdischen Spezies so genetisch manipuliert und geschaffen hat, wie er heute existiert. Zuvor hat auf der Erde das Goldene Zeitalter existiert, in dem alles friedlich und gleichberechtigt und im Einklang mit der Natur gewesen ist. Doch dann sind die Außerirdischen auf die Erde gekommen und haben damit begonnen, den eigentlichen heutigen Mensch zu formen und zu manipulieren. Die Erde ist heute noch besiedelt von vielen verschiedenen Gruppierungen von außerirdischen Intelligenzen und Wesen.

Kleinmann geht hier konform mit der Ansicht des bekannten Publizisten David Icke, dass die Menschheit immer noch von einer speziellen Rasse der Außerirdischen kontrolliert, manipuliert und gesteuert wird, nämlich der Spezies der Reptilien. Icke war vor Jahren noch ausgelacht worden, als er zum ersten Mal mit seiner These an die Öffentlichkeit gegangen war. doch heute kann man erkennen, dass er recht damit hatte. Mittlerweile leitet Icke mehrstündige Konferenzen, sogar im Wembley-Stadion mit mehreren hunderttausend Zuschauern. Icke und Kleinmann gehen kurz gesagt davon aus, dass die sogenannte Reptilien-Allianz, wie Icke sie nennt, konspirativ im Verborgenen die Welt regiert. Sie hat sich die Rothschilds und Rockefellers zu ihren eigentlichen Handlangern bzw. weltlichen Verbündeten und zur weltlichen Exekutive gemacht. Diese beiden Familien seien durch unvorstellbare Inzucht in den Königshäusern in der Politik und in der Finanzwelt dominierend vertreten, es seien Hunderte von Nachkommen zum Teil in anderen Familien mit anderen Namen aufgezogen worden. Dabei muss man nach dieser Theorie wissen, dass alle Menschen sehr signifikante Reptilien-Gene besitzen, ebenso einen sogenannten R-Komplex im menschlichen Hirn, der für viele derjenigen menschlichen Eigenschaften verantwortlich ist, die sonst nur Reptilien besitzen. Die Reptilien haben auf der Erde Hybride geschaffen, die ihre Arbeit und ihre Agenda ausführen. Diese Hybride sind sogenannte Kaltblüter. Sie sind überall in allen Gesellschaftsschichten unauffällig vertreten. Diese hybride Rasse ist vollkommen emotionslos und schreckt daher auch vor den unmenschlichsten Dingen nicht zurück.

Ebenso ist es laut Icke diese Rasse gewesen, die auch für den Bau sämtlicher Pyramiden aus dem Altertum weltweit verantwortlich gezeichnet hat, die der Mensch nie hätte erbauen können. Dies wird weltweit durch die verschiedensten Sagen und Mythen bestätigt: Die Mayas aus Mexiko haben von einer Reptilien-Rasse erzählt, den sogenannten »Iguana-Menschen«, die vom Himmel kamen und den Erd-Menschen den Bau der Pyramiden lehrten. Tontafeln, die im heutigen Irak gefunden worden sind, berichten ebenfalls von den Anunnaki, die vom Himmel auf die Erde kamen und den Menschen als Arbeitssklave erschaffen haben. In Japan, China und auch zum Teil in Zentralamerika werden die genetischen Verbindungen der Königs-und Kaiserfamilien zu Schlangen, Drachen oder ähnlichen Reptilien stets in zahlreichen Abbildungen dargestellt. Die Drachengötter, die vom Himmel kamen, gibt es in Indien, Tibet und China. Die Aborigines in Australien erzählen eine Legende, die besagt, dass die Welt von Reptilien beherrscht wird, die in Höhlen leben und fortschrittliche Technik verwendet zur Kontrolle der Menschheit.

Diese hybride Blutlinie wurde erschaffen, um die Reptilien-Allianz und ihre Interessen auf der Erde zu vertreten und durchzusetzen und um die wahre Identität der »Herrscher« zu verstecken und zu verschleiern. Genau diese hybride Blutlinie der sogenannten »Elite« wurde als Halbgötter, also halb Gott und halb Mensch, bekannt, die dann die königlichen Familien der alten Welt bildeten und schließlich zu den königlichen Familien, den Aristokraten – und den Illuminaten-Familien der heutigen Zeit – wurden. Die sogenannten »Blaublütigen« haben stets Inzucht betrieben und betreiben es noch bis zum heutigen Tag, um ihre »genetische Software«, die sich von anderen Menschen unterscheidet, intakt zu halten. Allen diesen Blutlinien ist gemeinsam, dass sie von sich selbst behaupten, von Gott abzustammen. Darin liegt dann auch das göttliche Recht zu herrschen begründet, da eine genetische Abstammung zu Gott nachweisbar ist.

Die Reptilien sind eine sehr fortgeschrittene intelligente Rasse und Experten auf den Gebieten der Technologie und Genforschung. Allerdings ist die Reptilien-Rasse spirituell tot und sie versucht, die Menschheit in dieselbe Richtung zu führen. Der im Film »Avatar« dargestellte menschliche, aber spirituell tote Soldat trifft exakt die Mentalität der Reptilien-Rasse. Die Macher des Films bezeichnen einen Avatar als einen genetisch hergestellten (Navi-)Hybriden mit einem menschlichen Gehirn. Dies wurde so dargestellt, damit das menschliche Militär die Navi-Gesellschaft infiltrieren kann, ohne gesehen zu werden, genauso wie es die

Reptilien-Rasse und somit die Reptilien-Allianz mit der menschlichen Rasse macht.

Die hybriden Familien der Reptilien-Allianz und ihre Agenten kreieren eine globale, faschistisch-kommunistische Diktatur durch Kriege, finanzielle Manipulation, vorgetäuschte Terrorattacken und einen Polizeistaat, der sich immer weiter ausbreitet.

Es stellt sich dabei die Frage, weshalb die Reptilien-Rasse nicht einfach selbst in Erscheinung tritt und die Weltherrschaft übernimmt. Dies begründet David Icke wie folgt:

Erstens hat die Reptilien-Rasse ein Frequenz-Problem, auf unserer »Wellenlänge« der Erde kontinuierlich physikalisch präsent zu sein. Dies gelingt ihnen meist nur für kurze Zeit. Es bestehen außerdem atmosphärische und schwingungstechnische Probleme für die Reptilien-Rasse auf der Erde. Zudem ist es besser für sie, sich versteckt zu halten, da sie wissen, wie man sich von den »schlechten Schwingungen« der Menschheit ernähren können, zum Beispiel von Stress, Not, Angst, Furcht, Schmerz und allem weiteren Negativen, das ausgestrahlt wird. Sie leben aber nicht nur von diesen negativen Schwingungen, sondern zum Teil auch von Menschenfleisch und -blut. Sie ergötzen sich an ihrer Sklaven-Rasse von sieben Milliarden Menschen, ohne deren Wissen.

Damit lässt sich auch der gesamte Kontrollapparat, der über die Menschheit verhängt worden ist, erklären. Denn die Reptilien-Rasse hat panische Angst davor, dass sich die Menschheit, die in Anzahl und Masse der Reptilien-Rasse weit überlegen ist, gegen ihre Peiniger und Sklavenhalter eines Tages erhebt, ja rebellieren könnte, und somit ihre Nahrungsquelle ausgelöscht würde. Wie weit sich der Kontrollapparat bereits schon entwickelt hat, konnte man an George Orwells Buch erkennen, das bereits bei weitem überholt und durch die Enthüllungen Edward Snowdens weiter bestätigt worden ist.

Diese hybride Blutlinie der Reptilien hat sich von Sumer/Babylon und Ägypten aus über die ganze Erde ausgebreitet. Sie gelangte über die heutige Türkei und den Kaukasus nach Nordeuropa und Russland. Diese hybride Rasse etablierte das Römische Imperium, das alte Griechenland und andere Imperien bis hin ins Kaukasusgebiet. Bis zum heutigen Tag hat sich an der Kontrolle der Menschheit durch die Reptilien-Rasse und ihre hybriden Blutlinien nichts geändert. Allerdings ist den meisten Menschen durch ihre Blindheit und ihr manipuliertes Weltbild einfach nicht bewusst, dass sie zum Sklaven gemacht worden sind. Nur langsam fängt die Fassade an zu bröckeln und es gelangt immer mehr Licht ins Dunkle: durch viele mutige Leute, wie Edward Snowden, Assange von Wikileaks und viele andere hochrangige Persönlichkeiten aus Militär- und anderen Sicherheitsbereichen, die erkannt haben, dass sie eigentlich gegen die Menschheit arbeiten anstatt für sie und die deshalb an die Öffentlichkeit gegangen sind. Ebenso haben vielen andere Durchschnittsmenschen erkannt, dass hier einfach etwas nicht stimmen kann – nach den ganzen Lügen über den 11. September und Osama Bin Laden, Fukushima und andere hausgemachte Katastrophen. Die Zahl derer, bei denen es wie bei Kleinmann plötzlich über Nacht »Klick« gemacht hat, nimmt zu.

Das Ziel der Reptilien-Allianz ist ganz einfach, die Weltherrschaft zu erlangen, indem alles globalisiert und zentralisiert wird. Dieser Plan der seit Hunderten Jahren vorbereitet und nun Stück für Stück umgesetzt wird, funktioniert nach dem immer selben Pyramiden-Muster: durch die Reptilien-Allianz an der Spitze der Pyramide, die durch ihre hybride Blutlinien sämtliche Stufen der Pyramide durchzieht und somit Kontrolle über Regierungen, Banken, Militär, Medien und mehr erlangt hat. Das führt schließlich in die Wahnvorstellung, eine einzige Weltregierung zu haben, eine Weltarmee und eine Weltwährung und zu guter Letzt zur zwangsweisen Einpflanzung eines Mikrochips bei der Geburt, über den dann jede Bewegung und jeder Akt des menschlichen Sklaven überwacht und kontrolliert werden kann.

Kleinmann und Maurice haben sich in ein heftiges Gefecht verwickelt, was die Reptilien-Rasse als solche anbelangt. Denn Maurice ist nicht so sehr von dieser abenteuerlichen »Reptilien-Version« von David Icke begeistert, er kann Kleinmann jedoch auch keine Alternative aufzeigen. Daher beschließen sie erst einmal, die Reptilien-Frage im Raum stehen zu lassen, bis ein anderer Lösungsansatz ausgearbeitet werden kann. Für Kleinmann aber bleibt diese Version die plausibelste Erklärung, zumal er meint zu wissen, dass er aus seinem eigenen Leben etliche Begegnungen mit dieser Rasse aufzeigen kann.

»Hast du schon mal etwas von den Protokollen der Weisen von Zion gehört?«, fragt Maurice plötzlich.

»Ja, natürlich. Ich habe sie komplett gelesen«, erwidert Kleinmann freudestrahlend.

In diesen Protokollen wird das gleiche Szenario der Weltherrschaft beschrieben – nur dass eben hier nicht die Reptilien-Rasse dahintersteckt, sondern die jüdische-Rasse. Angeblich soll es sich bei diesen Protokollen um eine Fälschung handeln, was wieder eine Verschwörung in der eigentlichen Verschwörung darstellt. Das Erstaunliche hier ist jedoch: Selbst wenn es sich um eine Fälschung der Schriften handeln würde, muss der Verfasser über erhebliches Insider-Wissen verfügt haben, da mittlerweile fast alles so eingetroffen ist, wie es in der Protokollen vorhergesagt wurde.

Kleinmann und Maurice einigen sich darauf, dass sie momentan die wahren »Herrscher« nicht eindeutig identifizieren können, worauf Kleinmann allen am Tisch zuprostet.

Die meisten seiner Informationen bezieht Kleinmann durch die Webseiten und Portale von Project Camelot aus den USA.

Die Betreiber der Webseite haben weltweit Hunderte von Interviews mit Whistleblowern geführt, die fast alle Themen der Exopolitik abdecken, etwa geheime Militärprojekte, Ufo-Forschung, Schattenregierung, Vatikan, Schwarzer Papst, Jesuiten, Nibiru, Planet X sowie sämtliche Weltregie-rungen und deren geheimen Ziele.

Kleinmann hat alle Videos von Project Camelot und anderen Verschwörungstheoretiker mehrfach angesehen und ausgewertet. Auch hier ist es so wie bei allem, was ins World Wide Web eingespeist ist: Mit der Wahrheit und den verschiedenen Informationen werden gleichzeitig auch eine Menge Desinformation und Desinformanten infiltriert. Es bleibt daher jedem selbst überlassen, diese Informationen sorgfältig auszuwerten und zu analysieren um dann die Spreu vom Weizen zu trennen.

Für Einsteiger in die Materie empfiehlt Kleinmann meist die Webseiten und Bücher von David Icke, Project Camelot und Jordan Maxwell zu studieren und sich dann immer weiter in die jeweiligen Themen vorzuarbeiten.

Am Ende einigen sich Kleinmann und Maurice am Runden Tisch darauf, dass

- die Welt von außen gesteuert und kontrolliert wird,
- die weltlichen Regierungen nur Marionetten sind,
- es keine Demokratie gibt, sondern die Welt faschistisch, sozialistisch und kommunistisch von außen gelenkt und kontrolliert wird,
- alle Welt-Religionen von derselben Macht und denselben Kontrolleuren erfunden worden sind, um die Menschheit unter Kontrolle zu halten,
- alle Religionen ausschließlich eine Kontroll- und Machtfunktion haben,

- die Weltgeschichte manipuliert worden ist,
- die Welt von verschiedenen außerirdischen Rassen seit Hunderttausenden von Jahren bewohnt wird,
- es alte humane Rassen gibt, die nach dem Untergang von Atlantis unterirdisch auf dieser Welt leben,
- der Mensch von Außerirdischen abstammt und von diesen kreiert worden ist,
- der Mond und der Mars bereits von mehreren Rassen und Zivilisationen bewohnt wird,
- es UFOs von Außerirdischen wie auch von menschlichem Militär gibt
- kurz vor dem 11. September über eine Trillion Dollar für Geheimprojekte einfach verschwunden sind und dies einen Tag vor den Anschlägen vom damaligen US-Verteidigungsminister Donald Rumsfeld in einem Interview sogar so bestätigt worden ist,
- verschiedene Geheimverträge weltlicher Großmächte mit außerirdischen Zivilisationen geschlossen worden sind,
- die menschliche DNA von Außerirdischen manipuliert und somit der Kontakt zum Universum »abgeschaltet« worden ist,
- die Erde momentan vom übrigen Universum isoliert ist,
- die Weltherrschaft nicht nur von den Illuminaten beansprucht wird, sondern aus einer Mischung von hochrangigen Militärs, Jesuiten, vom Opus Dei, von Führern von Multi-Milliarden-Unternehmen, Artificial Intelligence, Königshäusern und einigen Adligen, verschiedenen Außerirdischen und dem Vatikan, der Finanz-Elite sowie hochrangigen Persönlichkeiten aus verschiedenen Geheimdiensten der USA, Großbritannien und Israel, die auch alle in verschiedenen Geheimbünden und Logen vertreten sind,

- ISIS, Al Qaida und andere Terror-Organisationen selbst von den entsprechenden Geheimdiensten CIA, Mossad und MI5 kreiert, finanziert und unterstützt worden sind,
- der massenhafte Zustrom von Flüchtlingen nach Europa gezielt gesteuert und manipuliert worden ist, um eine Destabilisierung in Europa herbeizuführen und damit speziell die deutsche Wirtschaft zu treffen,
- die Apollo Mondlandung von Stanley Kubrick gefälscht worden ist, die NASA aber dennoch durch geheime Projekte immer noch regelmäßig auf den Mond wie auch zum Mars fliegt, allerdings nicht mit der altertümlichen Technik, die sie uns vorgaukelt,
- Marilyn Monroe sicherlich Opfer eines Attentates gewesen ist, da sie durch John F. Kennedy über geheime Informationen verfügt hat, die sie an die Öffentlichkeit bringen wollte,
- Lady Diana sicherlich ebenso Opfer eines Komplotts gewesen und in Zusammenarbeit von verschiedenen Gruppierungen wie den Illuminaten und einigen Geheimdiensten gemeinschaftlich exekutiert worden ist,
- Kennedy laut Recherchen von John Hankey in der Reportage »Dark Legacy« von mehreren Gruppierungen aus den eigenen Reihen ermordet worden ist,
- die Abstürze der MH 370 und der Germanwings-Maschine von Barcelona sowie der Flugzeuge des 11. September nach Angaben des Piloten und Experten Field McConnell, der unter anderem Boeing verklagt hat, vom Boden aus ferngesteuert gewesen sind,
- die Ereignisse des 11. September ein absoluter Insider-Job waren und
- der Vatikan tief in einem dreckigen Sumpf steckt, sich selbst umstrukturiert und durch die Jesuiten-Connection in alle

weltlichen und in die »New World Order«-Beschlüsse involviert ist, was deutlich durch die Werke des ehemaligen Illuminaten Leo Zagami mit »Pope Francis: The last Pope?« und »Confession of an Illuminati« aufgearbeitet worden ist.

Maurice ist sichtlich beeindruckt von Kleinmanns Ausführungen und sagt nur »Wow!« Alle stoßen auf seinen Vortrag an. Danach diskutieren alle noch leidenschaftlich bis spät in die Nacht.

Am nächsten Morgen steht Kleinmann erst um kurz nach zwölf auf und lässt den Tag geruhsam angehen. Sein Mittagessen nimmt er auf einer Liege in einer Art Beduinenzelt am Pool des Oriental ein. Während er nach dem Essen in den zahlreichen Kissen vor sich hinträumt, schreckt ihn plötzlich sein Mobiltelefon auf.

Am anderen Ende ist Frau Nguyen. Sie erklärt, dass sie nun endlich die restlichen 50.000 Dollar zusammenbekommen hat. Kleinmann ist ganz aufgeregt vor Freude; denn nun kann er endlich in Bobs Geschäft investieren. Er bittet Frau Nguyen deshalb, noch heute nach Bangkok zu fliegen, um ihm das Geld persönlich vorbeizubringen, da von Vietnam aus keine Devisen aus dem Land überwiesen werden können. Frau Nguyen ist nicht sehr begeistert, stimmt aber schließlich als Schuldnerin doch zu, die nächste Maschine zu nehmen.

Sofort setzt er sich mit Bob in Verbindung, um ihm mitzuteilen, dass er nun das restliche benötigte Kapital zur Verfügung stellen kann, um die Box bei der Sicherheitsfirma auszulösen. Bob ist hocherfreut.

»Ich setze mich sofort mit der Sicherheitsfirma in Verbindung und mache einen Termin für die Herausgabe der Boxen für heute Abend!«

»Okay, alles klar, ich melde mich, sobald ich das Geld in Händen habe, sodass wir uns zur Übergabe treffen können.«

Nach weiteren zwei Stunden am Pool bricht er zum Flughafen auf, um dort Frau Nguyen aus Hanoi abzuholen. Innerlich hat sich Kleinmann schon auf eine große Sause eingestellt, die er in der Nacht im Hotel steigen lassen will, wenn er die Boxen mit den vielen Dollars darin geöffnet hat.

Frau Nguyen landet pünktlich. Chauffeur Kirit fährt sie direkt ins Oriental. Kleinmann hat dort für Frau Nguyen ein Zimmer reserviert. Sie begeben sie sich direkt in die Suite von Dr. Kleinmann. Frau Ngyuen drückt ihm umgehend einen Umschlag mit dem Geld in die Hand. Kleinmann zählt es hastig und erklärt, er werde sie zum Abendessen wiedertreffen. Jetzt habe er erst einmal noch einiges Geschäftliches zu erledigen. Nachdem Frau Nguyen in ihr Zimmer gegangen ist, informiert er Bob, dass er das Geld nun in Händen hält. Zur Übergabe des Geldes verabreden sie sich auf einer Toilette im Mariott gleich neben der englischen Botschaft, in deren Nähe sich auch die Sicherheitsfirma befindet, die die Boxen unter Verschluss hält. Viele Diplomaten bewahren dort wichtige Gegenstände oder Dokumente auf. Deshalb bezeichnen Bob und Kleinmann diese Firma auch als den Safe der Diplomaten.

Da Bob dubios und wahrscheinlich nicht legal nach Thailand eingereist ist, war er dort ohne vollwertige Papiere lediglich geduldet. Inzwischen aber sind auch diese Papiere abgelaufen. Bob hat das Land nicht verlassen. Und so hält er sich nun illegal im Land auf. Darauf stehen harte Strafen. Deshalb muss Bob alles mehr oder weniger undercover abwickeln und darf sich nicht erwischen lassen, sonst drohen ihm Gefängnis und die sofortige Ausweisung. Das erschwert die ganze Mission zusätzlich.

Pünktlich zum vereinbarten Zeitpunkt treffen sich die beiden auf der Toilette des Hotels zur Geldübergabe. Das dauert nur ein paar Sekunden. Bob flüstert Kleinmann zu, dass er sich bei ihm melde, sobald er die Boxen aus der Sicherheitsfirma ausgelöst hat.

Bob begibt sich direkt zur Sicherheitsfirma, die nur wenige Straßen entfernt ist. Kleinmann fährt unterdessen mit einem Taxi zurück zum Hotel, um dort gespannt der Dinge zu harren, die auf ihn zukommen werden.

Am späten Nachmittag schickt Bob eine SMS. Er berichtet, dass er die Boxen um 19 Uhr bei der Sicherheitsfirma abholen und dann direkt zum Oriental fahren will. Kleinmann verabredet sich sodann mit Frau Nguyen für 20 Uhr zum Abendessen – in der Hoffnung, dass er danach eine seiner berüchtigten Partys steigen lassen kann.

Frau Nguyen erscheint pünktlich um acht im Restaurant. Die Zeit vergeht wie im Flug, während sich die beiden dem üppigen Buffet zuwenden. Auch nach einer Stunde lässt sich Kleinmann nicht anmerken, dass in ihm große Nervosität aufsteigt und er fast platzt vor Aufregung, weil er von Bob immer noch nichts gehört hat.

Nach dem Dessert jedoch platzt ihm der Kragen. Er entschuldigt sich für einen Augenblick, verlässt den Tisch und stürmt auf die Terrasse nach draußen. Dort wählt er aufgeregt Bobs Nummer. Der Ruf geht durch, aber Bob nimmt das Gespräch nicht an. Kleinmann fordert ihn umgehend per SMS zum sofortigen Rückruf auf.

Auf den Rückruf wartet er mehr als eine Stunde. Schweißgebadet nimmt er Bobs Anruf entgegen,

»Hallo Bob, was ist los?«, schreit er aufgeregt ins Telefon.

Bob erklärt, er sei auf der Fahrt von der Sicherheitsfirma zum Hotel in eine Polizeikontrolle geraten war und wegen seiner abgelaufenen Papiere festgenommen worden. Die Kisten habe er zwischenzeitlich in Sicherheit bringen lassen. Der Manager der Sicherheitsfirma habe sie wieder abgeholt.

Die Boxen waren also wieder im Safe der Diplomaten und Bob befand sich in Arrest bei der Immigrationsbehörde, bis die Sache mit seinem Visum und seinen Papieren geklärt war.

Kleinmann ist erleichtert, dass die Boxen nicht beschlagnahmt worden sind und sie sich wieder in Sicherheit befinden. Es heißt nun abzuwarten, was mit Bob in den nächsten Tagen passieren wird. Die ganze Sache ist somit erst einmal wieder auf Eis gelegt. Kleinmann ist sichtlich gestresst und genervt von dem ganzen Theater. Er entschuldigt sich bei Frau Nguyen für seine schlechte Gesellschaft an diesem Abend und erklärt ihr, dass er hier ein geschäftliches Problem hat, das ihm Sorgen bereite. Frau Nguyen überredet Kleinmann, mit ihm am nächsten Tag nach Hanoi zu kommen, damit er etwas entspannen kann und dort auch auf weiteres Kapital von ihr warten könne. Diesen Vorschlag nimmt er gerne an, da er im Moment ohnehin nichts anderes machen kann, als auf Bob zu warten.

Am nächsten Morgen fährt Kirit sie zum Flughafen. Kleinmann weiß zu diesem Zeitpunkt noch nicht, dass es fast drei Monate dauern wird, bis sich Bob wieder bei ihm meldet.

Nach zwei Monaten in Vietnam benötigt Kleinmann dringend wieder einen Tapetenwechsel. Er beschließt, über Peking in die Mongolei zu fliegen, um dort nochmals wegen seiner gescheiterten Minenbeteiligung vorzusprechen. Er vereinbart einen Termin mit seinem Freund Dr. Orchibat, der in der damaligen DDR als einer der ersten Mongolen überhaupt im Ausland studiert hat, Bergbau nämlich. Kleinmann hat Orchibat über einen Botschafter der DDR aus Berlin kennengelernt, der den Kontakt in die Mongolei hergestellt hatte. Derselbe Botschafter stellte damals auch den Kontakt zu Frau Nguyen in Vietnam her.

Kleinmann fliegt mit Qatar Airways von Hanoi nach Bangkok, um dann von dort aus mit Thai Airways Erste Klasse nach Peking zu fliegen. Am Flughafen in Bangkok wird er wie ein VIP behandelt und mit einem Elektrowägelchen durch den kompletten Flughafen zur First-Class-Lounge und dann bis zum Gate gefahren. Jeder Schritt wird ihm abgenommen, bis er nur noch das Flugzeug betreten muss. Er lässt sich wie immer von den Stewardessen verwöhnen. Als Hauptgang hat er einen Lobster reservieren lassen, den er bei Buchung des Erste-Klasse-Tickets aussuchen konnte.

Genüsslich schlürft Kleinmann seinen Lobster aus, den er kräftig mit Champagner nachspült. Es ist ein herrlicher Flug für ihn und er fühlt sich sichtlich wohl an Board.

Bei der Ankunft in Peking wird er direkt am Gate im Auftrag seines Hotels von einem Flughafen-Porter empfangen, der ihn durch den ganzen Flughafen bis zur Zollkontrolle bekleidet und dann am Empfang an den Chauffeur des Shangri-La-Hotels übergibt. Auf diese Weise ist Kleinmann eine schnelle und reibungslose Abwicklung am Flughafen garantiert. Alles ist problemlos gelaufen und er freut sich, nur 15 Minuten nach der Landung bereits in der Limousine des Hotels zu sitzen.

In Peking hat er nur einen kurzen Zwischenstopp von zwei Tagen, um dann von dort aus in die Mongolei zu starten. Die Zeit verbringt er ausschließlich im Hotel, um sich für die Reise in die Mongolei auszuruhen.

Die Mongolei hat eine wechselvolle Geschichte hinter sich. Die Region selbst ist seit der Steinzeit oder schon länger durch Menschen besiedelt. Zwischen Uliastai und Chowd wurden in letzter Zeit Höhlensiedlungen entdeckt, die über 20.000 Jahre alt sind.

Die vielleicht erste Erwähnung der kriegerischen mongolischen Reitertruppen findet sich in den Chroniken von Sima

Qian, einem Chronisten, der zur Zeit des Qin Shi Huang Di, des legendären ersten Kaisers von China, im 1. Jahrhundert vor Christus lebte. Er berichtet mehrfach von berittenen Kriegern, die die Chinesen Hsiung Nu nannten: die gefährlichen Völker. Schon in der damaligen Zeit bauten die chinesischen Staaten Mauern entlang der heutigen Grenze Chinas und der inneren Mongolei.

Man vermutet, dass die mongolischen Völker in Gemeinschaften von vielleicht 100 bis 150 Familien organisiert waren, die eine gemeinsame Sprache und ein zusammenhängendes Gebiet besiedelten. Periodisch haben sich diese Clans verbündet, um Raubzüge in den reichen südlichen Ländern zu organisieren. Aus der Mongolei ist leider nichts überliefert, aber verschiedene Chronisten der chinesischen Königreiche berichten von regelmäßigen Überfällen aus dem Norden. Da sich diese Königreiche aber auch untereinander immer wieder bekriegten, sind die Mauerprojekte der chinesischen Staaten nicht alleine aufgrund der mongolischen Angriffe verwirklicht worden.

Ungefähr im 10. Jahrhundert ist es dann scheinbar zu einer Konsolidierung der Machtverhältnisse und zur Bildung von fünf bis zehn regionalen Machtzentren gekommen.

Das Jahr 1155 wird gemeinhin als das Geburtsjahr Dschingis Khans an, sein Geburtstag wird als Nationalfeiertag in der Mongolei gefeiert. Er setzte den Einigungsprozess der verschiedenen Volksgruppen fort und festigte die Macht der Mongolen im asiatischen Raum. Genaueres ist nicht schriftlich überliefert, aber aus mündlichen Überlieferungen wurde letztendlich die geheime Geschichte der Mongolen niedergeschrieben, welche eine ergänzende Quelle zu den spärlichen Informationen aus der damaligen Zeit ist.

Dschingis Khan eroberte den Staat Han (nördliches China) und leitete damit das Ende der Song-Dynastie ein. Er starb im Alter von etwa 65 Jahren und hinterließ seinen Nachkommen ein Reich, das nach weiteren Eroberungen seines Sohnes Ögedei und seines Enkels Kubilai eine territoriale und politische Stabilität erreichte. Kubilai Khan begründete nach der erfolgreichen Unterwerfung eines Großteils des chinesischen Staatsgebietes und von Korea die Yuan-Dynastie (1261–1368). Lediglich die Invasion Japans wurde vereitelt – ein Tropensturm hatte einen Großteil der Flotte vernichtet. Von krankhaftem Ehrgeiz getrieben, konnte der Feldherr jedoch nicht von den Japanern lassen. Er plante einen weiteren Invasionsversuch mit 50.000 Kriegern. Die Japaner hatten sich militärisch aber als stärker erwiesen und rieben die Mongolen vollständig auf.

Zu Zeiten Kubilai Khans war unter anderem Marco Polo rund 20 Jahre lang Gast am Hofe, auch einige Mönche sind vom Vatikan aus in die Mongolei geschickt worden. Von den ursprünglich hundert Mönchen kamen aber nur zwei am Hofe Kubilai Khans an.

Es gab vereinzelt Briefe und Botschaften, die mit den Handelskarawanen der Seidenstraße ihren Weg nach Europa nahmen. Weil so eine Reise sechs bis zwölf Monate in Anspruch genommen hat, gab es lediglich einen Handel mit seltenen Luxusgütern wie Seide und Porzellan. Beides war in Europa damals noch unbekannt.

Allerdings waren die Mongolen nach Zeiten der Ruhe wieder auf neue Eroberungen aus. Nachdem sie diverse heute irakische und persische Städte vernichtet hatten, fielen sie im 14. Jahrhundert in Osteuropa ein. Dort unterwarfen sie Georgien und Russland. Diese leisteten mehrere hundert Jahre lang Tributzahlungen. Während dieser Zeit konnte man über die Seidenstraße praktisch gefahrlos Handel betreiben, da man sich von Georgien bis kurz vor der chinesischen Grenze auf mongolischem Gebiet bewegte.

Erst im 16. Jahrhundert zerfiel das Mongolische Reich zunehmend. Es wurde in mehrere Teilreiche aufgeteilt, von denen eins das Osmanische Reich war, das teilweise auf dem Territorium der heutigen Türkei lag.

Im 17. Jahrhundert blieb praktisch nur noch ein Rumpfstaat auf dem Gebiet der jetzigen Mongolei zurück, in dem keine militärische oder politische Einigkeit mehr herrschte und der wieder zu einem Flickenteppich von Familien- und Stammesverbänden schrumpfte. Aus dem einstigen russischen Staat rund um Moskau herum wurde durch Rückeroberungen das Russland mit seiner territorialen Ausdehnung bis zum Ende der Sowjetunion im Jahre 1990.

Im 18.und 19. Jahrhundert war die Mongolei fest in den Fängen Chinas. Wirtschaft und Verwaltung wurden durch verhasste chinesische Ambans kontrolliert, eine Art Gouverneure in eroberten Gebieten. Die zunehmende Ausbeutung der Bevölkerung und Übervorteilung durch chinesische Kaufleute führte zu unerträglichen Zuständen.

Im Jahr 1911 wurde die erste chinesische Republik ausgerufen und der letzte Kaiser in der Verbotenen Stadt interniert. Zu dieser Zeit formierte sich auch eine Unabhängigkeitsbewegung in der Mongolei, die unter dem Einfluss russischer Kommunisten letztlich zur Ausrufung der Volksrepublik Mongolei durch Sukhbaatar im Jahre 1925 führte. Sukhbaatar wird heute noch als Held verehrt, genauso wie der erste Staatschef der Mongolei, der Bogd Gegen.

Da in China gegen Ende der 1920er und 1930er Jahre Bürgerkrieg herrschte, war Russland stark dran interessiert, sein Territorium im Südosten gegenüber China mit einem »Bruderstaat« auszudehnen. Damit einher gingen eine Alphabetisierungskampagne sowie die Ausbildung von Ingenieuren und Technikern in Russland. Nachdem 1949 Mao die Volksrepublik China ausgerufen hatte, fiel auch der Südteil der Mongolei an China.

In den 60er und 70er Jahren des 20. Jahrhunderts wurden gewaltige Anstrengungen unternommen, um aus der Mongolei einen Industrie- und Agrarstaat zu machen. Da das harte Klima aber keine intensive Landwirtschaft erlaubt, waren diese Versuche im Bereich der Landwirtschaft zum Scheitern verurteilt und die Industrie litt gewaltig unter der fehlenden Infrastruktur zum Transport von Rohstoffen und Fertigerzeugnissen.

Mit dem Zerfall der Sowjetunion im Jahr 1990 und der Gründung der GUS ein Jahr später erklärte sich die Mongolei kurz nach der Wiedervereinigung Deutschlands für unabhängig. Nun von russischer Unterstützung und Förderung abgeschnitten, zeigte sich, dass praktisch alle Industriebetriebe und 90 Prozent aller landwirtschaftlichen Betriebe alleine nicht überlebensfähig waren und nach kurzer Zeit sämtliche Technik ausfiel. Die Russen halfen, nannten das Entwicklungshilfe und forderten dafür eine Summe von 16 Milliarden Dollar. Die mongolische Regierung nannte das »Pfusch« und man einigte sich auf acht Milliarden. Doch woher sollten sie das Geld nehmen mit ihrer funktionsunfähigen Industrie und maroden Staatsunternehmen?

Es blieb nur eine Rückbesinnung auf die nomadische Viehzucht und auf die Hoffnung, dass die Staatengemeinschaft der Mongolei Hilfestellung geben würde. Die Weltbank und einige Staaten engagierten sich stark in der Entwicklungshilfe und die Viehherden wurden wieder in Privatbesitz überführt. Nach einer schwierigen Übergangszeit hat die Mongolei nun seit 2006 einen ausgeglichenen Staatshaushalt sowie eine stabile politische und wirtschaftliche Situation erreicht. Seitdem betrug die Inflation nur wenige Prozent.

Der Einfluss des Nomadentums ist auch heute noch ein prägendes Element des mongolischen Alltags, des Brauchtums und der Sprache. Das jahrtausendelange Trotzen gegenüber dem rauen Klima und dem absoluten Ausgeliefertsein gegenüber den Naturgewalten sowie die äußerst dünne Besiedelung des Landes haben eine ganz besondere, liebenswerte Mentalität hervorgebracht, die die Besonderheit dieses Landes ausmacht.

Auch Kleinmann ist sehr angetan von Land und Leuten in der Mongolei. Herzlich wird er am Flughafen von Ulaanbaatar von seinem Freund Dr. Orichbat empfangen. Von dort aus fahren beide direkt zu einem Termin mit der Vizebürgermeisterin von Ulaanbaatar, bei der Orchibat einen offiziellen Termin für Kleinmann vereinbart hat. Beide werden auch dort herzlich von der Politikerin empfangen, die Kleinmann damals an die Firma weitervermittelt hatte, mit der er die Goldminenbeteiligung eingegangen war. Kleinmann hatte damals jede Menge Potenzial im Abbau von Gold in der Mongolei gesehen und war zur richtigen Zeit am richtigen Ort. Er hatte damals mehrere Minen besichtigt und auch deutsche Geologen beauftragt, um eine ausführliche Expertise zu erstellen. Das hatte ihn viel Geld gekostet. Kleinmann hatte sich dann mit einem Kunden in Deutschland zusammengetan, um ein gemeinsames Investment in die Goldmine in Höhe von drei Millionen Euro zu tätigen. Jeder Teilhaber sollte eine Million einbringen. Kleinmanns Kunde hatte noch einen Bekannten, der ebenfalls mit einer Million einsteigen wollte, sodass die drei Millionen Euro Kapital hätten aufgebracht werden können.

Als Kleinmann dann alle Verträge mit den Minenbetreibern unterzeichnet hatte, brachte sein Kunde nur noch stockend Teile seiner Einlagen ein und dessen Bekannter sprang vollends ab. Er ließ Kleinmann mit einem Beteiligungsvertrag von drei Millionen allein. Nur mit Mühe konnte er zwei Millionen von sich und seinem Kunden einzahlen. Sein Kunde aber, ein betagter ältere Herr, hatte dieses Investment ohne die Zustimmung seiner Kinder getätigt und musste dazu noch Geld bei der Bank aufnehmen, was nun seine Kinder auf den Plan gerufen hatte, die ihr Erbe gefährdet sahen. Speziell eine Tochter des Investors drängt ihren Vater dermaßen, bis er ihr eine notarielle Vollmacht für alle seine Geschäfte unterzeichnete, so dass sie zukünftig alle Geschäfte für ihren Vater führen konnte und Sie forderte von Kleinmann, das Investment umgehend rückgängig zu machen.

Dr. Kleinmann saß nun auf einem Scherbenhaufen. Sein Kapital war blockiert. Der Minenbetreiber pochte darauf, dass der Vertrag eingehalten wird und die drei Millionen vollständig einbezahlt werden. Solange dies nicht der Fall ist, werde er alles auf Eis legen. Kleinmann hatte somit eine Million Euro zinslos im Boden der Mongolei versenkt und zusätzlich eine Klage der Kinder seines Kunden am Hals, da diese das Investment als nichtig betrachteten. Denn Kleinmann hatte mit seinem Kunden nur eine Vereinbarung per Handschlag getätigt und die Töchter des Investors behandeln das Investment somit als nicht existent und ignorieren alles im Zusammenhang damit. Sie stellen den Sachverhalt so dar, als dass das investierte Kapital für einen Goldkauf gedacht war und nun Kleinmann das Gold nicht liefern konnte. Von einem Investment in der Mongolei will niemand etwas wissen. Dieser Schachzug gelang ihnen, da Kleinmann auf Bitten des Investors, eine Proforma-Rechnung über Gold ausstellte, die aber rein fiktiv war und die der Investor seiner Bank und seinen Töchtern vorlegen wollte um das eigentliche Investment zu verschleiern. Die Anwälte der Töchter stellen dies jedoch nun als nicht gelieferte aber bezahlte Ware dar und klammern das eigentliche Investment in der Mongolei völlig aus, was somit einem Betrugsvorwurf entspricht.

Kleinmann versucht seitdem mit allen Mitteln, das Kapital wieder freizulegen, hat aber erhebliche Schwierigkeiten damit, zumal es sich bei der Mongolei nicht unbedingt um einen astreinen Rechtsstaat handelt und dort rechtliche Dinge für Ausländer sehr schwierig durchzusetzen sind – insbesondere, wenn es dabei um Ansprüche eines Ausländers an einen Mongolen oder eine mongolische Firma geht.

Der Aufschwung in der Mongolei stockt, die Menschen sind in die Städte gezogen, um dort ihr Glück zu versuchen und vom sagenhaften Aufschwung zu profitieren, den der Rohstoffreichtum ausgelöst hat. Doch ihr Traum vom Wohlstand wird gerade auf eine harte Probe gestellt.

Denn nach Jahren des Booms – 2011 wuchs die mongolische Wirtschaft um 17,5 Prozent – hat sich das Wachstum verlangsamt. Internationale Investoren haben dem Land den Rücken gekehrt. Sie beklagen investitionsfeindliche Gesetze, den Mangel an neuen Lizenzen für den Rohstoffabbau und die grassierende Korruption. Die langfristigen Aussichten sind zwar gut. Die Mongolen sitzen auf riesigen Kupfer-, Kohle- und Goldvorräten. Der Rohstoffreichtum ist jedoch auch ein Fluch, macht er das Land doch stark von globalen Konjunkturzyklen und der Nachfrage des ungeliebten Nachbarn China abhängig.

Die Regierung reagiert. Sie investiert nun in die Infrastruktur und fördert die heimische Produktion. Der Ausbau der Oyuu-Tolgoi-Mine, einer der größten Kupfer- und Gold-Förderstellen der Welt, soll noch beschlossen werden.

Bei Vollbetrieb könnte die Oyu-Tolgoi-Mine rund ein Drittel des mongolischen Bruttoinlandsprodukts ausmachen, 30 Milliarden Dollar oder mehr. Das ist viel für ein Land mit so wenigen Einwohnern. Die Mongolei hat Rohstoffe im Wert von 2,1 Billionen Dollar.

Kleinmann lässt es sich nach drei Tagen unendlicher Diskussionen und ergebnisloser Verhandlungen mit den Minenbetreibern nicht nehmen, noch einen kleinen Ausflug mit Orchibat zum Dschingis-Denkmal zu machen und an einem traditionellen Hammelessen in der Steppe bei Freunden von Orchibat teilzunehmen. Er hat viel Spaß, nachdem die Mongolen nach einigen Wodkas Vertrauen zu ihm gefunden haben und bis tief in die Nacht hinein mit ihm Trinksprüche und Reden in der Jüte schwingen. Zum Glück hat Orchibat seinen Chauffeur dabei, der beide tief in der Nacht wieder sicher zurück nach Ulaanbaatar bringt.

Am nächsten Tag bricht Kleinmann wieder auf, um zurück nach Peking und von dort mit Zwischenstopp im Shangri-La-Hotel weiter nach Bangkok zu fliegen. Dort hat er sich wie üblich im Oriental eingebucht.

Während Kleinmann an der Terrassen-Bar des Hotels seine Zigarre genießt, spricht ihn unvermittelt einer der Manager des Service an und beginnt mit Small Talk. Das geht so lange gut, bis der Manager Kleinmann fragt, was er von Obama hält. Da muss Kleinmann herzhaft laut lachen, woraufhin der Manager etwas erschrocken reagiert. Kleinmann kommt sofort wieder voll in Fahrt und beginnt damit, dem nichtsahnenden Manager erst einmal zu erklären, dass Obama nicht einmal ein Geburtszertifikat nachgewiesen habe und er somit nicht sicher ist, ob dieser überhaupt amerikanischer Staatsbürger und somit auch kein legal gewählter Präsident ist, da der ja laut Verfassung definitiv amerikanischer Staatsbürger zu sein hat. Da auf der Terrassen-Bar gerade nicht sehr viel Betrieb ist, unterhält sich der Manager gerne mit seinem etwas außergewöhnlichen Stammgast. Der Manager wird immer neugieriger und löchert Kleinmann regelrecht mit Fragen, was dem natürlich sehr gefällt. Denn er hat offenbar das Interesse des Managers an seinen Theorien geweckt. Schließlich kommen die beiden nach einer einstündigen anstrengenden Diskussion beim heiklen Thema Religion an. Kleinmann erklärt:

»Rom ist immer noch das Zentrum der Christenheit, die ebenfalls durch die Reptilien-Allianz aufgebaut und gegründet worden ist und die bis heute die Kontrolle über die römisch-katholische Kirche, die Jesuiten, die Knights of Malta, die Knights Templar und auch den Opus Dei haben, die alle sehr eng mit dem Vatikan in Verbindung stehen. Die Reptilien und ihre hybriden Blutlinien haben die meisten großen Religionen etabliert, nämlich das Christentum, das Judentum und den Islam. All diese Religionen haben ihre Wurzeln in Sumer und Babylon sowie dem Nahen Osten. Übersetzungen aus alten Tontafeln, die im heutigen Irak gefunden worden sind, belegen, dass die Geschichte und Personen der Christenheit schon Tausende Jahre zuvor in genau derselben Form existiert haben wie sie dies in der christlichen Welt noch heute tun. Die Geschichte von Moses wurde bereits in ähnlicher Weise 2550 vor Christus erzählt, ebenso die Geschichte von Noah und der großen Flut. Die Dreieinigkeit von Babylon bestand aus Nimrod dem Vater oder dem Sonnengott und Semiramis oder Ishtar, der Jungfrau-Mutter und Göttin sowie Ninus oder Tammuz, dem jungfräulich geborenen Sohn. Die römische Kirche ist somit nichts anderes als die Fortführung des babylonischen Glaubens. Ebenso existierte die Jesus-Geschichte in verschiedenen Regionen zu den unterschiedlichsten Zeiten lange vor der Geburt von Je-us mit nur anderen Personen.

Im Council von Nicäa 325 nach Christus wurde dann schließlich von Kaiser Konstantin bestimmt, was die Christenheit zu glauben hat. Konstantin war selbst nicht einmal Christ, sondern verehrte den Sonnengott »Sol Invictus«. Folglich wurde die alte Religion aus Babylon einfach mit neuen Namen und Personen versehen. Zuvor glaubten die Römer an Bacchus, was im Griechischen Dionysus war. Und die Lebensgeschichte von Dionysus ging so:

Dionysus wurde von einer Jungfrau am 25. Dezember als heiliges Kind geboren. Er war als Wanderprediger bekannt und bewirkte Wunder. Er ritt in einer triumphalen Prozession auf einem Esel. Er wurde als geopferter König verehrt und in einer Eucharistiefeier symbolisch von seinen Anhängern zur Reinigung des Körpers und der Seele gegessen. Am 25. März ist er von den Toten auferstanden. Er war Gott des Lebens und konnte Wasser in Wein verwandeln. Er wurde König der Könige genannt und Gott der Götter. Er wurde als Alpha und Omega, der Retter, der Retter der Sünden und ähnliches dargestellt. Er wurde als Lamm und als Mann an einem Baum oder Kreuz dargestellt, an dem er schließlich starb.

Kommt Ihnen das irgendwie bekannt vor?«

Der Manager stand mit weit geöffnetem Mund da und wusste nun wirklich nicht mehr, was er darauf noch antworten sollte.

»Ich werde mich mit dieser Sache nun genauer beschäftigen«, bringt er noch hervor.

»Machen Sie das und teilen Sie mir gern Ihre Forschungsergebnisse mit.«

Kleinmann reicht ihm eine Visitenkarte mit seiner E-Mail-Adresse.

Als Kleinmann an einem der nächsten Tage beim Abendessen im gegenüberliegenden Shangri-La-Hotel ist, vibriert sein Handy und Bob meldet sich zurück. Kleinmann bleibt fast der Bissen im Hals stecken, da er überhaupt nicht mehr mit Bob gerechnet und das Geschäft mehr oder weniger als Verlust abgeschrieben hat. Die Konversation ist kurz. Bob berichtet, dass er noch unter Arrest steht und Thailand ihn wahrscheinlich ausweisen wird. Kleinmann solle sich daher unter einer bestimmten Nummer mit einer bestimmten Dame in Verbindung setzen, die ihm Underberg vorbeibringen solle.

Sofort nach Ende des Gesprächs wählt Kleinmann die Nummer. Er tastet sich langsam vor und fragt die besagte Dame nach aller Kunst und Diplomatie aus. Offensichtlich hat sie von Bob die Anweisung bekommen, die Boxen bei der Sicherheitsfirma abzuholen und sie Kleinmann ins Hotel zu bringen. Da nun aber wieder etliche Wochen ins Land gezogen sind, verlangt die Sicherheitsfirma eine weitere Zahlung von 5.000 Euro, um die Boxen wieder auszuhändigen. Die Summe muss von Kleinmann finanziert werden. Er kündigt an, dass er sich am nächsten Tag wieder bei ihr melde.

Frühmorgens ruft er an und erklärt sich schweren Herzens bereit, ihr die 5000 Euro zur Verfügung zu stellen. Sie nennt ihm ein Konto, auf das er den Betrag einzahlen soll. Sie vereinbaren, dass die Dame nach Zahlungseingang direkt zu der Sicherheitsfirma geht und Underberg zwei Stunden später zu Kleinmann ins Hotel bringt. Kleinmann hat alles versucht, um die Dame zu treffen oder mit ihr direkt selbst zur Sicherheitsfirma zu gehen. Dies aber hat sie strikt abgelehnt, was Kleinmann sehr seltsam vorgekommen ist. Da aber Bob die Dame eingeschaltet hat, kann auch Kleinmann davon ausgehen, dass Bob genügend Vertrauen in sie hat und dies somit auch er selbst nicht in Frage stellen muss.

Kleinmann begibt sich deshalb direkt zur Bank, bei der die Dame ihr Konto hat, um dort die 5.000 Euro einzuzahlen: Mit einem Taxi fährt er zu der Filiale.

Am Schalter zahlt er die 5.000 Euro ein und verständigt sofort danach die Dame telefonisch über die Einzahlung. Sie teilt ihm mit, dass sie direkt zur Sicherheitsfirma gehen werde und ihn von dort wieder anrufen werde, um ihm mitzuteilen, wann sie ihm die Boxen bringen kann.

Dr. Kleinmann liegt gerade am Pool des Hotels und versucht sich etwas zu entspannen, als sich die Dame plötzlich wieder bei ihm meldet.

»Wissen Sie, was in den Boxen ist?«

Kleinmann ist irritiert und weiß nicht recht, was er darauf antworten soll.

»Nein, warum?«.

»Die Leute von der Sicherheitsfirma verlangen, dass ich die Boxen öffne. Ansonsten wollen sie sie nicht aushändigen!«

Kleinmann kann keinesfalls zulassen, dass die Boxen geöffnet werden. Er muss das mit allen Mitteln verhindern.

»Bob hat mir nur mitgeteilt, dass er in den Boxen wertvolle Gegenstände aus seiner Heimat aufbewahrt. Sie gehören seiner Familie. Mehr weiß ich auch nicht!«

Kleinmann kommt am Telefon richtig in Wallung.

»Ich kann auf keinen Fall erlauben, dass die Boxen geöffnet werden! Es handelt sich hier um Bobs Eigentum. Nur er selbst kann das genehmigen. Ich wurde von ihm gebeten, die Boxen bis zu seiner Rückkehr aufzubewahren und in Empfang zu nehmen!«

Für Kleinmann sieht dies verdammt nach einer Falle aus. Er weiß nur nicht, von wem sie gestellt worden ist. Er muss daher sehr vorsichtig agieren, da er unter keinen Umständen in Verbindung mit dem Inhalt der Boxen gebracht werden will.

Die Dame hat ihn erneut in eine Sackgasse manövriert. Er ärgert sich darüber maßlos. Kleinmann erklärt der Dame, er müsse zuerst eine Genehmigung von Bob einholen, und beendet das Gespräch.

Am nächsten Morgen versucht er den ganzen Vormittag über vergebens, die Dame zu erreichen, doch ihr Handy ist ausgeschaltet. Auch Bob kann er nicht kontaktieren, sodass wieder alles ins Stocken gerät. Er kann nur auf einen Rückruf der Dame warten.

Nachdem sich innerhalb einer Woche, in der Kleinmann vergeblich auf eine Nachricht von Bob oder der Dame gewartet hat, nichts getan hat, beschließt Kleinmann, seine Mission in Thailand abzubrechen, überlegt aber, den ganzen Fall einem deutschsprachigen Rechtsanwalt zu übergeben. Sein Bauch jedoch insistiert, er solle sich gedulden. So leitet er keine rechtlichen Schritte ein und versucht stattdessen, weiteren Druck auf Frau Nguyen auszuüben. Denn er selbst steht nun ebenfalls finanziell am Abgrund.

Am nächsten Tag beschließt er endgültig, seine Zelte in Thailand endlich abzubrechen und nach Hanoi zu fliegen, um dort Frau Nguyen zu bedrängen. Sie ist momentan seine einzige Einnahmequelle.

DAS HOTEL AM FLUSS

Nach mehreren Treffen mit Frau Nguyen in Hanoi versucht sie nun über private Kreditvermittler die restlichen Schulden aufzutreiben. Sie möchte Kleinmann endlich loswerden, da er zunehmend massiv und penetrant bei ihr auftritt. Schließlich hält er sich mit seinen letzten 10.000 Dollar in der Tasche in Vietnam auf. Alles andere hat er für Rückzahlung an seine Gläubiger verwendet. Eine Perspektive auf irgendeine neue Einnahmequelle ist nicht in Sicht. Zum Glück für ihn hat er Frau Nguyen dazu überreden können, im Hotel vorzusprechen, um die Hotelkosten während des gesamten Aufenthalts zu übernehmen, sodass er wenigstens sorglos wohnen kann.

Frau Nguyen bekommt schließlich nach mehreren Wochen eine Zusage für die vollständige Summe, die Sie Kleinmann schuldet. Ein entsprechender Kredit wird ihr von privaten Kreditvermittlern ausbezahlt. Dies teilte sie ihm dann auch sofort mit. Er freute sich riesig. Das würde ihm das Leben wieder etwas leichter machen.

Kleinmann steht an diesem Morgen sehr früh auf, da er mit Frau Nguyen bereits für neun Uhr einen Termin zur Übergabe des Geldes vereinbart hat. Er begibt sich sogar zum Frühstücksbuffet des Hotels, was er so gut wie nie bei all seinen Hotelaufenthalten macht; er liegt lieber morgens im Bett, als ein Frühstück einzunehmen, oder bestellt sich Brötchen und Co. aufs Zimmer.

Während er noch am Frühstückstisch sitzt, ruft Frau Nguyen bei ihm an und berichtet, dass ihr Sohn auf dem Weg zum Hotel ist. Es seien große Probleme mit ihrer Familie aufgetreten. Kleinmann dreht es den Magen um. Ihm schwant Böses.

Es vergehen keine 15 Minuten und ein jüngerer Herr in Begleitung einer ebenso jungen Vietnamesin kommt auf ihn zu.

»Sind sie Dr. Kleinmann?«, spricht der Vietnamese ihn auf Englisch an.

»Ja«, erwidert er kurz und bündig.

Kleinmann bittet die beiden an seinen Frühstückstisch. Der Mann stellt sich als Sohn von Frau Nguyen vor. Die Dame neben ihm ist seine Freundin. Er erklärt, dass seine Mutter seiner Meinung nach auf Betrüger hereingefallen und deswegen das Geld, das ihr Kleinmann gegeben habe, verloren sei. Sie habe nie über diese Geschäfte mit der Familie gesprochen und nun ohne Wissen der Familie und ihres Ehemannes Hypotheken auf ihr gemeinsames Haus aufgenommen, die sie nun offensichtlich nicht mehr bedienen könne. Nach viel Streit innerhalb der Familie in den letzten Tagen habe er dann herausfinden können, dass sich seine Mutter nun auch noch in die Hände einer landesweit operierenden skrupellosen Geldverleih-Mafia begeben habe, die für Wucherzinsen Geld verleiht, um bei Kleinmann ihre Schulden begleichen zu können. Der Sohn hat diesen neuerlichen Kredit nun verhindert. Denn er ist sicher, dass seine Mutter diesen Kredit niemals wird zurückzahlen können. Das werde sie in Lebensgefahr bringen.

Daraufhin legt er Kleinmann ein Schriftstück vor. Es ist eine Art Schuldanerkenntnis. Es besagt aber auch, dass Frau Nguyen erst dann weitere Rückzahlungen vornehmen kann, wenn sie von denjenigen, denen sie seinerzeit das von Kleinmanns geliehene Geld gegeben hat, zurückbekommen hat.

Kleinmann rastet völlig aus und bestellt sich ein Bier. Er trinkt es in einem Zug aus.

»Sie wollen mir mit diesem Schriftstück also sagen, dass Sie keine weiteren Zahlungen leisten werden, richtig?«

Der Sohn von Frau Nguyen bejaht dies. Er ergänzt, dass es nunmehr außerdem ausgeschlossen ist, das Hotelzimmer oder irgendwelche anderen Leistungen oder Rückführungen übernehmen zu können. Seine Mutter sei am Rande eines Nervenzusammenbruches und habe sich ins Krankenhaus begeben. Es sei für Kleinmann deshalb sinnlos, auch nur noch einen einzigen weiteren Tag in Vietnam zu warten, da sich seine Mutter erst einmal gesundheitlich erholen müsse. Er habe ihr alle Geschäftstätigkeiten untersagt und entzogen, da sie die gesamte Existenz der Familie und die ihres angesehenen Ehemannes aufs Spiel setze. Kleinmann schäumt vor Wut und bestellt ein weiteres Bier.

»Sie besorgen mir jetzt auf der Stelle 1000 Dollar und bezahlen sofort das Hotel für mich bis zum heutigen Tag und ich buche einen Flug für heute Abend zurück nach Bangkok!«, faucht er den Sohn an und unterschreibt die Vereinbarung bezüglich der Restschuld.

Kleinmann verlässt Vietnam wutentbrannt und fliegt über Bangkok zurück nach Deutschland. Denn er hat kein Kapital mehr für einen längeren Aufenthalt. Auch von Bob hat er bis jetzt kein weiteres Lebenszeichen bekommen.

Da er sein Haus in Österreich und alles, was er einst besaß, verloren hatte, musste er sich nun zwangsläufig in den Büroräumen im Haus seiner Mutter in Deutschland vorübergehend wohnlich einrichten.

Nachdem er sich wieder einigermaßen in seinen Büroräumen eingelebt hat, erhält er plötzlich eine unerwartete Mail von Bob aus Thailand. Er teilt ihm in seiner Mail mit, dass er wieder aus dem Arrest entlassen worden ist und nun versuchen werde, Underberg aus dem Safe der Diplomaten zu holen. Nachdem nun so viel Zeit verstrichen ist, müsste dies nun aber schnell gehen. Natürlich benötige man erneut 5.000 Euro Aufbewahrungsgebühr, um die Kisten auszulösen. Das Spiel geht also wieder von vorne los. Kleinmann lässt sich überreden, den Betrag aufzutreiben. Er klappert alle seine Freunde ab, die nicht mehr sehr zahlreich sind.

Die meisten hatten ihm schon Geld geliehen, das er bis zum heutigen Tage jedoch nicht zurückzahlen konnte. Daher ist die Auswahl sehr gering.

Dennoch gelingt es ihm nach nur 14 Tagen, die benötigte Summe aufzutreiben und per Western Union an Bob nach Thailand zu senden. Bob verspricht, Underberg sofort auszulösen und in ein Hotel zu transportieren. Kleinmann steht mehrmals täglich in Kontakt mit Bob und er wartet nun auf die Bestätigung, dass der Underberg-Transport über die Bühne gegangen ist.

Nach zwei Tagen ist es soweit. Bob ruft Kleinmann an:

»Hallo, ich habe Underberg jetzt im Peninsula-Hotel. Ich habe die Boxen aus Sicherheitsgründen nur in der Gepäckaufnahme einlagern lassen und bis jetzt nicht auf mein Zimmer bringen lassen. Denn ich habe das Gefühl, dass ich beobachtet werde!«

Dies wundert Kleinmann nicht. Er rät Bob, sehr vorsichtig zu sein. Bob bewegt sich die nächsten zwei Tage im Hotel hin und her, um zu sehen, was dort vor sich geht. Er ist jedoch extrem aufgeregt und fühlt sich überall beobachtet. Nachdem jedoch nach drei Tagen keine Lösung des Problems in Sicht ist, beschließt Bob, die Initiative zu ergreifen und sich von den beiden Kisten eine aufs Zimmer bringen zu lassen.

Nur eine Stunde, nachdem die Kiste in seinem Zimmer angelangt ist, beginnt bei ihm das Telefon im Zimmer, ohne Unterbrechung zu klingeln. Bob nimmt jedoch keine Gespräche entgegen und verlässt auch das Hotelzimmer nicht mehr. Dieser Zustand hält nun weitere zwei Tage an. Bob vereinbart mit Kleinmann schließlich, dass er wieder in die Offensive geht und das Hotelzimmer einfach verlassen müsse, um den Tatsachen ins Auge zu sehen, was diese Leute von ihm wohlwollen. Er ist sich jedoch weiterhin nicht sicher, von wem er überhaupt beobachtet und überwacht wird.

Das Peninsula liegt genau auf der gegenüberliegenden Seite des Chao-Phraya-Flusses, an dem auch das Oriental steht. Kleinmann instruiert Bob, dass er auf jeden Fall, sobald sich die Sache geklärt hat, die Kisten mit einem Hotelboot über den Fluss ins Oriental bringen lassen soll. Dann muss er das Hotel nicht durch den Hauptausgang, sondern über den Fluss verlassen, was nur für Hotelgäste möglich ist. Er kann direkt mit dem Aufzug vom Zimmer zum Pool fahren, von dort zum Anlegesteg des Hotels laufen und sich vom Portier die Kisten zum Boot bringen lassen.

Plötzlich klopft es unaufhörlich an Bobs Hotelzimmer. Gleichzeitig beginnt sein Handy wie auch das Hoteltelefon, pausenlos zu klingeln. Schließlich entschließt er sich, schweißgebadet und genervt von diesem Psychoterror, die Hotelzimmertür zu öffnen. Nachdem er die Tür nur einen Spaltbreit geöffnet hat, stellt ein stämmiges Muskelpaket seinen Fuß in die Tür und versucht, sie aufzudrücken. Ein anderer schwarz gekleideter Mann mit Funkverbindung im Ohr tritt ins Hotelzimmer und drückt Bob einen Ausweis unter die Nase. Bob wird gebeten, mit den Beamten zu deren Büro zu gehen.

Dort wird ihm erklärt, dass er verdächtigt werde, Geldwäsche und Drogenhandel zu betreiben. Beides trifft natürlich nicht zu.

Nachdem Bob über drei Tage lang in den Büros von der Behörde festgehalten und verhört worden ist, wird er von den Beamten nun erheblich unter Druck gesetzt, nachdem sie schließlich auch die Kiste mit den Dollars auf seinem Zimmer beschlagnahmt und in Gewahrsam genommen haben. Die Beamten pressen Bob nach allen Möglichkeiten der Verhörkunst aus, um die notwendigen Informationen zu bekommen, die sie zur Aufklärung des Sachverhaltes benötigen. Bob hat sich inzwischen bereiterklärt, mit den Behörden zu kooperieren.

Nach etwas mehr als zehn Tagen meldet sich Bob wieder bei Kleinmann. Er habe sich mit den Leuten von Interpol darauf einigen können, dass sie ihn nach England deportieren und die Kiste ohne Gerichtsbeschluss bekommen. Er habe zugestimmt. Denn der Deal garantiert ihm freies Geleit. Allerdings ist dann eine der Kisten, also die Hälfte der Summe mit 2,5 Millionen Dollar, unwiederbringlich verloren. Er könne mit diesem Deal aber leben, da er ja noch eine weitere Kiste mit 2,5 Millionen im Peninsula in Sicherheit habe, für die er einen Gepäckaufbewahrungsschein besitzt, der bei seiner Freundin hinterlegt ist. Diese Kiste könne er jederzeit vom Hotel gegen Vorlage des Gepäckscheins ausgehändigt bekommen, somit befände sich die zweite Kiste in absoluter Sicherheit.

Es ist nicht erkennbar, ob es der eigentliche Deal mit Bob war, dass er eine Kiste behalten kann, wenn er die andere den Behörden widerstandslos überlässt und ob die Behörde auch von der zweiten Kiste wusste oder ob den Behörden die Existenz der zweiten Kiste überhaupt nicht bekannt gewesen ist.

Auf jeden Fall kann Bob mit diesem Deal nun davon ausgehen, dass er zukünftig in Ruhe gelassen wird; er hat sich schließlich mit 2,5 Millionen Dollar freigekauft.

Eine Woche später meldet sich Bob aus England wieder bei Kleinmann. Sein Anwalt habe ihm gesagt, dass er spätestens in vier Wochen aus dem Arrest freikomme und sich dann wieder frei bewegen könne. Allerdings werde er dann nur ein vorübergehendes Ausreisepapier bekommen, das ihm zwei Monate Zeit gibt, nach Afrika in seine Heimat zurückzukehren.

Kleinmann sitzt nun auch diese vier Wochen wieder gelassen in Deutschland bei seiner Mutter ab, bis er schließlich wieder Nachricht von Bob erhält, dass er nun auf dem Weg von London nach Bangkok sei, Kleinmann ist nicht ganz klar, wie er dort wieder einreisen kann, aber erspart sich ihm diese Frage zu stellen.

Nachdem Bob zurück in Bangkok ist, begibt er sich sofort ins Peninsula, um dort nach seiner Kiste zu sehen. Zuvor, als er noch in London gewesen war, hatte Bob mehrfach mit dem Manager des Hotels telefoniert, um ihn anzuweisen, dass er die Kiste weiter aufbewahren solle, bis er zurückkommt, da er sich auf Reisen befindet. Als er nun endlich beim Manager des Hotels einen Termin bekommen hat, erklärt der, dass er nichts mit der ganzen Sache zu tun haben wolle und nur wisse, dass sein Vorgänger nach Bobs Verhaftung entlassen worden sei. Er verlange, dass Bob so schnell wie möglich die Kiste aus dem Hotel holt.

Wie kaum anders zu erwarten, möchte der Hotel-Manager nun ebenfalls Kapital daraus schlagen und fordert 3.000 Euro in bar. Dann könne er die Kiste sofort aus dem Hotel mitnehmen, ansonsten bleibe sie, wo sie ist. Bob rastet aus vor Wut, weil er genau weiß, dass weder Kleinmann noch er oder sonst irgendjemand zusätzliches Kapital zur Verfügung hat. Er werde sich wieder bei ihm melden, wenn er das Geld zusammen habe. Aufgebracht verlässt er das Hotel. Kleinmann informiert er telefonisch.

Einige Tage ziehen ins Land. Kleinmann gelingt es auch dieses Mal, von einem Mieter im Haus seiner Mutter noch einen kleinen Kredit zu bekommen, sodass er Bob das Geld per Western Union senden kann. Kleinmann ist getrieben vom Wahn, unbedingt an den Inhalt der Kiste zu kommen, da dies mit einem Schlag seine finanziellen Probleme lösen würde, die nun durch das Damoklesschwert drohender Insolvenz seiner in Deutschland angemeldeten Gold-Firma immer größer werden. Tag und Nacht hat er nur noch die Kiste im Kopf. Es ist, als wenn man einer Maus stets ein Stück Käse an einem Faden vor der Nase herzieht, die Maus den Käse riechen kann, ihn aber nie zu fassen, geschweige denn zu fressen bekommt.

Nachdem er das Geld von Kleinmann endlich hat, geht Bob direkt ins Peninsula-Hotels, um dem Manager die vereinbarten 3.000 Euro zu übergeben und die Kiste schließlich aus dem Hotel mit zum Haus seiner thailändischen Geliebten zu nehmen.

Bob hatte versucht, auch ein Apartment zu suchen, in das er schließlich die Kiste würde transportieren können. Da er aber mangels Kapital weder von Kleinmann noch von sonst woher etwas erwarten konnte, hatte er einen Weg finden müssen, die Kiste zwischenzulagern, bevor weiteres Geld für die Anmietung eines Apartments zur Verfügung stehen würde. Nach längerer Diskussion schließlich erreichte er es, dass er die Kiste im Haus seiner thailändischen Geliebten unterbringen kann.

Nachdem er schließlich die Kiste unter höchsten Sicherheitsvorkehrungen aus dem Peninsula zum Haus seiner Geliebten transportiert hat, benachrichtigt er Kleinmann und berichtet, dass ihm niemand gefolgt sei und er Underberg nunmehr sicher im Haus habe. Er müsse nur noch warten, bis seine Lebensgefährtin im Bett sei, damit er die Kiste öffnen könne. Denn sie wisse nicht, was sich in der Kiste befindet. Und er wolle auch nicht, dass sie davon erfahre.

In der folgenden Nacht ist es nun soweit und Bob beginnt damit, sich gegen halb drei an der Kiste zu schaffen zu machen. Sie befindet sich im Keller des Hauses. Nachdem er alle Sicherheitsschlösser aufgeschlossen und den Code eingegeben hat, öffnet sich schließlich die Kiste wie bei Aladin und der Wunderlampe. Bob greift sofort in die Kiste, um eines der abgepackten Dollarbündel herauszuholen und zu öffnen. Er erschrickt zu Tode, weil er erkennen muss, dass sich alle Noten im Bündel verklebt haben und nicht mehr einzeln aufzutrennen sind. Er versucht nach und nach, immer mehr Bündel aus der Kiste zu holen und aufzumachen. Bei allen Bündeln tritt dasselbe Phänomen auf. Alle sind verklebt. Bob flucht unaufhörlich vor sich hin.

»Fuck, fuck, fuck!«

Aufgeregt läuft er mit einem Dollarbündel in der Hand im Keller auf und ab. Vor Wut wirft er mehrere Bündel gegen die Kellerwand, was fast seine Geliebte aus dem Schlaf gerissen hätte.

Bob greift sofort zum Handy und ruft Kleinmann an, um ihm von der Misere zu berichten. Kleinmann rastet am Telefon ebenfalls völlig aus. Ihm kommt das Ganze wie eine unendliche Geschichte vor. Immer wenn er dachte, dass er nun am Ziel ist und eigentlich nichts mehr passieren könnte, kommt wieder ein Schlag ins Gesicht.

»Okay, und was sollen wir nun machen?«, fragt er Bob mit enttäuschter Stimme.

Er werde nun nach einer Anleitung suchen, wie sich die Banknoten wieder voneinander lösen können, antwortet er.

Offensichtlich kann es passieren, dass Banknoten verkleben, wenn sie für längere Zeit bei hohen Temperaturen oder in zu trocknen oder feuchten Gebäuden gelagert werden. Da die Boxen, in denen das Geld gelagert ist, etliche Zeit in Afrika unter schlechten Bedingungen vergraben gewesen und auch danach mehrere Monate nicht sachgerecht gelagert worden sind, sind sie schließlich verklebt.

Nach mehreren Tagen intensiver Suche nach einer Lösung meldet sich Bob wieder bei Kleinmann und teilt ihm das Ergebnis seiner Recherche mit.

Man benötige hierzu ein spezielles Lösungsmittel: ein Pulver, das auf die verklebten Banknoten gestreut werden muss, das dann eine chemische Reaktion auslöst, was die Banknoten wieder voneinander trennt. Dieses Mittel muss bei einer Spezialagentur bestellt werden und kostet wieder einmal 5.000 Euro.

Wieder steht Kleinmann am Anfang der unendlichen Geschichte und muss nun wieder Geld für dieses Lösungsmittel auftreiben. Ihm geht so langsam die Luft aus und es wird für ihn immer schwerer, überhaupt noch etwas zu bekommen. Die Rechnungen stapeln sich und der Gerichtsvollzieher kratzt auch schon an der Tür. Denn seine Gläubiger versuchen inzwischen, alle ihre Ansprüche aus der Gold-Firma geltend zu machen.

Bob hat zwischenzeitlich herausgefunden, wo in Bangkok er dieses Pulver kaufen kann, und ist nun auf dem Weg dorthin. Dort lässt sich Bob das Mittel und dessen Anwendung nochmals erklären und kauft schließlich das Pulver. Im Haus seiner Freundin angekommen, muss er nun abwarten, bis er ungestört nachts die Kiste wieder öffnen und das Geld ausbreiten kann, um es mit dem Pulver einzustäuben.

Bob wartet ab, bis seine thailändische Freundin zu ihren Eltern aufs Land fährt, sodass er die Geldscheine ungestört im Keller des Hauses ausbreiten kann. Kaum hat seine Freundin die Tür hinter sich zugeschlagen, begibt sich Bob aufgeregt in den Keller des Hauses, um seine Kiste zu öffnen. Er packt alle Bündel aus und verteilt die verklebten Geldbündel auf dem Boden des Kellers.

Nach zwei Stunden hat er den kompletten Boden mit Geldbündel bepflastert. Er liest sich nochmals kurz die Anleitung durch und beginnt dann schließlich damit, das Pulver über die Geldscheine im ganzen Keller zu verstreuen. Es sieht aus, als wäre alles mit Puderzucker bestäubt. Jetzt muss er das Ganze für 24 Stunden einwirken lassen, damit das Pulver seine Reaktion entfalten kann und die Geldscheine voneinander löst. Dies verschafft ihm genügend Zeit, nochmals kurz bei Kleinmann anzurufen, um ihm den aktuellen Stand der Dinge mitzuteilen. Der zittert nun Stunde um Stunde und wartet so wie Bob gespannt auf das Ergebnis.

Am nächsten Tag ruft Bob erneut bei Kleinmann an, um ihm mitzuteilen, dass die Banknoten nun einen rötlichen Schimmer bekommen haben und er nach einem Experten suchen muss, der ihm bei der Reinigung der Noten behilflich ist. Er sagt, der Verkäufer der Chemikalie könne gegen eine Beteiligung helfen und dass er mit diesem in Verhandlung treten müsse. Kleinmann steht das Wasser inzwischen bis zum Hals und der Druck der Gläubiger auf ihn und seine Mutter wird immer stärker. Es stehen der Gerichtsvollzieher vor der Tür und eine Eidesstattliche-Versicherung im Raum. Kleinmann ist sichtlich genervt und durchlebt eine der schlimmsten Zeiten seines Lebens.

Nach weiteren drei Tagen meldet sich Bob nochmals bei Kleinmann, um ihm mitzuteilen, dass der Chemikalienverkäufer 70 Prozent der Banknoten für die Reinigung haben wolle. Nachdem Bob schon eine Kiste mit 2,5 Millionen an die Behörden verloren hat und jetzt noch einmal 70 Prozent von seinem verbliebenen Rest abgeben soll, rastet er völlig aus. Auch Kleinmann ist am Ende seiner Kräfte und seiner finanziellen Möglichkeiten und weiß nicht, was er Bob noch vorschlagen kann. Bob beschließt kurzerhand, die ganze Sache abzublasen und packt alles wieder in die Kiste, um zurück nach Afrika zu fliegen und dort weiteres Kapital zu besorgen. Kleinmann stimmt zu. Er hat ohnehin keine andere Wahl mehr. Für ihn ist eine Welt zusammengebrochen. Er glaubt auch nicht mehr an Bobs Rückkehr.

Während Bob seine Reise nach Afrika vorbereitet, versucht Kleinmann in Europa verzweifelt, noch an einer Lösung zu arbeiten, wie man die Banknoten reinigen könnte. Er muss jedoch vorsichtig sein, mit wem er über diese delikate Angelegenheit überhaupt sprechen kann. Er ringt sich dann dazu durch, das Thema mit Frau Nguyen aus Vietnam zu besprechen, da er von dort aus die geringste Gefahr für sich wittert. Auch eine gewisse Nähe nach Bangkok besteht für den Fall, dass sie behilflich sein könnte.

Er schreibt ihr eine längere Mail, um ihr die Situation zu erklären und auch eine gewisse Beteiligung bei Erfolg oder bei einer

Lösung des Problems anzubieten. Schon eine Stunde später hat Kleinmann die Antwort von Frau Nguyen auf dem Tisch. Sie kenne einen Spezialisten namens Gonzales aus Kanada, der mit ihr zusammen schon mal eine ähnliche Aufgabe in Kambodscha übernommen habe. Kleinmann springt vor Freude in die Luft, als er das liest, und klatscht mehrmals in die Hände. Sie stelle den Kontakt her. Kleinmann könne sich in Kürze bei ihm melden.

Er macht sich sofort daran, Bob mitzuteilen, dass er eventuell eine Lösung für das Problem hat. Parallel dazu versucht er, mit Gonzales Kontakt aufzunehmen. Gonzales ist ein aus Südamerika stammender Kanadier mit zwei Staatsbürgerschaften und vielfacher Millionär mit einer großen Farm in Brasilien und einer Villa in Miami.

Nach weiteren sechs Stunden hat sich auch Gonzales bei ihm gemeldet. Zu seiner Freude ist Gonzales momentan in Malaysia, um dort ein größeres Geschäft abzuwickeln, und könnte somit jederzeit kurzfristig von Kuala Lumpur nach Bangkok fliegen. Beide verabreden für den nächsten Tag ein Skype-Telefonat, um die Angelegenheit zu besprechen.

Nach dem zweistündigen Gespräch kommen sie überein, dass Gonzales für die Reinigung der Banknoten 30% der kompletten Banknoten bekommt, aber auf eine Vorkassenzahlung in Höhe von 15.000 Dollar verzichten wird, die er zuerst gewünscht hatte. Gonzales hat sich bereit erklärt, nach Bangkok zu fliegen, um ein Bündel der Banknoten zu analysieren und dann entsprechend zu reinigen und sodann die komplette Kiste zu bearbeiten. Kleinmann informiert Bob darüber und bittet ihn, Gonzales zu treffen, um die Sache auf diese Art zu lösen. Bob ist sofort einverstanden.

Bei den Vorbereitungen beschließen Kleinmann und Bob, aus Sicherheitsgründen und um ungestört mit dem Inhalt der Kiste arbeiten zu können, ein Apartment anzumieten. Dort kann die Box gelagert und auch Gonzales empfangen werden, um das

Geld zu bearbeiten. Kleinmann kratzt seine letzten 1000 Euro zusammen, um die kleine Wohnung in Bangkok anmieten zu können. Nachdem Bob alles organisiert hat, gibt er Kleinmann grünes Licht, damit Gonzales losfliegen kann.

Einen Tag später trifft er bei Bob in Bangkok ein und verabredet ein Treffen mit ihm im Oriental. Gonzales bittet Bob, eine Videoaufnahme der Banknoten zu machen, damit er sich erst einmal einen Überblick verschaffen kann, bevor er selbst ans Werk geht. Schon am Abend händigt Bob die Bewegtbilder aus.

Gonzales schaut das Video aufmerksam an und sendet es zudem an Kleinmann. Einiges kommt Gonzales nämlich ziemlich spanisch vor und er beschließt aus Sicherheitsgründen, nicht mit Bob ins Apartment zu fahren. Vielmehr bittet er Bob, ihm am nächsten Tag ein Bündel mit 50.000 zusammengeklebten Dollar in sein Hotel zu bringen. Dort will er das Bündel untersuchen. Doch zu seinem großen Erstaunen lehnt Bob es kategorisch ab, Gonzales etwas aus der Kiste zu bringen. Er besteht darauf, dass Gonzales mit ihm gemeinsam in die Wohnung kommt. Dies wiederum lehnt Gonzales strikt ab. Die gänzlich verschiedenen Auffassungen darüber, wie Gonzales das Geschäft abzuwickeln hat, führt schließlich zum Streit. Bob besteht darauf, dass vereinbart war, dass Gonzales zum Appartement geht und die Kiste analysiert und dann sagt was zu machen ist. Nachdem sich beide nicht einigen können, ruft Bob verärgert bei Kleinmann an, um ihm die Situation zu erklären und ihm mitzuteilen, dass er unter keinen Umständen bereit ist, Gonzales auch nur einen müden Dollar vorbeizubringen. Kleinmann versucht, mit beiden Parteien eine Lösung zu finden. Doch Gonzales ist nicht bereit, noch einen weiteren Tag in Bangkok zu verschwenden, und beschließt, am nächsten Morgen wieder zurück nach Malaysia zu fliegen. Auch Bob ist nicht gewillt, eine gemeinschaftliche Lösung herbeizuführen, sodass alles wieder auf Anfang steht.

Kleinmann unterdessen platzt vor Wut und flucht den ganzen langen Tag vor sich hin. Er bewertet die ganze Aktion nun endgültig als gescheitert. Kleinmann fällt in ein tiefes schwarzes Loch. Denn er weiß nicht mehr, wie er die Insolvenz seiner Firma noch abwenden soll. Weit und breit sieht er keine zusätzlichen Einnahmequellen, die sich in absehbarer Zeit auftun, aus denen er die Gläubiger zufriedenstellen könnte. Er muss sich mit dieser Realität offenbar abfinden und nach neuen Lösungswegen suchen.

Bob packt seine Koffer, legt alle Banknoten wieder zurück in die originale Kiste und lässt diese verschlossen im Apartment zurück. Den Wohnungsschlüssel hinterlegt er bei seiner Lebensgefährtin – für den Fall, dass man doch noch während seiner Abwesenheit eine Lösung findet und man Zugang zu der Box haben muss. Das teilt er Kleinmann noch mit, bevor er seine Reise nach Afrika antritt.

DIE INSOLVENZ

Während Bob in Richtung Afrika unterwegs ist und Gonzales zurück nach Malaysia fliegt, beschäftigt sich Kleinmann intensiv mit verschiedenen Lösungswegen, seine Insolvenz abzuwenden oder diese möglichst unbeschadet durchzuziehen. Die Gläubiger rufen täglich im Minutentakt bei seiner Mutter an. Beide gehen dabei durch die Hölle. Der Druck ist für beide kaum erträglich. Kleinmann verfällt wiederholt in depressive Phasen.

Schließlich kommt er zusammen mit einem Top-Anwalt zu der Lösung, den meisten größeren Gläubigern ein notarielles Schuldanerkenntnis zu unterzeichnen, um auf diese Weise ein wenig Zeit zu gewinnen, bevor er sie bedient. Es soll sie außerdem in Sicherheit wiegen. Kleinmann übernimmt ihnen gegenüber auch die persönliche Haftung. Dabei ist ihm bewusst, dass er sich parallel unbedingt um neue Einnahmequellen bemühen muss.

In dieser Zeit versucht Kleinmann, auch neue Investoren für die Minenbeteiligung in der Mongolei zu bekommen, sodass sein Problem-Kunde aussteigen und sein Investment rückabwickelt kann. Dann wäre auch die Betrugsanzeige vom Tisch, mit der die Töchter des Kunden Kleinmann ständig drohen, um den Druck auf ihn noch weiter zu erhöhen.

Nachdem er eine Annonce in einer überregionalen Wirtschaftszeitung geschaltet hat, um Investoren für die Mine zu bekommen, meldet sich unter anderem auch ein Interessent, der Bereitschaft an einer Investition in der gewünschten Millionenhöhe zeigt. Doch auch dies sollte sich später als eine gerissene Betrugsmasche herausstellen: Kleinmann sollte mit falschen Banknoten bezahlt werden. Fast wäre ihm ein zusätzlicher Schaden von einer halben Million Euro entstanden. In letzter Minute können

Freunde und Bekannte dies vereiteln, die Kleinmann zur Übergabe des Geldes im Tausch gegen Gold zu seinem Schutz mit nach Brüssel genommen hat.

Kleinmann scheint wie vom Pech verfolgt zu sein. Nichts will funktionieren!

In Anbetracht der Schlinge, die sich immer enger um Kleinmanns Hals zieht, beschließt er, nach Paraguay zu fliegen, um dort einige Kontaktleute zu besuchen, die ihm bei einer Einbürgerung und neuen Staatsbürgerschaft behilflich sein können. Die benötigt er für den Fall, dass irgendetwas bei der Insolvenz völlig aus dem Ruder läuft und ihm ernsthafte rechtliche Konsequenzen drohen. Somit kann er sich dann noch eine Fluchtburg schaffen und eine letzte Alternative, um sich dann noch ungehindert bewegen und reisen zu können, falls ihm dies mit seinen eigenen Papieren nicht mehr möglich ist.

Nachdem die Vorverhandlungen mit den Vermittlern von Deutschland aus alle positiv verlaufen sind, fliegt er über São Paolo schließlich nach Asunción, der Hauptstadt von Paraguay. Dort bucht er sich im Sheraton ein und nimmt am nächsten Tag Kontakt mit den Vermittlern auf.

Alles läuft in der gewohnten südamerikanischen Gelassenheit ab. Termine werden nur, wenn überhaupt, ungefähr eingehalten. Wartezeiten von zwei Stunden sind durchaus üblich, wenn man hier mit jemandem ein Treffen vereinbart.

Die Kontaktleute erscheinen dann doch noch im Hotel und übergeben Kleinmann die gewünschten Informationen, die er für die Einbürgerung benötigt. Natürlich bekommt er einen anderen Namen. Er hat sich für einen spanisch klingenden entschieden.

Nachdem sie sich einig sind, übergibt er die Hälfte der Gesamtsumme in bar, die er sich bei einem Bekannten geliehen hatte und reicht den Leuten Passfotos und seine Fingerabdrücke. Die andere Hälfte bezahlt er erst bei Aushändigung und Übergabe der Dokumente.

Es wird ihm zudem die Option einer diplomatischen Position angeboten. Kleinmann entscheidet sich, auch zu seiner eigenen Sicherheit diese Option gleich zusätzlich anzunehmen. Dies würde ihm dann noch völlige Immunität garantieren. Mit einem Diplomatenpass könnte er im Falle eines juristischen oder gerichtlichen Problems durch seine Insolvenz sich immer noch problemlos frei bewegen und damit in Sicherheit bringen. Er bezeichnet diese Dokumente als seine Lebensversicherung. Ihm wird zugesichert, dass die Papiere zur Staatsbürgerschaft in ungefähr ein bis zwei Monaten fertiggestellt sind und ausgehändigt werden können. Sollte er mit allem zufrieden sein, wird er dann die diplomatische Position in Auftrag geben. Dazu müsste er nochmals anreisen und einen Termin mit dem Präsidenten von Paraguay persönlich wahrnehmen.

Nachdem er alles für die Einbürgerung erledigt hat, begibt sich Kleinmann in ein nobles Zigarrengeschäft in der Nähe seines Hotels, um dort einige gute Havannas zu kaufen und später auf der Dachterrasse des Hotels zu rauchen. Bei einigen Bieren lässt er es sich auf der Terrasse unter der Sonne Paraguays gutgehen und er lässt den Tag gemütlich ausklingen, sichtlich zufrieden, dass die Sache mit der Einbürgerung reibungslos geklappt hat. Außerdem fühlt er sich in Paraguay in Sicherheit, da dieser Staat niemanden ausliefert, wenn es sich nicht gerade um ein Kapitalverbrechen wie Mord oder Ähnliches handelt. Dies hat die Praxis schon mehrfach gezeigt, wie man an Konsul Weyer und Südmilch-Chef Weber und sicherlich noch anderen deutschen Flüchtlingen eindrucksvoll sehen kann.

Am nächsten Tag trifft sich Kleinmann mit dem deutschstämmigen Vater eines Freundes, der aus Paraguay nach Deutschland ausgewandert ist, und lässt sich die verschiedenen Sehenswürdigkeiten von Asunción zeigen. Es gibt ungefähr 300.000 deutschstämmige Bürger, die sich in Paraguay niedergelassen haben, meist in sogenannten Kolonien mit deutschen Namen wie Friesenheim oder Nueva Germania, Neuland oder Neufeld. Auch der Vater des Freundes ist in einer Kolonie im Chaco als Viehzüchter tätig. Beide treffen sich während seines Aufenthalts immer wieder. Den Sohn hat Kleinmann in Deutschland kennengelernt, wo er gerade ein Studium der Betriebswirtschaft absolviert.

Nachdem sich die Insolvenz-Situation in Deutschland für ihn nicht grundlegend verschlechtert hat und die Papiere der Einbürgerung voraussichtlich weitere vier Wochen auf sich warten lassen, beschließt Kleinmann schließlich, wieder über Brasilien zurück nach Deutschland zurückzufliegen, um sich vor Ort weiter um seine Insolvenz zu kümmern.

Zurück in Deutschland Kleinmann nicht, wie er sich und seine Mutter aus der Misere herauskatapultieren soll. Der Druck der Gläubiger auf die beiden ist weiterhin unerträglich. Zum Glück hat Kleinmann in seinem Bezirk einen Gerichtsvollzieher, der eher für die Schuldner als für die Gläubiger arbeitet und deshalb nicht jede Minute vor der Tür steht, sondern meist erst telefonisch versucht, Forderungen und Mahnbescheide mit den Schuldnern zu verhandeln.

Kleinmann sitzt auf der Terrasse seiner Schwester, die im selben Haus wie seine Mutter wohnt. Er raucht eher betrübt als genüsslich eine seiner Zigarren, als bei ihm ein alter Bekannter aus Liberia anruft. Es ist der Staatssekretär aus dem Innenministerium, mit dem er früher einmal in der Sache mit dem fehlgeschlagenen Diplomatentitel für den Baron zu tun hatte. Dieser verspricht Kleinmann, den Schaden, der ihm bei den letzten Geschäften entstanden ist, wiedergutzumachen. Dazu möchte er Kleinmann dringend in Brüssel treffen und ihm dort alles erklären. Er sagt, dass er in zwei Wochen in der dortigen Botschaft von Liberia einen Termin hat und somit in Belgiens Hauptstadt sein wird. Kleinmann wendet ein, dass er sich dies erst überlegen müsse. Er werde ihm in zwei Tagen eine Antwort geben.

Während dieser zwei Tage geht Kleinmann alles Mögliche durch den Kopf. Er versucht abzuwägen, was eher schlecht und was eher gut an so einem Treffen sein könnte, bis er dann nach den zwei Tagen zu dem Entschluss kommt, das Risiko einzugehen und sich anzuhören, was der Sekretär zu berichten hat. Also ruft er ihn an und vereinbart einen Termin für den besagten Tag im Sheraton zum Frühstück.

EINE ODYSSEE IN BRÜSSEL

Nachdem Kleinmann in Brüssel eingecheckt hat, wartet er in der Lobby auf Staatssekretär George Tusso. Während Kleinmann gerade seinen Espresso zu sich nimmt, erscheint George auch schon. Beide begrüßen sich etwas distanziert. Schließlich ist Kleinmann bei seiner letzten geschäftlichen Aktion mit ihm doch reichlich Geld verloren gegangen. Beide fahren in den obersten Stock des Hotels, wo Kleinmann als Club-Mitglied und Besitzer der Platin-Karte des Sheratons in einer abgeschirmten Lounge in Ruhe und mit einem grandiosen Blick über ganz Brüssel mit seinem Gast frühstücken kann.

Nach einer Stunde Small Talk kommt George endlich zur Sache.

»Ich möchte dir den Schaden, der dir durch die Diplomaten-Sache damals entstanden ist, wiedergutmachen und dir ein gutes Geschäft anbieten«, eröffnet er den ernsten Teil des Gesprächs.

Kleinmann reagiert gelassen. Er ist nicht gerade scharf darauf, wieder in eine Falle zu tappen.

»Okay. Und was für ein Geschäft soll das sein?«, erwidert Kleinmann.

»Ich würde dir gerne streng vertraulich eine hochrangige Persönlichkeit aus Liberia vorstellen, die dir das Geschäft selbst erklären wird. Wenn du einverstanden bist, ruf ich ihn an. Er ist auch zurzeit in Brüssel und könnte sofort hierher zum Frühstück kommen. Denn die Sache eilt und er muss wieder abfliegen!«

Kleinmann ist ehrlich überrascht, gibt aber dann sein Okay. Beide warten nun gemeinsam, bis diese hochrangige Persönlichkeit im Sheraton erscheint.

Nach einer weiteren Stunde klingelt Georges Telefon. Der erwartete Gast teilt mit, dass er in der Lobby des Hotels ist, woraufhin ihn George bittet, in die Club-Lounge im obersten Stock des Hotels zu kommen. Nach einigen Minuten steht ein edel bekleideter Herr mit feinstem Anzugstoff vor den beiden. Er duftet nach teurem Aftershave und trägt äußerst extravagante Schuhe. Er wirkt genauso, wie man sich einen afrikanischen Politiker in einem korrupten Staat allgemein so vorstellt – inklusive Goldkette und Rolex.

George stellt die Persönlichkeit nur als reichen Geschäftsmann aus Liberia vor. Nach einiger Zeit des Beschnupperns kommt man schließlich zur Sache. Es ist Kleinmann immer noch nicht ganz klar, wer diese Person wirklich ist. Er konnte nur so viel heraushören, dass es sich um einen Verwandten des damaligen Präsidenten von Liberia, Charles Taylor, handeln muss. Auf Kleinmann wirkt die Person eher wie eine Mischung aus einem korrupten Despoten und einem Zuhälter, wobei diese Art von Persönlichkeiten in der afrikanischen Geschäftswelt öfter anzutreffen sind.

Der Geschäftsmann will nun aufgrund der begrenzten Zeit, die er in Europa verbringt, gleich zum eigentlichen Geschäft kommen. Doch er will dies nicht in der Club-Lounge besprechen, sondern im Hotelzimmer von Kleinmann. Dies kommt ihm allerdings sehr verdächtig vor und es passt ihm überhaupt nicht. Denn er hat es sich aus Sicherheitsgründen zum Vorsatz gemacht, grundsätzlich nie jemanden mit in sein Hotelzimmer zu nehmen oder dort Besuch oder Geschäftspartner zu empfangen. Sein Hotelzimmer ist für ihn bei seinen Reisen stets sein Rückzugsgebiet, in der seine Privatsphäre garantiert und geschützt ist. Denn in den teuren Hotels kann er davon ausgehen, dass niemand unberechtigt Zutritt zum Zimmer bekommen wird. Nun soll er hier zum ersten Mal diesen Vorsatz brechen. Kleinmann hat in diesem Zusammenhang noch gut die Bilder des Magazins »Stern« in Erinnerung, die damals in der Mordsache Barschel auf der Titelseite abgedruckt worden sind. Der Politiker war in seinem Hotelzimmer in Genf ermordet in der Badewanne aufgefunden worden.

Er bittet George deshalb kurz zu einem Gespräch unter vier Augen nach draußen. Er möchte von ihm versichert haben, dass ihm nichts passiert, wenn er den liberianischen Geschäftsmann mit in sein Zimmer nimmt. Er teilt George auch mit, dass er zur Sicherheit eine Nachricht bei einem Bekannten und beim Concierge des Hotels hinterlegen werde: Für den Fall, dass er das Zimmer in zwei Stunden noch nicht verlassen oder sich bei den beiden Personen zurückgemeldet hat, sollen sie schnellstens nach ihm schauen. Ferner bittet er auch George, so lange im Hotel zu warten, bis die Besprechung beendet ist.

Nachdem all diese Sicherheitsvorkehrungen von Kleinmann getroffen worden sind, begibt er sich schließlich widerwillig mit dem Geschäftsmann in sein Zimmer. Dort wird es noch dubioser: Als der Geschäftsmann einen Whisky aus der Minibar will und Kleinmann bittet, die Vorhänge des Zimmers zuzuziehen, schießen Kleinmann sofort Parallelen zum Fall Barschel durch den Kopf.

Nachdem der Whisky schließlich getrunken ist, beginnt der Geschäftsmann, vor Kleinmanns Augen ein Bündel schwarzer Papiere aus seinem Anzug herauszuziehen und auf dem Tisch auszubreiten. Dann bittet er ihn, nun besonders gut aufzupassen. Kleinmann setzt sich daraufhin sehr nahe an den Schreibtisch, auf dem die schwarzen Blätter ausgebreitet sind. Der Geschäftsmann holt nun zwei kleine Ampullen einer Flüssigkeit aus der Tasche, bricht die Verschlüsse auf und verteilt die Flüssigkeit auf den schwarzen Blättern. Dann verreibt er die Flüssigkeit auf den Blättern. Die schwarze Farbe scheint sich nun aufzulösen und es kommen nach und nach lauter 100 Dollarscheine zum Vorschein! Kleinmann traut seinen Augen nicht.

Nachdem sich alle Papiere auf dem Tisch in 100-Dollar-Noten verwandelt haben, begeben sich beide ins Badezimmer. Dort lässt der Geschäftsmann lauwarmes Wasser und einen Badeschaum ins Waschbecken ein und wäscht die Geldscheine darin.

Kleinmann kommt das alles vor wie im Film. Was ihn nun noch mehr irritiert, ist, dass er nun schon zum zweiten Mal in kurzer Zeit eine derartige Geldvermehrung gesehen hat und ihm das Ganze einfach spanisch vorkommt. So einen Zufall kann es seiner Meinung nach doch überhaupt nicht geben. Er versucht bereits zu kombinieren, wie das alles zusammenhängen kann.

Nach kurzer Zeit nimmt der Liberianer die Banknoten wieder aus dem Waschbecken und breitet die Handvoll Banknoten auf einem Handtuch aus.

Nachdem sie dort ungefähr 30 Minuten gelegen haben, beginnt er nun damit, sie trocken zu föhnen, um den Vorgang zu beschleunigen. Nach kurzer Zeit drückt er Kleinmann das getrocknete Bündel Dollarnoten in die Hand.

»Hier, nehmen Sie diese Banknoten und lassen Sie sie bei einer Bank prüfen. Sie sind ausnahmslos echt!«

Kleinmann sieht hier deutlich die Parallelen zu der Aktion mit Bob in Thailand vor sich. Er fühlt, dass etwas nicht stimmen kann. Aber gleichzeitig lässt er sich von dem ganzen Schauspiel sehr beeindrucken. Auch hier wird ihm nun mitgeteilt, dass fünf dieser Kisten mit diesen geschwärzten Noten aus Liberia von dem Geschäftsmann über diplomatische Kanäle aus dem Land gebracht worden sind und das Problem jetzt wäre, dass er dieses Lösungsmittel bei der amerikanischen Botschaft zum Reinigen der Banknoten kaufen müsse. Es koste 15.000 Euro pro Flasche und müsse extra in einem chemischen Labor hergestellt werden. Eine

Flasche reiche, einen Koffer mit schwarzen Scheinen im Wert von einer Million Dollar zu waschen. Kleinmann würde davon die Hälfte bekommen, wenn er die Flasche mit dem Lösungsmittel vorfinanzieren könnte.

In der ausweglosen Situation, in der sich Kleinmann mit seiner Insolvenz befindet, klammert er sich an jeden Strohhalm, um an Geld zu kommen, mit dem er die Gläubiger befriedigen kann.

»Okay, ich lasse die Geldscheine prüfen und melde mich dann morgen wieder bei Ihnen. Geben Sie mir bitte Ihre Handynummer, damit wir in Kontakt bleiben können.«

Der Geschäftsmann tut, wie ihm geheißen, und verabschiedet sich von Kleinmann.

Nachdem der Liberianer das Zimmer verlassen hat, ruft Kleinmann sofort seinen Bekannten an und teilt ihm mit, dass das Treffen beendet und alles in Ordnung ist. Er sei wohlauf. Danach begibt er sich in die Lobby, um dem Concierge dasselbe mitzuteilen. Abschließend trifft er sich dann noch einmal mit George in der Lounge. George erklärt, dass er morgen wieder nach Liberia fliegen werde. Er, Kleinmann, könne ja dann alles mit dem Liberianer direkt regeln. Beide vereinbaren, sich über den Verlauf des Geschäftes gegenseitig informiert zu halten.

Am Abend grübelt Kleinmann vor einigen belgischen Bieren an der Bar vor sich hin und überlegt, wie er nun wieder das Geld für das Lösungsmittel beschaffen kann, um mit dem Liberianer ins Geschäft zu kommen. Die restlichen zwei Tage ist Kleinmann damit beschäftigt, die 15.000 Euro aufzutreiben. Er telefoniert sich dabei die Finger wund, um bei allen möglichen Leuten, die ihm noch eingefallen sind, Geld aufzutreiben, um das Geschäft mit dem Liberianer abwickeln zu können.

Immer wieder gelingt es Kleinmann wie durch ein Wunder, neue Geldgeber zu aktivieren. Wie bei Bob aus Thailand hat er es auch dieses Mal wieder geschafft, die Summe aufzutreiben. Ein Bekannter, der Steuerberater seiner Cousine, hat schließlich den fehlenden Betrag noch aufgebracht und ist sogar bis nach Brüssel gefahren, sodass Kleinmann nach Ablauf der zwei Tage freudig bei dem Liberianer anruft.

»Hallo, hier spricht Kleinmann, können wir uns noch einmal im Hotel treffen?«

Der Liberianer sagt sofort zu. Sie verabreden sich erneut zum Abendessen.

Um 20 Uhr begibt sich Kleinmann in das Steak-Haus, das direkt an das Hotel angrenzt. Der Liberianer sitzt dort bereits an einem Tisch.

»Hallo, wie geht es Ihnen heute?«, begrüßt Kleinmann ihn.

»Sie können mich Joe nennen«, erwidert er freundlich und erhebt sich von seinem Platz, um Kleinmann die Hand zu schütteln.

Beide bestellen Pfeffersteak mit Sauce Hollandaise und belgischen Pommes dazu.

Während des Essens informiert Kleinmann den Liberianer, dass er das Geld für eine Flasche des Lösungsmittels nun zusammen habe. Er fragt Joe, wie nun die ganze Sache abgewickelt werden soll. Joe erklärt, er solle ihm das Geld übergeben. Er selbst gehe dann in die Botschaft, um das Lösungsmittel zu bestellen. Es werde zwei oder drei Tage dauern, bis es hergestellt sei. Danach werde er zu Kleinmann ins Hotel kommen, die Kiste mitbringen mit der einen Million Dollar darin, und diese dann im Bad von Kleinmann reinigen. Diese Version passte Kleinmann allerdings ganz und gar nicht, da er auf diese Weise keine Kontrolle darüber hätte, was nach der Übergabe der 15.000 Euro passieren würde. Joe könnte sich ja auch einfach mit dem Geld aus dem Staub machen.

Nach heftiger Diskussion und einer weiteren Flasche Rotwein treffen beide folgende Vereinbarung: Joe soll den Koffer mit den schwarzen Dollarscheinen als Pfand in Kleinmanns Zimmer hinterlegen, während Kleinmann ihm das Geld für das Lösungsmittel überlässt und dieses angefertigt wird. So haben beide eine Absicherung und die Sache kann nur gemeinsam durchgeführt werden. Nachdem man sich nun beim Abendessen geeinigt hat, verabschiedet Kleinmann Joe und begibt sich zur Hotelbar, um dort noch einmal die Abmachung zu überdenken.

Am nächsten Tag meldet sich Joe schon sehr früh bei Kleinmann und verkündet, dass er bereits für 14 Uhr einen Termin bei der amerikanischen Botschaft gemacht hat. Deshalb wolle er jetzt gerne innerhalb der nächsten Stunde den Koffer mit den Geldscheinen bei Kleinmann im Zimmer deponieren und gegen die 15.000 Euro austauschen. Kleinmann stimmt sofort zu und macht sich daraufhin im Bad frisch.

Exakt zur vereinbarten Uhrzeit erscheint Joe mit einem Rollkoffer und den Geldscheinen vor Kleinmanns Hotelzimmer. Der Concierge hatte ihn zuvor telefonisch angekündigt. Kleinmann begrüßt Joe aufgeregt. Denn er hat noch eine kleine Überraschung für ihn eingeplant, um noch eine weitere Sicherheit bei diesem Deal zu haben. Nachdem Joe den Koffer geöffnet hat, um Kleinmann den Inhalt zu zeigen, klärt Kleinmann Joe darüber auf, dass er sicher wissen wolle, dass die Scheine auch echt und nicht nur gefärbtes Papier sind. Dazu möchte er aus dem Koffer einige beliebig ausgewählte schwarze Scheine entnehmen und mit einer Ampulle von Joe überprüfen. Sollte dieser Sicherheitscheck positiv verlaufen, also sich auch hier 100-Dollar-Noten hervortun, kann er sich sicher sein, dass der Deal ordnungsgemäß und korrekt verläuft. Joe kann er in diesem Fall die 15.000 Euro bedenkenlos gegen Pfand des Koffers übergeben. Joe reagiert auf diesen Wunsch sehr gelassen – als wenn er das bereits erwartet hätte.

»Kein Problem! Gerne können wir das so machen. Greif in den Koffer und suche dir beliebige Geldscheine aus!«

Kleinmann greift genüsslich in den Koffer und zieht aus verschiedenen Ablageregistern jeweils zwei oder drei Scheine heraus. Nachdem er eine Mischung von Scheinen aus verschiedenen Lagen im Koffer entnommen und auf dem Schreibtisch platziert hat, nimmt Joe eine Ampulle aus seiner Jackentasche, bricht sie über den schwarzen Scheinen auf und verteilt die wertvolle Flüssigkeit auf den Scheinen. Joe hat sich dazu Einweghandschuhe angezogen, um keine Hautreizungen zu bekommen. Denn das Lösungsmittel weist einen durchaus ätzenden Geruch auf. Aus all den schwarzen Scheinen kommt schließlich jeweils eine 100-Dollar-Note hervor. Kleinmann ist sichtlich zufrieden, dass der Deal somit gilt. Beide waschen nun die Banknoten im Becken und trocknen sie anschließend. Während die Geldscheine auf dem Handtuch zum Trocknen ausliegen, holt Kleinmann noch zwei Geldscheinprüfer aus seinem Schrank, die er in weiser Voraussicht einen Tag zuvor gekauft hat. Beide Prüfgeräte arbeiten mit unterschiedlicher Funktion, um Geldscheine auf Echtheit hin zu prüfen. Kleinmann hat hier also wieder eine Sicherheit eingebaut, um sichergehen zu können, dass die Scheine auch wirklich echt sind und ein Gerät nicht versehentlich etwas Falsches anzeigt.

Nachdem die Geldscheine völlig getrocknet sind und Joe der Minibar alle Whiskys entnommen und geleert hat, lässt Kleinmann die Dollar-Noten mehrmals in allen Richtungen durch die beiden Geldscheinprüfer laufen. Jedes Mal wird ihm die Echtheit sämtlicher Scheine angezeigt. Kleinmann ist sichtlich zufrieden, dass alle Sicherheitsstufen, die er eingebaut hat, positiv verlaufen sind, sodass das Risiko eines Verlustes oder Betruges nahezu ausgeschlossen werden können. Daraufhin geht Kleinmann zum Safe und holt die für Joe vorbereiteten 15.000 Euro heraus, zählt ihm diese auf dem Schreibtisch vor und lässt sich dann den Erhalt quittieren. Kleinmann verschließt den Koffer mit den Geldscheinen, verstaut den Koffer im Schrank und nimmt den Schlüssel an sich. Joe verabschiedet sich mit dem Geld und erklärt, dass er sich wieder melde, sobald das Lösungsmittel bei der Botschaft fertiggestellt ist und abgeholt werden kann.

Sichtlich zufrieden begibt sich Kleinmann zu seinem Wagen, um einem alten Freund in Ostende noch einen kleinen Besuch abzustatten. Kleinmann nimmt auch einige der schwarzen Scheine mit zu seinem Bekannten. Denn der ist ein versierter Bastler und Tüftler. Vielleicht wird er von ihm erfahren, was hinter dieser ganzen Sache steckt. Sein Bekannter zeigt sich sichtlich begeistert und verspricht, die schwarzen Scheine gründlich zu analysieren.

Wieder zurück in Brüssel erholt sich Kleinmann erst einmal im Spa-Bereich des Hotels und lässt sich bei einigen Anwendungen rundum verwöhnen. Als er abends gemütlich an der Bar sitzt und mit einigen Diplomaten aus dem Osten ins Gespräch kommt, vibriert sein Telefon. Joe ist am anderen Ende der Leitung.

»Hallo, wie geht's? Morgen um 10 Uhr kann ich die Flasche bei der Botschaft abholen«, teilt Joe freudig mit. Kleinmann kann einen Jubelschrei nur schwer unterdrücken.

Er werde sich morgen wieder bei ihm melden, sobald er die Flasche mit dem Lösungsmittel abgeholt hat und auf dem Weg von der Botschaft zum Hotel ist, versichert Joe. Nach dieser guten Nachricht bestellt Kleinmann vor lauter Vorfreude einen exklusiven, 30 Jahre alten Whisky, den er sich in den nächsten Stunden neben einer kleinen Portion Zartbitter-Schokolade auf der Zunge zergehen lässt.

Am nächsten Morgen meldet sich Joe erneut. Er sei nun auf dem Weg ins Hotel und habe die Flasche mit dem Lösungsmittel bereits abgeholt. Kleinmann ist äußerst angespannt, bis Joe endlich an seine Tür klopft. Nachdem er das Zimmer von innen verriegelt hat, packt Joe die Flasche aus. Sie ist dick in Schaumstoff und Watte eingehüllt. Beide schauen sich alles genau an. Joe eröffnet Kleinmann, dass der Chemiker der Botschaft empfohlen habe, das Lösungsmittel vor der Anwendung noch 24 Stunden kalt zu stellen.

Kleinmann schaut Joe mit weit aufgerissenen Augen an und fragt: »Wie soll ich das denn bitte machen?«

»Wir müssen die Minibar leerräumen und dann die Flasche dort kaltstellen. Sehr wichtig ist aber dabei, dass der Kühlvorgang nicht unterbrochen wird. Die Flasche muss also ununterbrochen die 24 Stunden gekühlt bleiben«, instruiert ihn Joe.

Kleinmann ist verärgert ob dieser halbfertigen Sache. Alles sieht nicht gerade nach amerikanischer Professionalität für ihn aus, sondern eher nach afrikanischem Pfusch.

Zusammen räumen sie die Minibar leer. Nun stellen sie die Flasche mit dem Lösungsmittel hinein und verschließen die Bar wieder.

»Sehr wichtig ist nun wie gesagt, dass der Kühlvorgang nicht unterbrochen wird. Du musst am besten im Zimmer bleiben, um sicherzustellen, dass niemand die Minibar kontrolliert oder öffnet!«, befiehlt ihm Joe.

»Okay, geht klar!«, erwidert Kleinmann, etwas angeschlagen von der ganzen Situation.

Da ja momentan sowohl das Lösungsmittel als auch der Geldkoffer bei Kleinmann ist, handeln die beiden aus, dass Joe den Geldkoffer nun wieder mitnimmt und dafür die Flasche mit dem Lösungsmittel bei Kleinmann lässt, sodass jeder wieder eine

Sicherheit hat. Kleinmann ist damit einverstanden und händigt Joe den Geldkoffer aus, woraufhin der das Hotelzimmer verlässt.

Auf Kleinmann wartet nun eine undankbare Aufgabe: Er muss die Minibar bewachen. Er kann sich durchaus Schöneres vorstellen, als 24 Stunden auf dem Zimmer zu hocken. Doch es bleibt ihm keine Wahl. Während dieser 24 Stunden erhält Kleinmann plötzlich einen Anruf der ihn dazu veranlasst das Zimmer kurz unvorhergesehen für 2 Stunden zu verlassen. Nachdem er auf das Zimmer zurückkommt, hat er den Eindruck, dass jemand im Zimmer war, obwohl er das »Bitte nicht stören« – Schild an die Tür gehängt hatte. Sein erster Gang ist zur Minibar, doch zu seiner Beruhigung

steht die Flasche mit dem Lösungsmittel unberührt dort. Kleinmann wartet, dass sich Joe zur Reinigung des Geldkoffers wieder mit ihm trifft. Die 24 Stunden sind bereits verstrichen. Als sich Kleinmann gerade das Frühstück aufs Zimmer bestellen will, meldet sich Joe bei ihm auf seinem Handy.

»Hallo, ich bin unterwegs und bin in den nächsten 30 Minuten da, bis gleich!«

Joe lässt Kleinmann keine Zeit zu antworten und beendet das Gespräch unmittelbar.

Nach geschlagenen 40 Minuten erscheint Joe wieder an der Tür des Hotelzimmers. Er hat den Geldkoffer und eine Aktentasche bei sich.

»Hallo, wie geht es? Heute können wir loslegen!«, eröffnet Joe und fährt fort: »Okay, heute müssen wir einige Sicherheitsvorkehrungen treffen, da das Lösungsmittel auch ätzende Wirkungen auf den Menschen haben kann. Ich habe uns dazu eine Atemmaske und Gummihandschuhe mitgebracht, die wir anziehen sollten.«

Für Kleinmann ist die Situation kaum noch zu ertragen. Nachdem beide ihre Atemmaske und die Gummihandschuhe angelegt haben, öffnen sie den Koffer mit den Geldscheinen und entnehmen eine erste größere Menge der schwarzen Scheine. Sie breiten sie in der Badewanne aus, um dort das Lösungsmittel gut dosiert auf den Scheinen verteilen zu können. Als nun alles vorbereitet ist, geht Joe zur Minibar und holt die Flasche mit dem Lösungsmittel heraus. Zusammen gehen sie mit der Flasche ins Badezimmer. Kleinmann ist dafür zuständig, die Badewanne stets mit schwarzen Geldscheinen aufzufüllen, während Joe das Lösungsmittel darüber ausschüttet. Kleinmann ist schon in Startposition, während Joe beginnt, die Flasche mit dem Lösungsmittel aus der Watte und der Verpackung zu lösen. Da gibt es plötzlich einen lauten Knall. Joe steht mit dem Flaschenkopf in der einen Hand und mit dem Rest der Flasche in der anderen da.

»Scheiße, scheiße, scheiße, schnell, hol den Papierkorb! Die Flasche ist geplatzt!«

Kleinmann hechtet wie ein verrückter Torwart in Richtung Papierkorb, leert alles auf den Boden aus und hebt ihn dann unter die beiden Flaschenhälften die Joe in der Hand hält, um dort noch die letzten Tropfen der wertvollen Flüssigkeit aufzufangen. Joe legt auch die beiden Flaschenhälften in den Papierkorb und wringt die Watte aus, die sich mit der Flüssigkeit vollgesaugt hat, um zudem noch die letzten Tropfen zu retten.

Beide stehen mit erschrockener Miene im Badezimmer. Kleinmann ist kreideweiß im Gesicht.

»So eine verfluchte Scheiße, verdammt aber auch!«, flucht er.

Joe versucht unterdessen, mit dem aufgefangenen Lösungsmittel noch so viele Scheine wie möglich in der Badewanne zu reinigen. Alles in allem dürften gerade ungefähr 2000 Dollar in

Hunderten in der Wanne liegen. Nachdem alle mit dem Lösungsmittel ausgewaschen sind, lässt Joe Wasser ein und gibt Badeschaum hinzu. Das ganze Badezimmer ist eingehüllt in eine Dunstwolke ätzender Dämpfe, die sehr an Ammoniak erinnern. Kleinmann fürchtet, dass diese Gerüche auch nach außen dringen können und Aufsehen beim Hotelpersonal erregen. Seine Hände zittern. Der Schreck ist ihm immer noch ins Gesicht geschrieben.

Beide versuchen nun, die verbliebenen und gereinigten Geldscheine auf einem Handtuch auszulegen und zu trocknen. Währenddessen entfernen Joe und Kleinmann ihre Atemmaske und die Gummihandschuhe und setzen sich angeschlagen und wortlos auf die Stühle am Schreibtisch des Zimmers. Nach einer Minute des Schweigens beginnen beide damit, die Situation zu analysieren. Joe überprüft die Minibar, um festzustellen, ob die Kühlung funktioniert.

»Mit der Kühlung sehe ich kein Problem die funktioniert!«

Nach weiteren zehn Minuten Schweigen kommt es plötzlich aus Joe heraus wie aus der Pistole geschossen: »Hast du vielleicht die Flasche aus der Minibar genommen? Oder war das Hotelpersonal an der Minibar?«

Kleinmann droht, rot zu werden, als Joe ihm diese Fragen vorwurfsvoll stellt. Er weiß nicht, was er darauf antworten oder wie er reagieren soll. Kleinmann entscheidet sich dafür, nichts zu antworten und schüttelt nur schweigend den Kopf – wohlwissend, dass er die Flasche sehr wohl für kurze Zeit aus den Augen gelassen hatte als er für 2 Stunden das Zimmer verlassen hatte. Joe sammelt die Teile der Flasche zusammen, gibt sie in eine Tüte und kommt mit Kleinmann überein, dass er versucht, in der Botschaft einen kostenlosen Ersatz für die explodierte Flasche zu bekommen , da man dies als Produktionsfehler der Hersteller darstellen wollte. Joe packt seine sieben Sachen zusammen, verschließt den Geldkoffer und lässt ihn mit dem Schlüssel wieder bei Kleinmann im Hotelzimmer. Er verabschiedet sich hastig, um noch an der amerikanischen Botschaft anzukommen, bevor sie für den heutigen Tag schließt.

Kleinmann ist nun damit beschäftigt, die Geldscheine zu föhnen, das Zimmer wieder einigermaßen sauberzumachen und im Bad Aftershave zu versprühen, um dort den ätzenden Ammoniakgestank zu überdecken. Er ist noch nicht ganz fertig, da ruft Joe an. Es sind ungefähr drei Stunden vergangen. Joe berichtet, dass die Botschaft sich weigere, eine kostenlose Ersatzflasche herauszugeben. Denn sie könne nachweisen, dass der Kühlvorgang unterbrochen worden sei und somit Kleinmann die alleinige Schuld an dem Desaster trage. Das bedeutet, dass sie eine neue Flasche des Lösungsmittels bestellen und bezahlen müssten.

Die Nachricht verdirbt Kleinmann vollends den Tag. Denn es ist so gut wie ausgeschlossen für ihn, dass er von irgendwoher auch nur noch einen Cent bekommen könnte. Da ihn der Aufenthalt in Brüssel ebenfalls nur unnötig Geld kostet, beschließt er deshalb kurz entschlossen, so schnell wie möglich abzureisen. Er braucht jetzt nur noch einen Plan, mit dem er dieses Geschäft absichern kann, bis er wieder Geld für das Lösungsmittel aufzutreiben in der Lage ist. Er sagt Joe, dass er sich abends nochmals bei ihm melden werde, um das weitere Vorgehen zu besprechen.

Für Kleinmann ist der Tag völlig verdorben! Er ärgert sich der Maßen über sich und überlegt, wie er den Deal mit Joe noch retten kann. Nachdem er den ganzen Nachmittag in seinem Zimmer geschmollt und gegrübelt hat, sieht er den einzigen Weg darin zu versuchen, von Joe als Sicherheit alle fünf Kisten zur Aufbewahrung ausgehändigt zu bekommen, um dann in Deutschland wieder so viel Geld einzusammeln, bis die Summe für eine neue Flasche des Lösungsmittels beisammen ist. Also ruft er Joe an und unterbreitet ihm seinen Vorschlag. Joe bittet um Bedenkzeit. Er werde ihm am nächsten Tag eine Antwort geben.

Am Morgen ruft Joe zurück und erklärt sich einverstanden, ihm die fünf Kisten bis zum Kauf des Lösungsmittels zu überlassen. Man verabredet sich für 14 Uhr im Hotel. Um kein allzu großes Aufsehen im Hotel zu erregen, checkt Kleinmann aus und wartet pünktlich um 14 Uhr vor dem Hotel im Auto auf Joe, um mit ihm dann gemeinsam die Koffer mit den schwarzen Scheinen aus dem Depot zu holen und anschließend sofort weiter nach Deutschland zu fahren. Als Joe erscheint, fahren sie direkt los, um am Depot die Koffer ins Auto zu laden. Als alles nach ungefähr 30 Minuten reibungslos vonstattengegangen ist, knüpft Joe noch eine Bedingung an ihre neue Vereinbarung: Er bittet Kleinmann, alle Koffer zu öffnen, den Inhalt zu überprüfen, dann alle Koffer abzuschließen und ihm die Schlüssel zu überlassen, sodass auch er selbst eine gewisse Sicherheit dafür hat, dass Kleinmann mit den Koffern auch wiederkommt. Dies ist für Kleinmann kein Problem. Er ist sofort damit einverstanden. Nach Überprüfung der Koffer verabschiedet er sich von Joe und fährt Richtung Deutschland.

Nach etwas mehr als einer Stunde ist er kurz vor der Grenze zu Aachen und tankt hier auf belgischer Seite nochmals seinen Wagen voll. Nachdem er noch eine kleine Pause eingelegt hat, will er seine Fahrt fortsetzen. Als er seinen Wagen startet, fällt ihm auf, dass ziemlich viel Bewegung auf dem Weg zur Autobahnauffahrt und am Ende des Parkplatzes herrscht. Er erkennt, dass die Polizei gerade eine Verkehrskontrolle einrichtet. Ihm läuft es eiskalt den Rücken herunter. Es ist eine Katastrophe für ihn. Ihm wird bewusst, dass er ja nicht einmal einen Schlüssel vorweisen kann, wenn er aufgefordert werden würde, die Koffer zu öffnen. Auch weiß er nicht, wie er es der Polizei erklären sollte, was sich da in den Koffern befindet, wenn er sie öffnen müsste.

Ihm wird ganz schwarz vor Augen und er fährt seinen Wagen betont langsam an den Beamten vorbei, die immer noch damit beschäftigt sind, die Kontrollen vorzubereiten. Noch kann er ungehindert die halbfertige Kontrollstelle passieren, ohne dass er Aufsehen erregt. Als er den Blinker setzt, um auf die Autobahn aufzufahren, fällt ihm ein riesengroßer Stein vom Herzen. Erleichtert setzt er seine Fahrt fort. Ihm ist jedoch auch bewusst, dass er kurz nach Grenzübertritt erheblich aufpassen muss. Dort sind relativ viele Zivilfahrzeuge des Bundesgrenzschutzes, des Zolls und anderer Fahndungsdienste der Deutschen unterwegs. Mit keinem von denen will er da Probleme bekommen.

Doch alles bleibt ruhig auf der weiteren Fahrt. Nach acht Stunden erreicht Kleinmann sein Ziel, die Wohnung seiner Mutter. Es ist beinahe Mitternacht und er mit den Nerven ziemlich am Ende. So lässt er die Koffer im Auto liegen und begibt sich sofort ins Bett. Am nächsten Tag ruft er seinen alten Bekannten und Freund an, der ihm immer wieder finanziell unter die Arme gegriffen und seine oft waghalsigen Geschäfte mit unterstützt hat. Er besitzt eine Spedition mit großem Fuhrpark und leitet diese als Geschäftsführer.

»Hallo Mark! Ich bin es, Du, kann ich dich kurz treffen? Ich habe da was!«

Seinem Freund schwant bereits Böses. Dennoch antwortet er, dass er zu ihm zur Speditionshalle kommen solle. Kleinmann fährt, ohne zu zögern, mitsamt den Koffern direkt zu dem 40 Kilometer entfernten Ort, in dem Mark seine Spedition und seinen Fuhrpark hat.

Dort angekommen, erklärt er seinem Freund in einem einstündigen Gespräch zunächst, was er da in Brüssel erlebt und eingefädelt hat. Mark ist geschockt, dass er mit ihm keine Rücksprache gehalten hat, damit man gemeinsam so einen Deal durchführen und besprechen hätte können. Er sagt, zwei Hirne hätten schließlich mehr erreichen können als eines und auch die Sicherheit für Kleinmann sei so wesentlich größer, als wenn er das alles wie immer im Alleingang durchführt. Derartige Standpauken aus dem Munde Marks sind nicht neu für Kleinmann. Nach heftiger Diskussion erklärt sich Mark aber immerhin bereit, für Kleinmann die fünf Koffer in seiner Halle zu deponieren. Finanziell kann er ihm nicht mehr helfen. Denn er hat ihn damals zum Beispiel für das Diplomatengeschäft mit dem Baron finanziell ausgestattet, aber nicht nur von dieser Unterstützung bis jetzt keinen Cent zurückbekommen.

Mark ist ein echter, vielleicht auch der einzige Freund Kleinmanns, auf den er sich zu hundert Prozent verlassen kann. Er ist immer da und zur Stelle, wenn es brennt und hatte stets eine Idee, um die Probleme zu lösen. Kleinmann hat er geholfen, wo immer er es nur konnte.

Dr. Kleinmann lässt die fünf Koffer erleichtert bei Mark zurück und fährt wieder zum Haus seiner Mutter. Dort will er sich in den nächsten Tagen wieder um seine finanziellen Probleme kümmern.

DER FINALE COUP

Nachdem sich Kleinmann über mehrere Tage intensiv bemüht hat, mit allen möglichen Bekannten und Geschäftspartnern Kontakt aufzunehmen, um neue Geschäfte oder Einnahmequellen zu erschließen, bleibt er schließlich bei einem Kunden hängen, dem er in seiner früheren Funktion als Unternehmensberater ein Firmenkonstrukt verkauft und zu dem er immer wieder sporadischen Kontakt hatte.

»Hallo Herr Mayer, hier spricht Kleinmann. Können Sie sich noch an mich erinnern? Ich hatte Ihnen damals Ihre Firma in England gegründet.«

Nach kurzem Schweigen in der Leitung: »Ja, natürlich! Hallo, wie geht es Ihnen?«, erwidert Mayer.

Man beschließt rasch, sich zu treffen. Mayer ist offensichtlich an einer engeren Zusammenarbeit mit Kleinmann interessiert. Er will gerne von ihm hören, was es alles Neues auf dem Markt gibt.

Von Mayer weiß Kleinmann nur, dass er auf dem Finanzsektor tätig ist und wohl Kredite vermittelt oder Ähnliches und dass er aus der Nähe von Berlin kommt, also früher grenznah in der damaligen DDR gewohnt hat, und vor der Wende im Autohandel tätig gewesen ist. Kleinmann vereinbart mit ihm einen Termin im Hotel Vier Jahreszeiten in München.

Beide sind pünktlich an Ort und Stelle. Nach einem kurzen Frühstück erklärt Mayer kurz sein Geschäftskonzept, das wohl darin besteht, Kredite an Unternehmer zu vermitteln. Mayer will dies nun damit verbinden, dass die Kreditnehmer mit ihrem Kreditantrag auch gleichzeitig eine neue Firma in England gründen müssen. Diese Firmengründungen für seine Kunden würde er gerne über Kleinmann abwickeln. Mayer geht davon aus, bei

Kleinmann ungefähr zehn Firmen im Monat gründen zu können. Kleinmann kann eine derartige Firma für 300 Euro gründen und sie zu 1.000 Euro an Mayer veräußern. Dieser wiederum würde von seinen Kunden 2.500 bis 5.000 Euro und mehr verlangen. Für Kleinmann kommt ein solches Nebeneinkommen, für das er nicht viel machen muss – außer die entsprechenden Formulare an das Handelsregister in England zu senden –, sehr gelegen. Sollte Mayers Prognose so eintreffen, hätte sich Kleinmann wenigstens wieder eine kontinuierliche Einnahme erschaffen, mit der er sodann monatlich rechnen kann.

Nachdem man sich einig ist, gehen beide sichtlich zufrieden auseinander und Kleinmann fährt zurück zum Haus seiner Mutter.

Es vergehen keine drei Tage und wie versprochen leitet Mayer die ersten Bestellungen zur Firmengründung an Kleinmann weiter. Der freut sich wie ein kleines Kind, als er die ersten Bestellungen und auch gleichzeitig die vereinbarte Summe pro Firma im Voraus überwiesen bekommt. Kleinmann arbeitet zügig und liefert meist schon innerhalb einer Woche die Firmenunterlagen an Mayer aus. Dies geht kontinuierlich über einen Monat hinweg so. Kleinmann hat seit dem Treffen mit Mayer in München nun schon 30 Firmen abwickeln können. Das ist viel mehr, als er sich zu träumen gewagt hat. Es entwickelt sich eine rege Geschäftsverbindung. Sie telefonieren teilweise mehrmals täglich miteinander.

Sein neues Betätigungsfeld lenkt Kleinmann von seinen Insolvenzproblemen und von den schwarzen Dollars ab und lässt ihn dies sogar manchmal völlig vergessen. Kleinmann konzentriert sich völlig auf das neu aufgeflammte Geschäft mit Herrn Mayer aus Berlin. Dieser sucht in seinen Telefonaten auch immer wieder Rat beim erfahrenen Dr. Kleinmann. Über die Zeit entwickelt sich ein freundschaftliches und vertrauensvolles Verhältnis zwischen den beiden. Man trifft sich auch immer wieder an den verschiedensten Orten in Deutschland. Nachdem die Geschäfte über zwei Monate bereits bestens für Kleinmann laufen, beschließen sie, sich wieder für ein ausführlicheres Gespräch in Berlin zu treffen. Kleinmann nimmt den Flieger von Stuttgart nach Berlin und trifft dort Mayer, um dort ein ganzes Wochenende lang verschiedene Geschäfte und eine mögliche weitere Zusammenarbeit zu besprechen. Nach etlichen Drinks und einer guten Flasche Wein aus Argentinien kommt man sich im Hotel Adlon schließlich immer näher und sie bieten sich gegenseitig das »Du« an.

»Prost Sven!« Kleinmann reicht Mayer das Glas zum Anstoßen über den Tisch.

»Zum Wohl, Dieter! Auf gute Geschäfte!«, erwidert Mayer und lässt sein Glas mit dem von Kleinmann anklingen.

Es folgen noch einige Getränke nach dieser Verbrüderung und sie diskutieren weiter durch die Nacht.

Bei diesem Wochenendmeeting nennt Sven viele Details sowohl über sich als auch seine Geschäfte. Er will Kleinmann auf diese Weise einen besseren Eindruck verschaffen und diesen dann noch verstärkt in seine Aktivitäten einzubeziehen. Sven ist sich jedoch anfänglich nicht ganz sicher, inwieweit er Kleinmann vertrauen kann, da Kleinmann für ihn eher von der seriösen und konservativen Fraktion ist, wobei er selbst eher ein Boxer Typ ist: als ehemaliger KFZ-Mechaniker und grobe Erscheinung das genaue Gegenteil von Kleinmann. Kleinmann ist es auch gewesen, der Sven beigebracht hat, dass er seine Kunden in einem Fünf-Sterne-Hotel und im feinsten Anzug treffen muss und nicht in DDR-Art auf einem Rastplatz in einem schäbigen Auto. Alles in allem baut Kleinmann das Erscheinungsbild von Sven völlig um, sodass er sich nunmehr nur noch in teuren Hotels herumtreibt und auch seine Klientel inzwischen aus einer ganz anderen Schicht stammt als damals, bevor er Kleinmann näher kennengelernt hat. Kleinmann gibt Sven viele Tipps, die er gewinnbringend für sich umsetzen kann. Man hat nun durch dieses Treffen übers Wochenende, bei dem Sven auch seine Frau vorstellt, noch mehr Vertrauen zueinander gewonnen und die Zusammenarbeit noch weiter vertieft. Sven telefoniert nun tatsächlich mehrmals täglich mit Kleinmann und hat ihn vollständig in seine Geschäfte involviert.

Kleinmann wird über die Zeit bewusst, dass es wohl nicht so ganz mit rechten Dingen bei den Geschäften von Sven zugehen kann und bekommt auch mehr und mehr Einblick, dass wohl Svens Kunden Dinge versprochen bekommen die dann nicht eingehalten werden. Kleinmann ist jedoch nur für die Gründung der Gesellschaften zuständig und hat somit mit den operativen Finanzgeschäften von Sven nichts zu tun. Er wiegt sich somit in absoluter rechtlicher Sicherheit, alles legal und korrekt zu machen. Schließlich ist es ja nicht verboten oder illegal, Firmen in England zu gründen und diese mit Gewinn weiterzuverkaufen. Das machten ganze Anwaltskanzleien in England täglich hundertfach. Von daher hat Kleinmann keine moralischen Bedenken.

Durch die Geschäfte mit Sven hat er endlich wieder Kapital, nicht nur zum Leben, sondern auch für das Lösungsmittel für die schwarzen Dollars. Also sendet er an Joe in Liberia eine Mail und teilt ihm mit, dass er das nötige Kleingeld zusammen hat und das Geschäft fortgesetzt werden kann. Leider jedoch ist Joe für die nächsten acht Wochen unabkömmlich, da Wahlen in Liberia bevorstehen. Bei denen würde sich entscheiden, wie das Land nach dem Bürgerkrieg demokratisch weitergeführt und auf die Beine gebracht werden kann. Dies gibt Kleinmann genügend Zeit, sich weiterhin intensiv um die Geschäfte mit Sven zu bemühen. Von Bob aus Thailand bekommt Kleinmann in der Zwischenzeit ebenfalls eine Mail, in der er ihm mitteilt, dass er bald wieder nach Bangkok kommen würde und Underberg dort immer noch sicher verwahrt ist. Unter dem Strich hat Kleinmann seine beiden Eisen mit den Afrikanern also wieder im Feuer, was ihn doch sehr beruhigt. Und er hat kontinuierliche Einkünfte mit den Geschäften von Sven geschaffen. Seine Perspektive hat sich nun doch um Einiges verbessert.

Die Geschäfte mit Sven laufen bestens weiter und es kommen regelmäßig Aufträge herein – bis zum heutigen Tag, an dem er einen sehr aufgeregten Anruf von Sven bekommt.

»Du, Dieter, wir müssen uns dringend treffen! Ich muss dringend mit dir ein paar Sachen besprechen. Das kann ich aber nur in einem persönlichen Gespräch machen!«

Kleinmann zögert nicht lange und verabredet sich mit Sven wieder in Berlin.

»Ich komme sofort, wenn du mir den Flug bezahlst!«

»Ja, sicher, kein Problem. Nimm morgen die erste Maschine, ich hole dich vom Flughafen ab!«

In Berlin-Tegel wartet Sven schon aufgeregt auf ihn. Dieses Mal fährt Sven mit seinem Gast zu seiner Villa in einem Nobel-Ort im Osten, etwas außerhalb von Berlin. Dort beginnt Sven bei Kaffee und Kuchen sofort, Kleinmann die Misere zu erläutern, in der er momentan steckt.

Sven legt seine Karten auf den Tisch und offenbart, dass er gerade mit seinen Kunden Schwierigkeiten bekommt, da er die versprochenen Kredite nicht ausbezahlen kann und ihm nun Strafanzeigen ins Haus stehen. Kleinmann schaut sich die Verträge und Unterlagen, die ihm Sven vorlegt, genau an und versucht, mit seinem Hirn zu kombinieren und einen Lösungsweg auszuarbeiten. Auch hierin ist Kleinmann Spezialist. Er hat schon so manche verfahrene Situation wieder retten können.

Nach dreistündiger Diskussion mit Sven kommen sie zum Schluss, dass man dringend den Kunden darlegen muss, dass eine derartige Firma existiert, die laut Vertrag die Kredite auch bereitstellen kann. Sven hat nur einen Vermittlervertrag mit den Kunden und seiner Firma Top-Securities geschlossen. Diese Firma sollte dann auf dem freien Markt eine geeignete Gesellschaft finden, die dem Kunden den gewünschten Kredit zur Verfügung stellen kann. Sollte dies innerhalb einer Frist von drei Monaten nicht möglich sein, so kann der Kunde sein Geld wieder zurückfordern. Allerdings sind die Verträge so kompliziert gestaltet worden, dass der Kunde erst überhaupt nicht zu diesem Punkt gekommen ist, weil er unterschrieben hatte, dass er alle gewünschten Unterlagen, die von Top Securities benötigt werden, zur Verfügung stellen muss. Das schließt auch Kontoauszüge, Steuererklärungen, Projektbeschreibungen und so weiter ein, die der Kunde aber zum Teil überhaupt nicht gehabt hat oder erst von Steuerbüros anfertigen lassen muss. Auf einen Nenner gebracht, sollte die ganze Sache darauf hinauslaufen, dass der Vertrag vom Kunden für die Vermittlung des Kredites nicht erfüllt werden kann und somit die Vorkasse für die Vermittlung und die Firmengründung streng nach Vertrag nicht mehr rückerstattet werden muss.

Sven hatte die Firmengründungen faktisch zu einem Betrag von 5.000 Euro weiterverkauft. Der Kunde hatte für diesen Betrag eine neue Firma gekauft, der Kreditvertrag konnte dann jedoch nicht erfüllt werden. Allerdings hatte der Kunde für die Firmengründung bezahlt und nicht für die Kreditvermittlung und somit konnte auch nichts vom Kunden zurückgefordert werden, da er ja die Firmenunterlagen für seine neue Firma erhalten hatte. Kleinmann schüttelte nur den Kopf über so viel Frechheit! Aber rechtlich war dies eigentlich nicht zu beanstanden. Dennoch hält es Dr. Kleinmann für das Beste, um auf der sicheren Seite zu sein, dass man dem Kunden nun einen Kapitalgeber vorstellt, allerdings dann auch hier beim neuen Kapitalgeber Verträge gestaltet, die so kompliziert und verwirrend sind, dass der Kunde diese Verträge nicht erfüllen kann, obwohl er dies zugesichert hat. Ferner sollte diese Gesellschaft, die den Kredit ausgeben sollte, so weit wie möglich ausgelagert sein und alles nur in englischer Sprache abgewickelt werden, was ein weiteres Hindernis für die Kunden darstellen würde, da die meisten damit Problem hatten. Kleinmann erinnert sich noch gut an Verträge, die er damals von einer Firma in Los Angeles bekommen hatte, die er auch mit einem Kunden besucht und die Venture Capital zur Verfügung gestellt hat. Er versucht nun, diese Verträge zu finden und durchzuarbeiten, um dies eventuell dann für die Kunden zu verwenden. Die Lösung würde somit sein, eine neue Gesellschaft zu gründen, die dem Kunden einen Kreditvertrag in Aussicht stellen konnte, um somit Top Securities aus der Schusslinie zu bekommen, für die Sven bei den Kunden persönlich aufgetreten war. Auf diese Weise hätte die Firma von Sven dann alle Verträge erfüllt.

Kleinmann gibt, nachdem er nun die ganze Geschichte von Sven gehört hat, zu erkennen, dass er gerne bereit ist, gegen ein bestimmtes Honorar zu helfen, aber mit der Sache eigentlich nichts zu tun haben will. Er fordert von Sven die Garantie, dass er ihn aus allem heraushält. Nur dann ist er bereit, weiter mit ihm zusammenzuarbeiten. Dies verspricht Sven ihm mit seinem Ehrenwort.

Kleinmann fliegt kurz darauf zurück nach Stuttgart, um dort dann alles für Sven vorzubereiten. Nach vier Tagen hat er alle Verträge beisammen, sie ausgearbeitet und der Situation von Top Securities angepasst. Zusätzlich hat er eine Firma für Sven gestaltet, die dann die Vergabe der Kredite durchführen soll. Hierzu hat er eine Firma mit Sitz in Dubai ausgewählt, die den klangvollen Namen Future Oil International trägt. Diese Firma wird mit einem Scheich als Treuhänder ausgestattet, sodass das Unternehmen völlig anonym von Sven geleitet werden kann. Dieses Konzept stellt er Sven nun in Berlin vor. Der wiederum ist davon völlig begeistert. Kleinmann baut das Ganze noch dahingehend aus, dass auch die Telefonnummern der Firma durchgehend in Englisch beantwortet werden, sodass der Eindruck einer seriös tätigen Firma für den Kunden entsteht. Es ist harte Arbeit gewesen, die Verträge der ganzen Situation anzupassen. Aber Kleinmann hat auch das bestens gelöst. Das einzige Problem ist, dass Sven kein Englisch versteht und nun alle Arbeit bei Kleinmann hängenbleibt, was ihn nicht so sehr begeistert, da er ja in die eigentliche Sache nicht involviert werden will. Kleinmann kann daher nochmals kräftig bei Sven abkassieren. Sven neigt zwar eher zum Geiz, sieht hier aber keine andere Möglichkeit, als diesen hohen Preis für seine Arbeit zu bezahlen. Denn die Hilfe, die Verträge und das Wissen Kleinmanns braucht er dringend.

Sven wird nun all seine Kunden mit diesem neuen Konzept anschreiben und ihnen mitteilen, dass ein Kreditgeber in Dubai gefunden worden und somit der Vertrag, den sie mit Top Securities geschlossen haben, vollends erfüllt ist. Alles Weitere müssten Sie dann mit dem Kreditgeber in Dubai verhandeln. Mit diesem Schachzug hat sich Sven und seine Firma völlig aus der Schusslinie manövriert, dank des beherzten und schlauen Einsatzes von Dr. Kleinmann. Svens Kunden reagieren so positiv, dass sie ihn mit Dankschreiben nur so überhäufen. Sven nutzt dieses Konzept ferner, um zusätzlich noch andere Kreditvermittler anzusprechen. Bei den meisten Vermittlern geht es nur darum, eine Provision abzukassieren und dies so schnell als möglich, das eigentliche Konzept ist den meisten Vermittlern völlig egal, hier steht ausschließlich die abkassierbare Provision im Vordergrund. Passt die Höhe der Provision, kann dann auch alles verkauft und verscherbelt werden.

Ungefähr vier Wochen, nachdem Sven seinen Kunden Kleinmanns Konstrukt geschickt hat, hat er einen Vermittler mit sage und schreibe über hundert potenziellen Kunden an der Hand, die sofort mit Svens Firma Verträge abschließen wollen. Der Vermittler aus Bayern will sich aber zuvor noch von der Seriosität dieses Kreditgebers aus Dubai überzeugen, bevor er seine Kunden die Verträge zeichnen und die Provision zahlen lässt. Sven berät nun mit Kleinmann, wie man die Sache gestalten könnte, um den Vermittler aus Bayern zu überzeugen. Schließlich steht hier ja eine Provision von fast einer halben Million Euro im Raum, die sich Sven nicht gerne entgehen lassen will. Nach einer längeren Diskussion kommen die beiden zu dem Ergebnis, dass es von Vorteil wäre, wenn der Vermittler nach Dubai reisen könnte, um dort jemanden von Future Oil zu treffen. Da aber Sven schon für Top Securities in Erscheinung getreten ist und auch kein Englisch spricht, muss dazu jemand gefunden werden, der dort den Vermittler treffen könnte. Das Problem hier ist allerdings, dass es jemand sein muss, der auch den ganzen Hintergrund des Geschäftes kennt. Und hier stand außer Kleinmann selbst eigentlich niemand zur Wahl. Das jedoch passt ihm überhaupt nicht. Doch wenn man an diese hundert Kunden heranwollte, blieb ihnen keine andere Möglichkeit.

Nach weiteren drei Tagen entschließt sich Kleinmann dann, Sven ein Angebot zu unterbreiten: Er ist bereit, für ein Pauschal-Honorar von 20.000 Euro plus 500 Euro für jeden Kundenvertrag, den der Vermittler aufgrund seines Besuchs in Dubai mit Sven abschließt, nach Dubai zu fliegen und den Vermittler im Namen und als Mitarbeiter der Future Oil zu treffen. Mit diesem Angebot ist Sven sofort einverstanden. Er freut sich über die tolle Zusammenarbeit mit Kleinmann und die zusätzlichen Einnahmen, die nun durch seine Idee anstehen. Das Konstrukt, das eigentlich nur zur Rettung von Top Securities gedacht gewesen ist, hat sich nun zu einem Verkaufsschlager entwickelt. Bei Sven stehen die Telefone nicht mehr still, weil es sich auch unter den Vermittlern herumgesprochen hat, dass Top Securities tatsächlich einen Kreditgeber gefunden hat, der Millionen an Krediten vergeben kann. Das Minimum-Kreditvolumen, das Sven vermittelt, liegt bei einer Million Euro. Nachdem nun alles abgesprochen ist, geht Sven daran, mit dem Vermittler einen Termin zu vereinbaren, zu dem er nach Dubai fliegen soll, um dort einen der Verantwortlichen der Future Oil zu treffen.

Der Vermittler, ein Mann aus der tiefsten Provinz mitten in Bayern, ist völlig aus dem Häuschen und aufgeregt wie eine Tanzmaus, als er erfährt, dass er zu einem Treffen nach Dubai fliegen soll. Als der Termin schließlich feststeht, bereitet sich auch Kleinmann akribisch auf das Meeting vor und lässt sich nochmals von Sven mit sämtlichen Details vertraut machen.

Endlich sitzt er in einer Maschine von Stuttgart nach Katar. Von dort aus geht es weiter nach Dubai. Er hat sich im Burj al Arab eingemietet, das Büro der Future Oil ist in einem nahegelegenen Wolkenkratzer im 25. Stock untergebracht. Er ist zwei Tage vor dem Termin vor Ort, um sich dort mit der Umgebung, dem Büro und allen Örtlichkeiten vertraut zu machen. Kleinmann arrangiert eine riesige Stretch-Limousine des Hotels. Er instruiert den Chauffeur während seiner Stadtrundfahrt, dass er am nächsten Tag seinen Gästen am Flughafen keinesfalls mitteilen darf, dass er für das Hotel fährt. Er habe vielmehr zu suggerieren, dass er der Chauffeur von Future Oil ist und schon seit mehreren Jahren für den Scheich fährt. Kleinmann hat ihm dazu extra eine Visitenkarte drucken lassen, die er dem Vermittler auf Nachfrage geben kann. Kleinmann hat einfach an alles gedacht. Kleinmann hat sich für die Aktion den Namen James Miller zugelegt und versucht, sich selbst eine Historie aufzubauen und eine Vita zurechtzulegen, sodass er auf Nachfragen sofort antworten kann, ohne lange überlegen zu müssen. Er muss höllisch aufpassen, dass ihm keine deutsche Silbe über die Lippen kommt und er sich ausschließlich auf Englisch mit dem Vermittler und dessen Ehefrau unterhält. Unter keinen Umständen darf er sich anmerken lassen, dass er der deutschen Sprache voll und ganz mächtig ist.

Nachdem er nun zwei Tage lang alles bis ins kleinste Detail vorbereitet hat, fährt Kleinmann mit dem Chauffeur in der Limousine des Hotels zum Flughafen, um dort den Vermittler in Empfang zu nehmen. Professionell mit einem Schild in der Hand wartet der Chauffeur auf die Gäste. Kleinmann hält sich in der Zwischenzeit in einer VIP-Lounge auf. Dahin soll der Fahrer die Gäste bringen, sobald sie da sind.

Nachdem einem Glas eiskalter Coca Cola erscheint auch schon der Chauffeur mit dem Vermittler und seiner Frau in der Lounge.

»Guten Morgen, Frau Schöngruber, guten Morgen, Herr Schöngruber, schön Sie hier empfangen zu dürfen, herzlich willkommen in Dubai!«, begrüßt sie Kleinmann höflich und fröhlich auf Englisch.

Seinen provinziellen Gästen ist die Aufregung förmlich anzusehen, in einer Weltmetropole wie Dubai zu sein. Nach einem Kaffee begibt sich die Delegation flugs zur Limousine, die der Chauffeur inzwischen auf einem VIP-Parkplatz am Ausgang des Flughafens geparkt hat.

»Ich würde vorschlagen, wir fahren erst einmal zu Ihrem Hotel und checken Sie dort ein, danach lasse ich Sie zur Firma bringen. Unser Chauffeur steht Ihnen für die ganze Zeit Ihres Aufenthaltes Tag und Nacht zur Verfügung.«

Die Schöngrubers sind vom Luxus und den Dimensionen Dubais äußerst beeindruckt. Nachdem sich beide für drei Stunden ausruhen und dabei das Hotel und die Umgebung erkunden konnten, holt der Chauffeur sie pünktlich um 15 Uhr ab, um sie dann in den 25. Stock des Wolkenkratzers zu bringen, in dem das angebliche Büro der Future Oil untergebracht ist. Kleinmann wartet bereits mit einigen vorbereiteten Unterlagen in einem exklusiven Büroraum auf die Schöngrubers. Sein erklärtes Ziel ist es, die Schöngrubers dazu zu bringen, dass sie ihre Kunden überzeugen, die Kreditverträge unterschreiben zu lassen. Die Provision wäre in diesem Moment verdient und könnte sofort an Svens Top Securities weitergeleitet werden – abzüglich natürlich der stattlichen Provision, die die Schöngrubers für sich selbst einbehalten können.

Das Meeting zieht sich über fast vier Stunden hin, bis man sich schließlich einigen kann, dass Herr Schöngruber die Verträge und Provisionen seiner Kunden innerhalb von drei Wochen bei Sven einreicht und dafür noch einen Bonus von der Future Oil zusätzlich zur vereinbarten Provision bekommen wird. Voraussetzung ist, dass die vollständige Summe aller hundert Kunden einbezahlt werden und der Termin in drei Wochen auch eingehalten wird. Beide Parteien sind mit der Vereinbarung sichtlich zufrieden. Sie wollen den Abschluss abends beim Essen im Hotel Burj al Arab feiern.

Der Chauffeur bringt beide zurück ins Hotel. Kleinmann ruft unterdessen noch Sven in Berlin an. Sven ist vollkommen begeistert. Er gratulierte Kleinmann zu seinem Erfolg.

Nach erfolgreicher Arbeit kann sich Kleinmann nun entspannt mit den Schöngrubers zum Abendessen treffen. Reichlich Champagner und Kaviar wird aufgefahren. Kleinmann lässt es auch sich nicht nehmen, Frau Schöngruber im Namen der Future Oil einen Einkaufsgutschein in Höhe von 500 Euro auszuhändigen, um ihr Dubais Shopping-Paradies etwas näherzubringen. Alle Beteiligten sind hochzufrieden und verstehen sich sehr gut.

Am nächsten Tag haben die Schöngrubers frei. Sie wollen sich Dubai etwas genauer anzusehen. Der Chauffeur steht ihnen dabei den ganzen Tag zur Verfügung. Am Abend treffen sie sich noch einmal mit Kleinmann zu einem Abschiedsgetränk. Der ist sichtlich erleichtert, dass die beiden am Morgen schon sehr früh wieder aus Dubai abreisen müssen. Er wird sich genüsslich an die Strandbar setzen und seinen Teilerfolg feiern, bevor auch er wieder zurück nach Deutschland fliegt.

Zurück in Stuttgart sitzt Kleinmann die drei Wochen aufgeregt ab. Er ist gespannt, ob Schöngruber auch wirklich die Gelder der hundert Kunden bei Sven einreicht und die Provisionen wie vereinbart bezahlt. Auch hierfür würde er einen Anteil von Sven bekommen. Täglich telefonieren Sven und Kleinmann deshalb miteinander. Sven steht ebenfalls täglich in Kontakt mit Schöngruber. Der versichert ihm unermüdlich, dass alles fristgerecht erledigt werden würde und er schon die Hälfte aller Kunden abgewickelt habe. Es sieht also tatsächlich danach aus, dass das Meeting und Kleinmanns Überzeugungskünste volle Wirkung auf die Schöngrubers gezeigt haben, die Aktion also ein voller Erfolg werden wird.

Pünktlich zum vereinbarten Termin übergibt Schöngruber Sven alle Verträge seiner Kunden – unterzeichnet und zusammen mit den Vermittlungsgebühren. Sven ruft Kleinmann im Anschluss sofort an. Sie verabreden sich im Adlon. Dort soll Kleinmann seinen Anteil am Geschäft in bar erhalten. Und der Erfolg soll bei der Gelegenheit kräftig begossen werden.

Die Party ist ausschweifend und die Freude entsprechend groß, als Kleinmann seinen Anteil in einem Umschlag erhält. Beide freuen sich, dass Svens Haut und seine Firma nochmals gerettet werden konnte.

Nachdem Kleinmann seinen Rausch am nächsten Tag ausgeschlafen hat, trifft er sich erneut mit Sven, der mit ihm noch etwas besprechen möchte. Sie sitzen auf der Terrasse des Hotels vor der Kulisse des Brandenburger Tors. Kleinmann hat gerade Austern und eine Flasche eiskalten Chablis bestellt. Sven beginnt damit, ihm noch einmal herzlich dafür zu danken, dass er ihm den Kopf aus der Schlinge gezogen hat. Als er mit seiner schmeichelnden Dankesrede fertig ist, eröffnet er ihm, dass er für sich selbst nun eine neue Firma durch Kleinmann in England gründen lassen will. Top Securities solle aufgelöst werden.

Dies ist für Kleinmann natürlich kein Problem. Er muss dazu von Sven nur erfahren, wie denn die neue Firma genannt werden soll, damit er überprüfen lassen kann, ob der Name noch frei ist und so eingetragen werden kann.

Beim Nachtisch rückt Sven mit der ganzen Wahrheit heraus: Er will mit der neuen Firma das Gleiche noch einmal machen. Denn er habe so viele Vermittler bekommen, dass er sich vor Aufträgen nicht mehr retten könne. Momentan müsse er alle Anfragen ablehnen, da er ja die alte Firma auflösen wolle. Deshalb benötige er ein Konstrukt, bei dem er selbst nicht mehr in Erscheinung treten müsse. Dazu habe er sich einen Bekannten ausgesucht, der ebenfalls auf dem Finanzsektor tätig sei und der als offizieller Angestellter der Firma auftreten könne. Was genau er mit diesem Bekannten vereinbart hat, erfährt Kleinmann nicht. Sven muss jedoch eine Vereinbarung der Art getroffen haben, dass ihm selbst nichts passieren kann.

All das kommt völlig überraschend für Kleinmann. Doch es ist ihm durchaus recht, bedeutet es doch auch weitere Aufträge für neue Firmengründungen. Sven handelt mit ihm einen Sondertarif aus, da er jetzt viel mehr Gründungen in Aussicht stellen kann, als er zuvor mit Top Securities jemals hätte ordern können. Kleinmann ist sichtlich glücklich über diese Entwicklung. Die Future Oil in Dubai ist natürlich völlig anonym gegründet worden und hat keinerlei Bezug zu Sven oder irgendeiner anderen realen Person. Sie ist einzig und allein dazu gedacht, die Kunden dann so lange wie nur möglich bei der Stange zu halten, um dann am Schluss einfach in die Insolvenz zu gehen, sodass keiner der Kunden auch nur einen einzigen Cent sehen wird. Kleinmann sieht das Ganze gelassen, da er schließlich nur für die Firmengründungen zuständig ist – von seinem einmaligen Auftritt als James Miller einmal abgesehen. Doch auch diesbezüglich fühlt sich Kleinmann relativ sicher. Denn niemals wieder wird er die Schöngrubers sehen und niemals wieder für die Future Oil in Erscheinung treten, da dies eben eine einmalige Aktion gewesen ist. Von daher stimmt Kleinmann zu, weitere Firmengründungen für Sven zu veranlassen und für ihn die neue Firma mit dem schönen Namen Titan Capital anonym und ohne jegliche Hinweise auf ihre wirklichen Besitzer zu gründen. Offizielle Adresse des neuen Unternehmens ist die Wall Street.

Nach nur zwei Wochen hat Kleinmann für Sven ein komplettes Firmenkonstrukt erschaffen, mit Büro an der Wall Street, Telefonweiterleitung, Faxnummer und natürlich alles völlig anonym. Sven ist wie immer begeistert von Kleinmanns Fähigkeiten.

»Mann, das ist eine tolle Sache, Dieter!«, freut er sich Sven, als er die Firmendokumente in Händen hält.

Es ist nun geplant, mit dieser Firma weitere Vermittler mit großem Kundenstamm zu gewinnen, um Kredite in Millionenhöhe zu vermitteln. Als Kreditgeber im Hintergrund fungiert wieder die Future Oil. Der Kunde schließt mit der Titan Capital einen Vertrag ab. Der besagt, dass die Titan Capital einen Kreditgeber innerhalb einer bestimmten Zeit finden muss. Der Vertrag mit dem Kunden ist so ausgestaltet, dass die Vermittlung praktisch kostenlos ist und erst dann eine Gebühr fällig wird, wenn der Kunde seinen Kredit ausbezahlt bekommt. So etwas wiegt natürlich potenzielle Kunden in absoluter Sicherheit. Das Einzige, was vorab vom Kunden bezahlt werden muss, ist die Gründung der Firma, an die dann der Kredit ausbezahlt wird. Diese Gebühr lässt Sven variieren zwischen 5.000 und 25.000 Euro, je nach Höhe der beantragten Kreditsumme.

Zu Svens Ehrenrettung sei angemerkt, dass die meisten Kunden, die einen Millionenkredit beantragen, diesen für absolut unsinnige Projekte benötigen oder aber auch fingierte Projekte und falsche Bilanzen zum Kreditantrag eingereicht haben, wie z.B. eine Schrimpsfarm in Rumänien oder ein Ökobauernhof in der Wallachei ect. Die Kredite sind auf wundersame Weise selbsttilgende Kredite, sodass die meisten Kunden klar ersichtlich nur scharf auf schnelles Geld sind, ohne ein wirklich ernsthaftes Projekt auch nur ansatzweise nachweisen zu können. Sven vermittelt seine Kredite zudem ausschließlich an Unternehmer und nicht an Privatpersonen. Es ist schon im Vorfeld sichergestellt, dass die Titan Capital ihren Vertrag erfüllen kann, da sie als Kreditgeber die Future Oil an der Hand hat. Sven druckt exklusives Briefpapier und Visitenkarten und lässt beide Firmen völlig seriös und sauber erscheinen.

Während der nächsten Wochen kann sich Kleinmann vor Firmengründungen nicht mehr retten. Bei Sven rasselt es nur so Aufträge – bis Sven Kleinmann wieder einmal dringend zu einem diskreten privaten Gespräch treffen möchte:

»Dieter, wir müssen uns treffen. Ich habe da was Großes an der Angel! Kannst du morgen nach Berlin kommen?«

»Ja, klar, kein Problem, ich nehme die Maschine um 14 Uhr und bleibe über Nacht«, erwidert Kleinmann und setzt sich am nächsten Tag gespannt in den Flieger von Stuttgart nach Berlin.

Als sich die beiden nun im Adlon an der Bar treffen, geht es gleich ans Eingemachte.

»Du, ich hab' jetzt echt 'nen dicken Fisch geangelt!«, frohlockt Sven.

»Okay, schieß los und erklär mir, um was es geht.«

Kleinmann hört aufmerksam zu.

Svens Bekannter, der als Frontmann für die Titan Capital auftritt, hat eine Vermittlerin an Land gezogen, die sage und schreibe 500 Kunden sofort zur Unterschrift parat hat und überdies noch mit weiteren 1000 Kunden für einen Abschluss rechnet. Sie hat außerdem viele Kleinvermittler in ihrem Netzwerk unter sich und viele Unternehmen, die direkt bei ihr Kreditanträge gestellt haben. Alles zusammen würde dies Honorare für Firmengründungen in Millionenhöhe bedeuten. Das Problem liegt nun jedoch darin, dass die Vermittlerin erst dann ihre Kunden und damit die Gebühren weiterreichen will, wenn sie absolut sicher ist, dass die Firmen existieren und auch echte Ansprechpartner vorhanden sind. Kleinmann schwant Böses.

»Nein, sag, dass das nicht wahr ist! Du willst mich nicht nochmal einsetzen, oder?«, fragt Kleinmann vorwurfsvoll.

»Du hast es erfasst. Es geht einfach nicht anders!«

»Ach du Sch…, das ist doch nicht dein Ernst?«

»Du regelst das schon, es hat doch letztes Mal auch alles bestens geklappt!«, muntert Sven ihn auf.

»Okay, wie stellst dir denn das Ganze vor?«

Als Erstes sollte Kleinmann mit der Vermittlerin telefonieren und versuchen, mit ihr fortan Kontakt zu halten, um auf diese Weise das Vertrauen der Vermittlerin zu gewinnen und ihr das Gefühl zu geben, dass sowohl Titan Capital als auch der Kreditgeber in

Dubai existieren. Schließlich sollte er sie so zum Abschluss der Verträge durch ihre Kunden überreden.

»Du bekommst 5.000 Euro pro Anruf bei ihr und wir machen einen Anruf pro Woche, bis sie anspringt! Du rufst sie wieder als James Miller von Future Oil in Dubai an«, schlägt ihm Sven vor.

»Okay, ich rufe sie an. Ich besorge mir eine anonyme Telefonnummer aus Dubai, kein Problem. Ich mach‘ das sofort nächste Woche!«

Sven ist sowas von zufrieden, dass er Kleinmann wieder mit ins Boot nehmen kann, dass er ihn kurzerhand zum Abendessen einlädt.

Schon Anfang der nächsten Woche lässt sich Kleinmann mit den Einzelheiten vertraut machen. Er muss wissen, was genau er als Manager der Future Oil mit der Vermittlerin besprechen soll.

Kurz darauf meldet er sich bei ihr.

»Guten Tag, Frau Bauer, hier spricht James Miller von Future Oil aus Dubai.«

Für Frau Bauer klingt das wie Musik in ihren Ohren, als sie den langersehnten Anruf von Kleinmann alias James Miller bekommt. Sie freut sich wie ein kleines Kind und ist am Telefon so aufgeregt, dass sie fast keine richtigen Sätze bilden kann. Der erste Anruf schlägt wie eine Bombe ein. Sie hat nun die Bestätigung, dass es den Kreditgeber wirklich gibt und nach dem noch ein paar Gründungsunterlagen der Firma als Kopie an sie übermittelt wurde will sie nun so viele Kunden wie möglich einreichen.

Nun gilt es, das Vertrauensverhältnis über die nächsten Wochen weiter auszubauen, sodass die Abschlüsse für die Titan Capital gesichert sind. Sven ist außer sich vor Freude, dass dieser Plan so gut funktioniert und er nun kurz vor einem Millionen-Deal steht. Da er es aber nicht gewohnt ist, mit Millionen zu jonglieren, wird er allerdings von der Eigendynamik, die das Ganze nun entwickelt hat, völlig überrollt.

Auch für Kleinmann hat sich das Blatt gewendet, da er nun fast täglich mit Frau Bauer telefonieren soll. So kann das für ihn eigentlich nicht weitergehen, da er sich nun selbst in die Schusslinie und somit in Gefahr begibt. Doch es gibt kein Zurück mehr, bis die Vermittlerin ihre Aufträge bei der Titan Capital vollständig eingereicht hat. Kleinmann berät sich deshalb mit Sven.

»Also, Sven, so geht das nicht weiter. Ich habe schon mehr gemacht als vereinbart und ich begebe mich hier auf extremes Glatteis, wenn ich so oft bei ihr anrufe. Also, ich mach‘ so nicht weiter. Du musst dir da was Neues einfallen lassen!«

Sven hat jedoch keine Alternative. Selbst kann er nicht auftreten. Und weil er den Kreis der Mitwisser so klein wie möglich halten will, bleibt eben nur die Möglichkeit, Kleinmann mit weiterem Geld dazu zu bringen, die Sache mit Frau Bauer zu Ende zu bringen.

»Okay, pass auf: Ich biete dir zusätzliche 15 Prozent meiner Honorare von allen Firmengründungen.«

Das hört sich für Kleinmann nicht schlecht an. Er will sich diesen Vorschlag überlegen und ihm in Kürze seine Entscheidung mitteilen.

Nachdem er eine Nacht darüber geschlafen hat, ruft er an und nimmt das Angebot an – wohlwissentlich, dass er sich nun noch tiefer in ein kriminelles Unterfangen verstrickt. Aber er redet sich ein, dass es am Ende gar keinen Unterschied macht, ob er zweimal oder vierzigmal bei Frau Bauer angerufen hat. Die Handlung ist so oder so vollzogen und er Teil dieses Konstrukts.

Da er inzwischen aber täglich mehrmals mit Frau Bauer telefoniert und er praktisch das ganze Geschäft für Sven und seinen Partner abwickelt, fällt es ihm auf einmal wie Schuppen von den

Augen: Er ist faktisch der einzige, der andauernd gegenüber der Vermittlerin auftritt, abgesehen von Svens Bekannten der als Mitarbeiter der Titan Capital mit Frau Bauer Kontakt hält. Sven selbst hingegen hält sich schön im Hintergrund und hat nirgendwo mit irgendetwas zu tun, weil er nie in Erscheinung tritt. Das bringt Kleinmann schließlich auf die Palme, als er seine Position in dem ganzen Geschäft wiedererkennt und begreift, wie weit er sich eigentlich für Kleingeld aus dem Fenster gelehnt hat, während Sven vollkommen abgesichert die Scheine einsammeln kann. Das passt ihm überhaupt nicht. Er kann nicht mehr richtig schlafen und überlegt, wie er aus dieser Nummer wieder herauskommen kann.

Die Gelder fließen in der vereinbarten Höhe. Angesichts der Tatsache, dass Kleinmann der eigentliche Motor des ganzen Deals ist, sieht er sich jedoch absolut unterbezahlt und ausgenutzt von Sven. Er beschließt, nochmals mit Sven zu sprechen, um noch einen größeren Anteil für sich aus diesem Geschäft zu ziehen. Sven jedoch bleibt hart. Kleinmann ärgert sich hierüber maßlos. So kann das nicht weitergehen, Kleinmann will sich nicht vorführen lassen! Er hat Sven stets strategisch unterstützt, um ihm aus der Patsche zu helfen. Er hat ihm dazu verholfen, dass der Riesen-Deal mit Frau Bauer überhaupt funktionieren konnte. Und jetzt sollte er der Idiot dabei sein? Das verletzt ihn zutiefst. Misstrauen und Verbitterung machen sich breit. Doch dann hat Kleinmann wieder einmal einen seiner Lichtblicke. Die Lösung kommt über Nacht und einfach so, wie aus heiterem Himmel. In seinem Innern hat der Kampf gegen Sven schon längst begonnen. Jetzt ist es an der Zeit, dass Kleinmann seine Strategie und Taktik zur Anwendung bringt.

Kleinmann zieht sich für einige Wochen nach Andorra in die Berge zurück. Sven sagt er, dass er für einige Zeit auf Geschäftsreise ist. Er werde aber weiterhin mit ihm in Kontakt bleiben und entsprechend instruiert mit Frau Bauer in Kontakt bleiben. Während er nun in der Abgeschiedenheit der Pyrenäen seinen Schlachtplan entwickelt, ahnt Sven im fernen Berlin noch nichts davon, welches Unwetter sich hier bereits auftut. Für Sven läuft alles planmäßig. Er kassiert kräftig mit seinem Geschäftspartner ab.

Während Kleinmann die Bergluft Andorras um die Nase weht, entwickelt er ein Konzept, das seinesgleichen sucht. Kleinmann hat einen Masterplan entwickelt, den er nun in die Tat umsetzen wird.

Als er wieder einmal mit der Vermittlerin telefoniert, versucht er herauszufinden, wie viel Potenzial und Kunden sie noch in der Hinterhand hat. Sie schätzt 500 Abschlüsse, was einer Abschlussgebühr von ungefähr zwei Millionen Euro entsprechen würde. Da schlägt Kleinmanns Herz höher. Er sieht die einmalige Chance, seinen Anteil zu bekommen. Er erklärt, dass er noch Kontakt zu einem weiteren Kreditanbieter hat, der wie Future Oil ebenfalls Kredite in Millionenhöhe ausbezahlen könne. Frau Bauer ist völlig aus dem Häuschen, als sie diese Nachricht hört.

»Frau Bauer, ich sage Ihnen, wir können dies erfolgreich für alle abschließen. Die einzige Voraussetzung hier ist, dass Sie mir garantieren müssen, absolutes Stillschweigen gegenüber den anderen Vertragspartnern von Titan Capital zu bewahren! Sie dürfen kein Wort darüber verlieren, dass ich Ihnen einen Kontakt zu einem neuen Kreditgeber herstellen werde. Haben Sie dies verstanden? Denn ansonsten bekommen wir alle erhebliche Probleme. Sollte dies nämlich publik werden, gefährdet es auch Ihre bereits beantragten Kredite mit Future Oil!«

Nach kurzem Schweigen sichert Frau Bauer ihre Diskretion zu. Sie betrachte das ebenfalls als eine stillschweigende Vereinbarung nur zwischen ihnen beiden.

»Gut, Frau Bauer. Ich werde nun versuchen, den Kontakt zu dem neuen Kreditgeber herzustellen, und werde von dort die Konditionen erfragen und mich dann nächste Woche wieder bei Ihnen melden.«

Während der nächsten Tage arbeitet Kleinmann neue Verträge für Frau Bauer aus. Er beabsichtigt, eine Firma in Hongkong zu kaufen, die bereits seit längerer Zeit im Handelsregister eingetragen, aber bisher noch nicht aktiv gewesen ist. Durch seine Kontakte hat Kleinmann schnell die besagte Firma gefunden, die er als neuen Kreditgeber für Frau Bauer einsetzen kann. Der passende Name ist Lloyds International, was wohl eine Assoziation zu der in England ansässigen Lloyds Bank suggerieren soll. Für diese Firma richtet er in Hongkong ein geeignetes Büro ein. Parallel dazu hält er ständigen Kontakt zu Sven, um herauszufinden, ob Frau Bauer auch wirklich ihr Wort hält und keine Informationen über den neuen geplanten Deal an den Partner von Sven weitergibt. Es scheint jedoch alles ruhig zu sein und alles läuft nach Plan; niemand hat bisher irgendeinen Verdacht geschöpft, dass Kleinmann hier nun versucht, neben Sven sein eigenes Spiel zu spielen.

Kleinmann ist derart überzeugt von seinem Deal, dass er immer perfekter in der Ausarbeitung seines Planes wird. Er hält täglichen Kontakt zu Frau Bauer und auch zu Sven und hat nun hier die Funktion eines Doppelagenten übernommen. Um für Frau Bauer seinen Deal noch attraktiver zu machen, erhöht er für die Vermittlung zum neuen Kreditgeber die Provision für Frau Bauer und senkt die Abschlussgebühr für die Kunden. Gleichzeitig muss er versuchen, das Maximale aus Frau Bauer herauszuholen. Er stockt daher das ganze Paket auf: Frau Bauer muss ihm einen Abschluss von mindestens zwei Millionen Euro garantieren, da unter diesem Betrag der neue Kreditgeber keine Verträge abschließen möchte. Frau Bauer sieht darin kein Problem und versichert

Kleinmann mehrfach, dass sie die zwei Millionen Euro Abschlussgebühr innerhalb von vier Wochen einsammeln könne. Kleinmanns Plan scheint aufzugehen.

Er bereitet auf Hochtouren alle Verträge und Papiere vor. Nachdem er alles eingerichtet hat und das Büro und die Firma in Hongkong einsatzfähig sind, ruft er seinen Freund Charles aus Südafrika an.

»Hallo Charles, wir müssen uns dringend in Bangkok treffen. Ich habe hier einen Super-Deal, den wir durchziehen müssen. Dann musst du lange Zeit nicht mehr arbeiten, wenn das funktioniert hat!«

Charles ist völlig außer Atem. Denn er kennt Kleinmann schon viele Jahre und weiß, dass er immer wieder für Überraschungen gut ist. Er hat Vertrauen in Kleinmanns Fähigkeiten, immer wieder gute Geschäfte an Land zu ziehen.

»Okay, ich bin nächste Woche reisebereit!«

Kleinmann freut sich über Charles' Bereitschaft und bucht ihm einen Business-Class-Flug von Johannesburg nach Bangkok. Dann bricht er seine Zelte in Andorra ab und fährt zurück nach Stuttgart. Von dort aus fliegt er dann sofort nach Bangkok weiter.

In Bangkok bucht er sich wieder in seine Suite im Oriental ein und wartet auf Charles' Ankunft. Am nächsten Tag erscheint er pünktlich am Flughafen. Kleinmann holt ihn zusammen mit Kirit, dem Oriental-Chauffeur, ab. Er empfängt seinen Gast herzlich wie immer mit eiskaltem Bier. Schon auf dem Weg zum Hotel berichtet er aufgeregt von seinem neuen Geschäft. Charles ist sichtlich angetan vom Potenzial.

Am Abend dann auf der Terrassen-Bar des Hotels kommt Kleinmann nun zu den Feinheiten seines Plans. In dicken Zigarrenrauch gehüllt, erklärt er, dass er jemanden benötigt, der für die neue Firma gegenüber Frau Bauer in Hongkong auftreten kann. Er selbst kann dies nicht, da er ja bereits schon als Mitarbeiter der Future Oil ihr gegenüber aufgetreten ist. Charles reagiert zunächst verunsichert, bis Kleinmann ihm versichert, dass er Frau Bauer nur einmal sehen sowie ein paar Telefonate über ein anonymes Telefon führen müsse. Charles solle unter falschem Namen auftreten und als Mitarbeiter der Lloyds International aus Hongkong fungieren. Kleinmann sieht hier keinerlei Risiko für Charles. Und er bietet ihm für diese einmalige Aktion sowie für notwendige Telefonate und Mails 10.000 Euro an. Er ist sicher, dass Charles eine solche Summe sicherlich nicht ablehnen würde, da sie in Südafrika einer Kaufkraft von 50.000 Euro entsprechen. Ferner bietet er Charles für den Fall, dass Frau Bauer die vereinbarten Kunden einreicht und die Abschlussgebühr bezahlt, noch einen Aufschlag von 50.000 Euro zusätzlich an. Ein solches Angebot, da ist sich Kleinmann sicher, kann Charles nicht ablehnen!

»O je, da hast du mir aber einen Deal auf den Tisch gezaubert!«, lacht Charles und erklärt, dass er das erst einmal eine Nacht überschlafen müsse.

»Das ist doch kein Problem. Sag mir morgen Bescheid, wie du dich entschieden hast. Und jetzt lass uns ordentlich eine Sause in Pat Pong machen!«

Voller Energie tauchen die beiden in Bangkoks Nachtleben ein. Sie kehren erst wieder zum Frühstück ins Hotel zurück.

Nachdem sich die beiden dann den ganzen Tag über ordentlich ausgeschlafen haben, treffen sie sich sichtlich angeschlagen abends an der Terrassen-Bar des Hotels wieder.

»Und, wie geht es deinem Kopf?«, will Kleinmann von Charles wissen. Charles schaut Kleinmann aber nur mit leicht roten Augen bedauernd an.

Das sagt schon alles, denkt sich Kleinmann und bestellt erst einmal zwei Bloody Mary, die den Kopf wieder klarmachen sollen. Eine Stunde später ist Charles dann endlich wieder einigermaßen ansprechbar.

»Und, weißt du schon, ob du mein Angebot annehmen willst?«

Mit einem großen Seufzer antwortet Charles einfach mit einem »Ja«, ohne auch nur noch eine weitere Silbe darüber zu verlieren. Das ist für Kleinmann das Zeichen, doch besser bis zum nächsten Morgen mit weiteren Fragen zu warten. Beide gehen nach einem kleinen Snack wieder in ihre Zimmer, um sich dann nochmals ausgiebig auszuruhen und sich dann am nächsten Morgen wiederzutreffen.

Charles kommt zum Frühstück zu Kleinmann in die Suite und sieht nun erheblich frischer aus als am Vortag.

»Na, so gefällst du mir schon besser!«, lässt ihn Kleinmann wissen. Beide besprechen nochmals das weitere Vorgehen.

Kleinmann ist am Ende des Gesprächs sichtlich erleichtert, dass Charles sein Angebot angenommen hat. Während sich Charles sich dann in Urlaubsstimmung in Bangkok herumtreibt, bereitet Kleinmann alles vor, um Frau Bauer zu einem Treffen nach Hongkong zu bewegen. Er muss dabei aufpassen, dass Sven und sein Partner nichts davon mitbekommen.

Kleinmann greift zum Telefon.

»Hallo Frau Bauer, ich habe für Sie heute eine gute Nachricht! Ich habe soeben mit dem Manager von Loyds International in Hongkong gesprochen. Er wäre bereit, mit Ihnen zusammenzuarbeiten für die neue Kundengruppe, allerdings erst ab einem Umsatz von 100 Millionen.«

Das entspricht exakt einer Abschlussgebühr von zwei Millionen Euro für Kleinmann, abzüglich zehn Prozent Provision für Frau Bauer. Kleinmann muss versuchen, mit allen Mitteln diesen

Deal durchzuziehen. Es gibt nun kein Zurück mehr. Frau Bauer will nun alles noch einmal durchrechnen und ihm dann morgen sofort Bescheid geben, sobald sie von all ihren Kunden eine nochmalige Zusage eingeholt hat, sodass das 100-Millionen-Euro-Paket auch geschnürt werden kann.

Nach dem Gespräch ruft Kleinmann Sven an, um dort nachzufühlen, ob irgendetwas über das neue Geschäft bis zu Sven durchgesickert ist. Nach dem 30-minütigen Plausch hat er nicht den Eindruck, was ihn sichtlich beruhigt.

In den nächsten Tagen macht sich Kleinmann daran, Charles in das Geschäft einzuweihen und einzulernen, damit er genau weiß, was er beim Treffen mit Frau Bauer zu besprechen hat. Kleinmann versucht jedoch gleichzeitig, das Treffen so kurz wie möglich zu gestalten. Denn je länger sich das Treffen hinzieht, desto mehr Fehler können sich einschleichen, die Charles bei diesem Treffen machen könnte. Da Frau Bauer eine sehr redegewandte Person ist, besteht die Gefahr, dass sie Charles in ein Gespräch verstrickt, aus dem er nicht mehr herauskommen kann, ohne Fehler zu machen.

Nach einer Woche intensiver Einarbeitung ist Charles fit für das Treffen. Die hat mittlerweile die 100 Millionen bestätigt, sodass einer zügigen Abwicklung nichts mehr im Wege steht. Charles hat damit begonnen, selbst mit Frau Bauer Kontakt aufzunehmen und mit ihr alles für den Besuch in Hongkong abzusprechen und vorzubereiten. Gleichzeitig hält Kleinmann regen Kontakt mit Sven, um zu eruieren, ob Frau Bauer wirklich dichthält. Da sie äußerst geschwätzig ist, befürchtet Kleinmann sehr, dass sie irgendwann etwas absichtlich oder versehentlich an Svens Geschäftspartner ausplappert. Das muss unbedingt verhindert werden. Kleinmann trichtert ihr deshalb bei jedem Anruf ein, dass sie darauf achten muss, unter keinen Umständen etwas über das Geschäft nach außen dringen zu lassen. Es müsse unbedingt geheim gehalten werden, sonst riskiere er – Miller alias Kleinmann – seinen Job bei Future Oil und werde zudem mit riesigen Regressansprüchen überhäuft, wenn da etwas an die Öffentlichkeit dringen würde. Frau Bauer versichert ihm stets, alles geheim zu halten.

Die Planungsphase geht nun ihrem Ende entgegen. Es werden Fakten geschaffen: Frau Bauer wird zu einem Gespräch nach Hongkong eingeladen. Sie ist so aufgeregt, dass sie unmittelbar nach dem Telefonat mit Charles ihr Ticket nach Hongkong bucht. Sie haben den Termin in 14 Tagen festgesetzt. Dies gibt Charles und Kleinmann genügend Zeit, nach Hongkong zu fliegen und dort alles für den Besuch vorzubereiten. Kleinmann ist mittlerweile geübt in derlei Aufgaben, nachdem er seinen Part als Mitarbeiter der Future Oil in Dubai doch so vorbildlich erfüllt hat. Währenddessen telefoniert er fast täglich mit Sven und auch Frau Bauer, um weiterhin alles unter Kontrolle zu halten. Es scheint alles nach Plan zu verlaufen. Kleinmann ist sichtlich zufrieden mit dem Deal, den er eingefädelt hat.

Es sind noch zwei Tage bis zum Treffen. Charles und Kleinmann residieren im Hotel Peninsula, einem der besten Hotels in Hongkong. Sie bereiten alles nach dem gleichen Schema vor wie in Dubai: Man organisiert ein Büro in einer Top-Lage und einen Chauffeur mit Limousine vom Hotel. Der wird instruiert, dass er sich als Fahrer von Loyds International ausgibt. Da die Limousinen keinen Aufdruck des Hotels haben, ist dies auch hier kein Problem. Für etwas Trinkgeld ist jeder Chauffeur gerne bereit, einen derartigen Dienst zu leisten.

Frau Bauer trifft am Flughafen ein. Sie wird von Charles alias Frank Smith, Top-Manager bei Lloyds International, empfangen. Kleinmann hält sich im Hintergrund auf und gibt Charles immer wieder per Handy Instruktionen. Es ist ein sehr herzlicher Empfang. Frau Bauer und Charles verstehen sich gleich auf Anhieb sehr gut. Das vereinfacht die Sache ungemein. Charles hat lediglich die Aufgabe, Frau Bauer in einem Zwei-Tage-Programm so zu bearbeiten, dass sie völlig von der gesamten Sache überzeugt wird und so schnell wie möglich ihre Aufträge und die zwei Millionen Euro Abschlussgebühr übermittelt. Charles fährt Frau Bauer von einem Luxushotel zum anderen. Nachdem er ihr das Büro in einem äußerst noblen Komplex gezeigt hat, ist Frau Bauer sichtlich zufrieden. Auch das Firmenschild prangt dort an einer goldenen Tafel am Eingang des Bürogebäudes und auf dem Flur des Büros. Für Frau Bauer macht alles einen seriösen und angenehmen Eindruck. Sie denkt gar nicht daran, dass es sich hier um etwas Manipuliertes handeln könnte. Nachdem am ersten Tag alles Offizielle erledigt ist, geht Charles mit Frau Bauer schließlich am zweiten Tag auf eine Shopping-Tour durch Hongkong. Sie genießt es sichtlich.

Die Aktion ist gelungen. Kleinmann reibt sich die Hände. Der Deal könnte durchlaufen. Nachdem auch an der anderen Front bei Sven alles ruhig bleibt und keine Anzeichen dafür da sind, dass er irgendetwas mitbekommen hat, genehmigt sich Kleinmann eine ordentliche eiskalte Flasche Champagner zum Frühstück, während Charles noch mit Frau Bauer durch Hongkong kurvt.

Kleinmann stellt sich auch gegenüber Sven dumm: Er provoziert eine Antwort, indem er ihn fragt, ob er wisse, wo Frau Bauer sich gerade aufhalte, da er sie telefonisch nicht erreichen könne. Sven erklärt, sie habe ihm mitgeteilt, dass Sie für drei Tage Urlaub mache. Damit ist Kleinmann völlig zufrieden und wertet dies als Beweis dafür, dass alles noch im grünen Bereich ist und Sven nichts von der ganzen Aktion mitbekommen hat.

Nachdem Charles Frau Bauer am nächsten Tag wieder am Flughafen von Hongkong abgeliefert hat, können beide diese Aktion als vollen Erfolg werten. Denn Frau Bauer hat Charles versichert, dass sie nun ungefähr 14 Tage benötige, um die ersten Verträge und Gebühren ihrer Kunden einzusammeln. Kleinmann und Charles brechen ihre Zelte ab und fliegen zurück nach Bangkok.

Es vergehen keine 3 Tage. Da teilt Frau Bauer Charles in einer E-Mail mit, dass bereits die ersten Verträge von ihren Kunden unterzeichnet und die Gebühren dafür vollständig bei ihr bar einbezahlt worden sind. Jetzt liegen bei Frau Bauer also ungefähr 200.000 Euro für Kleinmann bereit. Das macht ihn ziemlich nervös. Denn jetzt geht alles viel schneller als geplant. Er muss irgendwie eine Lösung finden, um so schnell wie möglich das Geld abzuholen. Doch das ist einfacher gesagt als getan. Denn Charles kann er nicht nach Deutschland schicken, da er dafür zunächst einmal ein Visum benötigt. Das aber würde einige Zeit in Anspruch nehmen. Er selbst kommt ebenfalls nicht in Frage. Denn er war ja als Mitarbeiter der Future Oil in Dubai aufgetreten, sodass er nicht wieder hier bei Frau Bauer in Erscheinung treten kann und will. Er will aber auch keine Sekunde länger das Geld bei Frau Bauer liegen lassen; man konnte ja nie wissen, was noch alles passiert. Er musste ja auch immer noch mit Sven rechnen und auf ihn Acht geben.

Kleinmann setzt sich mit Charles zusammen auf die Terrassen-Bar des Hotels in Bangkok. Bei einigen eiskalten Bieren beratschlagen beide nun, wie sie dieses Problem so schnell wie möglich lösen können. Schließlich kommen beide zu dem Ergebnis, dass es wohl derzeit am besten wäre, Frau Bauer noch einmal nach Hongkong kommen zu lassen. Für Kleinmann ist es wichtig, dass er die Gebühren sämtlich in bar bekommt, sodass niemals eine Verbindung zu ihm hergestellt werden kann, was durch eine Überweisung selbstverständlich der Fall wäre. Kleinmann greift zum Handy und ruft bei Frau Bauer an, die Tag und Nacht arbeitete.

»Hallo Frau Bauer, hier spricht James Miller von Future Oil aus Dubai. Ich habe gehört, Ihre Geschäfte mit Frank von Lloyds International sind gut angelaufen. Also Frank hat mir davon berichtet!«

Frau Bauer freut sich, wieder etwas aus Dubai zu hören. »Ja, alles läuft super!«, schreit sie aufgeregt ins Telefon.

Kleinmann versucht herauszubekommen, wie viel Geld sie schon eingesammelt hat und was sie noch in welcher Zeit einsammeln wird, sodass man auch das für die Zukunft einplanen kann, um nicht wieder vor demselben Problem wie jetzt zu stehen. Er versucht auch zu eruieren, ob es ihr möglich ist, die Gelder nach Hongkong zu bringen. Das sei überhaupt kein Problem, willigt sie zu seiner großen Überraschung ein, Gelder bis zu einer Summe von 200.000 Euro in bar nach Hongkong zu bringen. Kleinmann hat mit einer solchen Antwort nicht gerechnet, da selbst er als versierter Vielflieger sich nie mit einer derartig hohen Summe in bar auf Flughäfen bewegen würde. Es besteht ein hohes Risiko, damit erwischt zu werden, da die Kontrollen durch Security und Zoll nach dem 11. September erheblich verschärft worden sind. Es ist sehr riskant, Bargeld in dieser Größenordnung mit sich zu führen, ohne es ordentlich bei der Ein- oder Ausfuhr zu deklarieren. Doch offensichtlich hat Frau Bauer hier eine bestimmte Methode, die sie so sicher sein lässt. Oder aber sie schreckt einfach vor nichts zurück und ist skrupellos oder es ist schlicht auf die etwas naive Art von Frau Bauer zurückzuführen, dass sie hierbei keine Probleme sieht. Kleinmann jedenfalls kann es nur recht sein. Er schmiedet nun mit Charles einen Plan, wie und wann sie Frau Bauer mit dem Geld nochmals in Hongkong empfangen könnten.

Sie beschließen schließlich, sie am Wochenende nach Hongkong fliegen zu lassen. Flug, Hotel und Spesen werden natürlich übernommen. Damit ist Frau Bauer sofort einverstanden gewesen. Alle Beteiligten sind nun sehr erleichtert, auch dieses Problem gelöst zu haben. Immer wieder versucht Kleinmann aus den bekannten Gründen, den Kontakt mit Sven zu halten. Alles bleibt ruhig. Sven macht keinerlei Andeutungen, dass etwas nicht stimmen könnte. Charles und Kleinmann freuen sich wie kleine Kinder, nun endlich auch ihren Teil des Kuchens abzubekommen, und können kaum die Ankunft von Frau Bauer erwarten. Dieses Mal haben sie geplant, ihren Aufenthalt so kurz wie möglich zu gestalten und auch das Treffen lediglich für die Geldübergabe vorzusehen, um auf diese Weise jedes Risiko für Charles auszuschließen.

Kurz vor ihrem Abflug meldet sie sich noch einmal bei Charles. Sie habe noch weitere 200.000 Euro eingesammelt, könne die aber nicht mit nach Hongkong bringen. Sie arbeitet rund um die Uhr und erzielt die Einnahmen schneller, als Kleinmann sich das hätte erträumen können, sodass er schon vor der ersten Übergabe die zweite planen muss. Jetzt gilt es, geschickt und besonnen zu handeln und nicht vor lauter Gier, Fehler zu machen. Alles muss gut über- und durchdacht werden. Schon der kleinste Fehler könnte fatale Auswirkungen haben.

Während Kleinmann schlaflos im Bett liegt, kommt ihm plötzlich eine Idee: Er könnte für die anderen 200.000 Euro seinen anderen Freund aus Brasilien einsetzen. Der kann sein Visum direkt bei Einreise am Flughafen bekommen. Kleinmann greift sofort zum Handy und ruft seinen Freund Dr. Maurice in Rio an, schildert ihm trotz später Stunde noch seinen Plan und erklärt, dass er dringend jemanden benötige, um das Geld von Frau Bauer in Empfang zu nehmen. Nachdem Kleinmann seinem Freund alles präzise geschildert hat, stimmt der sofort zu, den Part als Geldkurier zu übernehmen. Es liegt nun an Kleinmann, alles zu koordinieren und auch mit Frau Bauer abzusprechen. Noch bevor Frau Bauer am nächsten Mittag zum Flughafen in Deutschland fahren kann, ruft sie Kleinmann an und teilt mit, dass ein weiterer Mitarbeiter von Lloyds International die andere Summe nach ihrer Rückkehr aus Hongkong bei ihr in Deutschland abholen werde. Kleinmann hat somit Frau Bauer schon einmal gut darauf vorbereitet, dass sie wieder einen anderen Mitarbeiter zu treffen hat. Sie reagiert völlig gelassen darauf und erklärt sich auch damit einverstanden.

Charles und Kleinmann fliegen am nächsten Tag ebenfalls nach Hongkong. Sie treffen dort fast gleichzeitig mit Frau Bauer ein, die Charles noch am selben Abend zur Geldübergabe im Sheraton trifft. Während es sich Kleinmann in der Zigarren-Lounge bequem macht, sitzt Charles mit Frau Bauer zum Abendessen zusammen. Dabei übergibt sie ihm die Umschläge mit den Verträgen und dem Bargeld.

»Ich vertraue Ihnen völlig, Frau Bauer. Ich schaue mir hier die ganzen Unterlagen nicht an und zähle auch das Geld nicht nach.«

Das schmeichelt Frau Bauer natürlich, dass ein Manager eines so großen Multi-Millionen-Dollar-Unternehmens ihr so viel Vertrauen schenkt. Charles ist sichtlich froh, als das Abendessen endlich vorüber ist und er sich mit dem wertvollen Paket davonmachen kann. Um sicherzugehen, dass Frau Bauer das Hotel auch verlässt, begleitet Charles die Dame zu einem Taxi vor dem Hotel. Danach geht er zur Zigarren-Lounge, um sich dort mit Kleinmann zu treffen. Im Dunst dicker Rauchschwaden ebnet sich Nichtraucher Charles den Weg zu Kleinmann. Dort lässt er sich völlig abgeschlagen nieder. Als Charles das Paket auf den Tisch knallt, liegen sich beide vor Glück kurz in den Armen.

»Super, gut gemacht! Gratuliere!«, sprudelt es nur so aus Kleinmann heraus.

Und auch Charles ist sichtlich zufrieden. Beide bestellen den teuersten Cognac, der auf der Karte zu finden ist, um auf diesen Erfolg anzustoßen. Kleinmann erläutert, dass die nächste Übergabe in Deutschland stattfinden und Dr. Maurice sie abwickeln wird.

Frau Bauer fliegt am nächsten Morgen sehr früh zurück nach Deutschland. Ihre Telefone stehen fortan nicht mehr still. Sie bekommt rund um die Uhr Anrufe von allen möglichen Leuten. In der Kreditvergabeszene hat es sich wie ein Lauffeuer herumgesprochen, dass sie der absolute Star unter den Kreditvermittlern ist, nachdem sie in Dubai und Hongkong tätige Kreditgeber gefunden hat.

Für Kleinmann unterdessen gilt es, die Balance und den Kontakt zu Sven und Frau Bauer gemeinsam zu halten und darauf zu achten, dass sie unter keinen Umständen irgendwo zusammentreffen oder auch nur der kleinste Ton über das Geschäft an Svens Geschäftspartner durchsickert. Kleinmann drückt Charles am nächsten Tag eine beträchtliche Summe Bargeld in die Hand. Beide verabschieden sich nach erfolgreicher Arbeit. Charles fliegt zurück nach Südafrika. Kleinmann muss zur nächsten Geldübergabe mit Maurice, die schon in drei Tagen stattfinden wird, nach Deutschland zurück.

Am nächsten Morgen beginnt Kleinmann, das Bargeld auf mehrere Banken in Hongkong zu verteilen. Bei allen fünf unterhält er Firmenkonten. Alles geht reibungslos innerhalb weniger Minuten über die Bühne. Anschließend fährt Kleinmann direkt zum Flughafen. Er fühlt sich nun erheblich wohler, etwas Kapital in der Hinterhand zu haben.

Zurück in Deutschland geht Kleinmann sofort daran, ständig Kontakt zu Frau Bauer und Sven zu halten, um sicherzugehen, dass für die zweite Übergabe auch alles problemlos vonstattengeht. Zwei Tage später steht auch schon Maurice auf der Matte, den Kleinmann herzlich empfängt und noch am selben Tag kurze Einweisungen zum anstehenden Geschäft gibt. Auch hier sollen das Treffen und die Übergabe so schnell und kurz wie möglich stattfinden. Kleinmann macht sich daran, eine geeignete Lokalität für die Übergabe zu finden, in der er Maurice und Frau Bauer im Blickfeld hat und von der aus sie per Taxi auch schnell wieder den Bereich verlassen können. Kleinmann entscheidet sich schließlich für eine größere Brauereigaststätte als Treffpunkt und zeigt sie Maurice im Vorbeigehen. Er hat ihm auch gezeigt, wie er schnellstmöglich zum Taxistand kommen kann – wobei das Wort »schnell« hier übertrieben ist, da sich »schnell« schon durch Maurice‘ Körpermasse ausschließt.

Am nächsten Tage begeben sich Kleinmann und Maurice zum besagten Biergarten. Kleinmann platziert sich in einem Café gegenüber des Biergartens. Er muss jedoch aufpassen, dass er von Frau Bauer nicht entdeckt und gesehen wird. Schon nach dem ersten Kaffee erscheint Frau Bauer mit ihrer Mutter an Maurice‘ Tisch. Alle begrüßen sich freundlich und überlassen in einem Umschlag ohne größeres Zögern Verträge und Bargeld. Irgendwelche Fragen an Maurice haben sie nicht. Es ist erstaunlich, dass Frau Bauer nie nach einem Ausweisdokument oder sonst einer Identitätsbestätigung gefragt hat. Weder bei Charles noch bei Maurice tut sie dies. Beide hätten ohnehin nur Visitenkarten und eine entsprechende Kreditkarte auf ihre fingierten Namen vorweisen können. Alles in allem spielt Frau Bauer voll und ganz in Kleinmanns Hände und macht es ihm leicht, mit ihr Geschäfte zu machen. Kleinmann ist selbst erstaunt, wie einfach es ist, einen

Umschlag mit 200.000 Euro ohne irgendwelche Fragen ausgehändigt zu bekommen. Nach nur zehn Minuten ist die Übergabe an Maurice komplett vollzogen und Frau Bauer verabschiedet sich wieder von ihm. Während Maurice die Rechnung bezahlt, instruiert Kleinmann ihn nun, mit dem Taxi zum vorher vereinbarten Treffen in einem Hotel zu fahren. Kleinmann folgt dem Taxi unauffällig. Beide kommen fast gleichzeitig am Hotel an. Von dort aus fahren sie zu Kleinmanns Büro, um dort das Geld und die Verträge zu kontrollieren. Alles passt. Kleinmann übergibt Maurice seinen Anteil und beide fliegen noch am selben Abend von Deutschland ab: Maurice zurück nach Rio de Janeiro und Kleinmann wieder nach Bangkok.

Während der nächsten Tage hält Kleinmann wieder regen Kontakt zu Sven. Beide telefonieren mehrmals täglich miteinander. Bei Sven läuft alles wie geplant und es gibt keine besonderen Vorkommnisse. Auch gibt es bei Sven keinerlei Anzeichen, dass Frau Bauer Informationen über den Hongkong-Deal verraten hätte. Nach weiteren 14 Tagen meldet sich Frau Bauer wieder bei Kleinmann. Sie habe nun ihr Soll erfüllt, indem sie die 100 Millionen Auftragsvolumen komplett eingesammelt habe. Bei ihr lägen jetzt noch 250.000 Euro zur sofortigen Abholung bereit. In der nächsten Woche werde sie weitere zwei Millionen Euro zur Abholung bereitstellen. Kleinmann ist sprachlos. Er hätte nie im Traum daran gedacht, dass sein Masterplan in einer derartigen Dimension aufgehen würde. Er springt an die Decke vor Freude.

Nun gilt es für Kleinmann, das große Finale einzuleiten und die Abholung der Gelder zu organisieren.

Nach zehn Tagen hat Kleinmann seinen finalen Masterplan fertig. Er hat dazu alles eingeleitet und mobil gemacht, was er benötigt, um ihn so perfekt wie nur möglich über die Bühne gehen zu lassen. Hier durfte nicht der geringste Fehler passieren. Denn das war die Chance für ihn, ein für alle Mal seine finanziellen Probleme aus der Welt zu schaffen. Er hat für die Abholung in Deutschland Charles aus Südafrika klargemacht, der bereits sein Visum für Deutschland hat, sowie einen Bekannten von Maurice namens Juan Santos aus Brasilien. Juan sollte für den ersten kleineren Betrag zur Abholung eingesetzt werden und Charles, zu dem er uneingeschränktes Vertrauen hat, für die große Summe von zwei Millionen Euro. Alle haben ihr Ticket und ihr Visum und sind bereits auf dem Weg nach Deutschland, während Kleinmann ebenfalls seinen Rückflug nach Frankfurt angetreten hat. Jedes noch so kleine Detail ist durchdacht und präzise durchgeplant. Kleinmann hat die Flüge so organisiert, dass alle am gleichen Tag zur fast gleichen Zeit mit ihm in Frankfurt am Flughafen eintreffen.

Nachdem sich schließlich am Abend alle gemeinsam im Sheraton-Hotel des Flughafens eingefunden haben, beschließen sie, am nächsten Tag zusammen nach Stuttgart zu fahren, um dort Frau Bauer für die erste Übergabe zu treffen. Alles ist organisiert, der Termin mit Frau Bauer wird wieder in der Brauereigaststätte stattfinden, in der sie letztes Mal Maurice getroffen hat.

Kleinmann, Charles und Juan finden sich eine Stunde vor der vereinbarten Übergabe im Café gegenüber der Brauereigaststätte ein. Kleinmann instruiert Juan noch einmal, wo genau er Frau Bauer zu treffen hat und dass er das Treffen so kurz wie möglich zu machen habe. Dies sollte er mit seinem Rückflug begründen. Er müsse in Eile wieder zurück zum Flughafen und habe keine Zeit, mit ihr noch einen Small Talk zu halten. Nachdem Juan alle Instruktionen verinnerlicht hat, begibt er sich zum Biergarten gegenüber, um dort auf Frau Bauer zu warten. Als Erkennungszeichen ist ein Blumenstrauß auf dem Tisch vereinbart, den Juan dort platzieren soll.

Schon wenige Minuten, nachdem sich Juan im Biergarten niedergelassen und den Blumenstrauß schön sichtbar auf dem Tisch platziert hat, erscheint Frau Bauer zusammen mit ihrer Mutter. Alle begrüßen sich kurz und herzlich und wechseln kurz ein paar Worte. Frau Bauer legt sofort wieder die Verträge und das Geld im Umschlag auf den Tisch, die Juan sofort wieder in seiner Aktentasche verschwinden lässt.

Frau Bauer stellt keine unangenehmen Fragen. Das Treffen geht so reibungslos über die Bühne wie auch die beiden letzten Treffen mit Charles und Maurice. Besser konnte es nicht ablaufen. Kleinmann ist sichtlich zufrieden, als Juan schon nach fünf Minuten auf dem Weg zum Taxistand ist und Charles und Kleinmann ihm unauffällig mit einem anderen Taxi zum vereinbarten Hotel folgen. Im Hotel begeben sich alle drei in die Bar. Kleinmann bemerkt sofort, dass zwei in schwarz gekleidete Personen in die um diese Zeit völlig leere Bar gekommen sind, sich die ganze Zeit aufgeregt umsehen und auch immer wieder mit dem Handy – ebenso aufgeregt – telefonieren. Das alles kommt Kleinmann nicht geheuer vor. Er teilt Juan und Charles leise mit, dass hier etwas nicht stimmt und sie sich daher trennen müssen. Charles solle mit der Aktentasche und den Verträgen zuerst in die Tiefgarage gehen, nach fünf Minuten solle ihm Juan folgen, und schließlich würde auch er als letzter nachkommen. Kleinmann spürt förmlich, dass hier etwas nicht koscher ist!

Als dann Charles losgeht, beobachtet Kleinmann ganz genau die Reaktion der beiden schwarz gekleideten Personen. Keinesfalls dürften sie Charles folgen, sonst müssten Juan und Kleinmann Charles ebenfalls sofort folgen. Doch die beiden bleiben in der Bar sitzen, als Charles sie verlässt. Das ist schon einmal ein beruhigendes Signal für Kleinmann, dennoch ist die Gefahr noch nicht gebannt. Denn die Tiefgarage des Hotels kann nur über den hoteleigenen Aufzug betreten werden. Wenn Kleinmann und

Juan jetzt niemand zum Aufzug folgt oder in den Aufzug mit einsteigt, sind sie gerettet. Dann ist klar, dass niemand der Personen in die Tiefgarage kommen kann und dass Kleinmann die Tiefgarage mit seinem Wagen ungehindert verlassen kann. Die Tiefgarage des Hotels ist etwas verwirrend gestaltet, sodass sich Kleinmann sicher ist, mögliche Verfolger abhängen zu können. Doch zu ihrer aller Überraschung entfernen sich die beiden bereits, noch bevor Kleinmann die Rechnung bezahlt hat. Auf dem Weg zum Aufzug vergewissert sich Kleinmann mehrfach, dass ihm niemand gefolgt ist. Als Juan mit Kleinmann schließlich alleine im Aufzug zur Tiefgarage steht sind beide froh, als sich die Tür des Aufzugs endlich schließt und niemand gefolgt ist.

Kleinmanns Hände kleben nur so vor Schweiß. Kleinmann schwitzt normalerweise nie. Doch diese Situation ist für ihn absolut nervenaufreibend. Als Juan und Kleinmann in der Tiefgarage den Aufzug verlassen, sehen sie schon von weitem Charles aufgeregt im Auto sitzen und dauernd den Kopf hin und her bewegen. Schnellen Schrittes gehen beide auf das Auto zu, um ruckartig einzusteigen. Kleinmann knallt die Türen zu, schaltet sofort die Zündung ein und lässt die Zentralverriegelung alle Türen verschließen. Er fährt, so schnell es geht, zum Ausgang der Tiefgarage. Als die Schranke sich öffnet, fährt er direkt in den fließenden Verkehr und vollführt mehrere waghalsige Spurwechsel, um etwaige Verfolger abzuschütteln. Er fährt aus der Stadt, heraus auf Feldwege und kleinere Straßen, um zu testen, ob ihm bis dahin jemand gefolgt ist. Doch er kann nach einer Stunde Fahrt kein Auto weit und breit erkennen, als er sich auf einem kleinen Feldweg befindet, der zu einer kleineren Ortschaft führt. Sichtlich erleichtert drosselt er die Geschwindigkeit und beginnt nun auch wieder damit, mit den beiden anderen zu kommunizieren. Bis dahin ist es totenstill im Wagen gewesen. Kleinmann hält schließlich in der Ortschaft an einer Bauernwirtschaft an, um sich dort erst einmal mit Hausmannskost aus Schwaben zu stärken und die Nerven etwas zu beruhigen. Ihm ist aufgefallen, dass während der ganzen Aktion Sven mehrmals auf seinem Handy angerufen hat. Kleinmann hat die Gespräche jedoch nicht angenommen. Am übernächsten Tag ist bereits die größte und letzte Übergabe mit sage und schreibe zwei Millionen Euro: Da darf jetzt um Gottes willen nichts mehr schiefgehen.

Nach dem Abendessen ruft Kleinmann Sven zurück.

»Hallo, du, ich konnte vorher deinen Anruf nicht entgegennehmen. Was gibt es denn?« Kleinmanns Stimme klingt immer noch etwas verunsichert.

»Dieter, wir müssen uns morgen unbedingt kurz treffen. Ich wäre da in deiner Nähe, können wir uns um 11 Uhr in Stuttgart im Hotel Graf Zeppelin treffen?«

Kleinmann überlegt und sagt Sven dann zu. Er versucht dann noch, Sven nach Frau Bauer dezent auszufragen, um sichergehen zu können, dass hier noch alles unter Kontrolle ist und Frau Bauer gegenüber Svens Geschäftspartner nichts erwähnt hat über ihre neuen Geschäftskontakte nach Hongkong. Doch soweit Kleinmann es heraushören kann, ist bei Sven in dieser Sache alles unverdächtig. Auch Frau Bauer lässt keine Komplikationen durchblicken. Kleinmann fährt die beiden sodann zurück in ihr Hotel und gibt Juan seinen Anteil. Kleinmann behält wie immer lediglich das Geld und vernichtet sämtliche Verträge in einem Reißwolf. Mit Charles und Juan vereinbart er nun, dass er sie morgen nach dem Treffen mit Sven am Hotel abholt. Er wünscht ihnen eine gute Nacht und fährt dann zu seiner Mutter, wo er immer noch das Büro bewohnt.

Am nächsten Morgen fährt er zum vereinbarten Treffen im Graf Zeppelin. Dort wartet Sven schon in der Lobby und begrüßt Kleinmann wie immer.

»Was gibt es denn so Wichtiges?«, fragt Kleinmann aufgeregt. Sven erwidert, er wolle das kurz auf dem Zimmer besprechen.

Für Kleinmann ist das eine durchaus normale Situation, wie es sie schon öfter zwischen Sven und ihm gegeben hat. Er macht sich daher keine weiteren Gedanken.

Als sie das Zimmer betreten, kann Kleinmann erkennen, dass es sich um eine Suite handelt. Das kommt ihm dann doch etwas seltsam vor und ist so ganz untypisch war für den geizigen Sven. Doch auch hier macht sich Kleinmann keine weiteren Gedanken. Schließlich hat Sven zwischenzeitlich durchaus erhebliche Beträge eingenommen. Er kann sich so etwas durchaus leisten.

Sven und Kleinmann setzen sich auf die Couch am Wohnzimmertisch. Sven fängt an, sein Notebook und Dokumente auf dem Tisch auszubereiten. Als er alles vorbereitet hat, erklärt er, dass er auch seinen Geschäftspartner mitgebracht hat zu dieser Unterredung. Das kommt Kleinmann denn doch etwas merkwürdig vor. Er kann sich keinen Reim darauf machen, weshalb er ihm nun seinen Geschäftspartner vorstellen will, den er sonst die ganze Zeit vor ihm verborgen hat.

»Ja, ich habe kein Problem damit!«, erwidert Kleinmann auf Svens Frage, ob das okay für ihn sei.

Sven tritt an eine geschlossene Tür in der Suite und klopft an. Sein Geschäftspartner öffnet die Tür.

»Kommst du bitte zu uns? Dieter ist da.«

Es erscheint ein älterer, kleingewachsener Herr Ende 50 und begrüßt Kleinmann kurz. Er stellt sich als Bernd vor. Als alle am Wohnzimmertisch Platz genommen haben, ergreift Bernd das Wort.

»So, mein lieber Dieter, wir haben dir hier mal ein paar Bilder auf dem Computer vorbereitet, die du dir mal genau ansehen solltest!«

Bernd beginnt, verschiedene Aufnahmen abzuspielen. Zuerst bekommt er Aufnahmen zu sehen, die sein Auto und das Kennzeichen in verschiedenen Perspektiven vor dem Haus seiner Mutter abgelichtet zeigen, dann das Haus seiner Mutter. Danach aber erschreckt sich Kleinmann fast zu Tode, als er Aufnahmen sieht, die ihn im Straßencafé gegenüber der Brauereigaststätte und dann schließlich noch Fotos, die Frau Bauer zusammen mit Juan am Tisch zeigen, als sie die Umschläge übergibt. Zum Abschluss gibt es Bilder aus dem Hotel, in dem Juan, Charles und Kleinmann gemeinsam an der Bar gesessen haben, gleich neben den auffälligen, schwarz gekleideten Personen. Kleinmann ist sprachlos und gibt keinen Ton von sich.

»Na, Dieter, noch Fragen? Keine, oder?«, schnauzt Bernd Kleinmann frech an.

»Und wir haben für dich noch eine kleine Überraschung!«

Während Bernd das sagt, begibt er sich zu einer weiteren noch geschlossenen Tür der Suite. Er öffnet sie und die schwarz gekleideten Männer betreten den Raum. Beide tragen dunkle Sonnenbrillen, einer hat eine Glatze. Sie sehen eher aus wie Zuhälter oder Bodyguards als wie Geschäftsleute. Beide Männer kommen direkt auf Kleinmann zu, packen ihn und stellen ihn an die Wand, um ihn nach Waffen zu durchsuchen. Auch seine Aktentasche wird kontrolliert, was Kleinmann den Rest gibt. Kleinmann ist völlig aufgewühlt und nervös. Er weiß nicht, wie er sich verhalten soll, beschließt jedoch, erst mal nichts zu sagen und abzuwarten, wie sich die Situation weiterentwickelt.

»So, Dieterchen, jetzt erklärst du uns mal schön, was du da alles gemacht hast und was du mit Frau Bauer besprochen hast!«, fordert ihn Sven auf.

Doch Kleinmann bringt kein Wort über die Lippen. Einer der schwarzen Männer nimmt Kleinmann zwischenzeitlich auch das Handy ab, sodass er keine Telefonate mehr tätigen oder empfangen kann. Für Kleinmann spitzt sich die Lage immer dramatischer zu. Denn ihm wird klar, dass diese Leute nicht spaßen, zu allem fähig sind und sehr große kriminelle Energie besitzen.

»Na, pass auf, Dieterchen, wenn du uns es nicht sagen willst, dann sage ich es dir, was du gemacht hast!«, schallt es aus Bernds Mund. Es ist wie eine Ohrfeige für Kleinmann.

»So, mein Lieber, pass auf, du hast hier dein eigenes Ding mit der Bauer gemacht. Die Bauer hat mir mitgeteilt, dass sie in Hongkong einen neuen Kreditgeber aufgetan hat und ich könne ja auch besser mit dem neuen Kreditgeber zusammenarbeiten als mit der Titan Capital, da die auch noch bessere Konditionen anbietet als die Titan. Na, da glotzt du, was? Du hast dann dein eigenes Süppchen mit der Bauer mit einer Firma aus Hongkong und deinen Partnern gekocht und wolltest uns bescheißen, du Ratte!«

Kleinmann wird immer bleicher im Gesicht. Sven übernimmt daraufhin den Dialog.

»So und nun sagen wir dir hier, wie das Ganze weitergeht! Du nimmst jetzt mein Telefon und rufst bei der Bauer an und sagst ihr, dass die morgige Abholung, die du ja mit ihr in der Brauereigaststätte vereinbart hast, nicht stattfinden kann und du Bernd eine Vollmacht geben wirst, dass er heute das Geld für dich abholen wird, da er sich sowieso in der Nähe befindet. Du erklärst ihr auch, dass man sich zwischenzeitlich auch mit der Titan zusammengetan hat und nur noch über Hongkong abwickelt. Daher würde auch Bernd bereits von der ganzen Sache wissen und nun auch für deine Firma in Hongkong arbeiten! So und wenn du das jetzt gemacht hast, dann unterschreibst du hier sofort diese Vollmacht, die wir dir hier vorbereitet haben, und dann fährt Bernd mit den Bodyguards los, um bei der Bauer das Geld abzuholen, und du bleibst so lange zusammen mit mir hier im Hotelzimmer, bis Bernd bei mir angerufen hat, dass er das

Geld in Empfang genommen hat und von der Bauer wieder weggefahren ist. Wenn das erledigt ist, kannst du schön nach Hause fahren! Kapiert?«

Kleinmann ist sprachlos über so viel Dreistigkeit und kriminelle Energie. Er ruft schließlich wie befohlen bei Frau Bauer an und sagt ihr genau das, was Sven von ihm erwartet. Frau Bauer stimmt der Abwicklung zu. Sie werde also nun auf Bernd warten, bis er das Geld abgeholt hat. Kleinmann unterschreibt schließlich die Vollmacht und Bernd und die beiden Bodyguards verlassen mit dem Schriftstück den Raum. Kleinmann bleibt alleine mit Sven zurück. Der versucht nun, wieder eine normale Konversation mit Kleinmann zu führen, als ob überhaupt nichts gewesen wäre. Nachdem die Spannung aus der ganzen Situation raus ist, bestellt er einige Häppchen aufs Zimmer. Doch Kleinmann ist nicht nach Essen zumute.

»Das Ganze hättest du dir ersparen können!«, stellt Sven vorwurfsvoll fest.

»Ich bin hier der Arsch bei der ganzen Sache und ihr kassiert ab. Hast du dir das auch schon mal überlegt?«, platzt es aus Kleinmann heraus.

»Ich würde vorschlagen: Um die Sache noch zu retten, belassen wir es jetzt bei diesem Vorfall, vergessen das so schnell wie möglich und konzentrieren uns auf die Zukunft!«, erwidert Sven. »Da mach ich dir folgenden Vorschlag: Mit dieser Geldübergabe ist für uns die Sache erledigt. Wir steigen aus dem Geschäft aus und alles, was du zukünftig mit der Bauer machst, ist uns egal und es gehört dir!«

Kleinmann weiß nun, wo er dran ist und wie die Fakten liegen. Das ist nicht sehr erfreulich, aber besser als nichts, denkt er sich und versucht, sich wieder zu beruhigen nach der doch sehr gefährlichen Situation.

Nach zwei weiteren Stunden voller Small Talk klingelt Svens Handy. Es ist Bernds erlösender Anruf. Er hat das Geld abgeholt und ist nun zu einem mit Sven zuvor vereinbarten Ort unterwegs.

Es ist die Entwarnung für alle Beteiligten. Sven gibt Kleinmann die Hand: »Nun kannst du gehen. Ich wünsche dir noch eine schöne Zeit. Bye bye!«

Kleinmann lässt sich das nicht zweimal sagen, packt seine Aktentasche und sein Handy, das er wieder zurückbekommen hat, und verlässt, so schnell er kann, die Suite. Er zittert am ganzen Körper, als er das Hotel verlässt. Als er im Auto sitzt, kann er sehen, dass Charles ihn mehrfach angerufen hat. Doch er hält es für sinnvoller, so schnell wie möglich den Ort des Geschehens zu verlassen. Er fährt in hohem Tempo aus der Stadt hinaus. Erst als er die Stadt verlassen hat, ruft er bei Charles an, um ihm von der großen Misere zu berichten.

Auf der Rückfahrt wird Kleinmann bewusst, in welcher höchst gefährlichen Situation er sich da eigentlich befunden hat. Sie hätte auch sehr tragisch enden können.

Am nächsten Tag fliegt Charles unverrichteter Dinge wieder zurück nach Südafrika und Juan nach Rio de Janeiro. Die Stimmung ist beim Abschied sehr bedrückt. Noch ein letzter Underberg mit Charles und Juan an der Flughafen-Bar und beide gehen Richtung Gate, während Kleinmann mit gesenktem Haupt und in Trauerstimmung zu seinem Auto zurückkehrt.